Loin sous les ravenales

À Léonie Haudecœur
Princesse de l'île rouge
Qui a inspiré ce livre

Chapitre 1

Tsy antenain-tsy andraina, toy ny
tantely am-body vintanina.
Ni espéré, ni attendu, comme du miel
trouvé au pied d'un arbre

Proverbe malgache

J'ai rêvé de Madagascar.

Je me voyais quittant de nuit Tananarive en voiture et prendre la route de l'est. Mon rêve était aussi interminable que la route : des montées, des descentes, les tournants sinueux dans la montagne Mandraka.

Nous devions être en saison chaude car toutes les vitres de ma voiture étaient baissées et parfois je respirais l'odeur âcre et si caractéristique d'un fatapera*, ce brasero sur lequel tout Malgache fait sa cuisine.

J'arrivai au pont de la rivière Mangoro que je traversai dans un infernal cliquetis de tra-

---

* Cet astérisque renvoie au glossaire des termes malgaches, en fin de volume.

verses en fer s'entrechoquant ; puis la ligne droite, la seule du trajet qui annonce l'arrivée à la petite ville de Moramanga.

Et à nouveau les virages, certains très amples et d'autres plus serrés. Dans mon rêve, je ne croisais aucun autre véhicule, aucun piéton marchant sur le bas-côté : j'étais absolument seule.

Je quittai enfin la route principale pour aborder la partie la plus difficile de mon trajet : la piste défoncée qui menait à Berano. Les ornières étaient remplies d'eau et des centaines de grenouilles dérangées dans leur baignade nocturne se hâtaient d'en sortir. Quelquefois un hérisson traversait à petits pas rapides. Un oiseau de nuit hululait dans le lointain.

Le rêve semblait n'aller nulle part, il s'enlisait dans la boue. Pourtant de manière inattendue, au détour d'un virage le panneau « Berano – SGB – Propriété privée » apparut.

L'aube se leva. La piste était devenue plane et lisse. Dans la pâle clarté du matin, je distinguais les arbres immenses qui bordaient le chemin. La voiture avançait sans heurt et mon cœur battait plus fort.

Un dernier virage, un pont... et le portail. Il était ouvert. L'usine était devant moi. Elle fonctionnait puisque j'entendais le cliquetis des machines et voyais la fumée s'échapper de la haute cheminée. À ma droite, l'allée bordée de novembriers* qui menait à la petite maison de bois, une maison toute simple comme en dessinent les enfants : un carré percé de deux fenêtres et d'une porte, le tout surmonté d'un toit à deux pentes d'où émergeait une cheminée en briques. Un magnifique ravenale*, l'arbre du voyageur, planté tout près du perron dépassait largement la toiture et couronnait la modeste silhouette du tronc d'un majestueux éventail.

Cependant, quand je voulus descendre de voiture, je m'éveillai.

Curieux comme ce rêve m'a secouée, débloquée, désinhibée – je ne sais quel mot choisir – mais depuis j'autorise mes souvenirs à remonter à la surface. Et c'est vraiment l'expression qui convient : des boîtes, libérées brusquement d'une force qui les maintenait au fond de l'eau, s'envolent plus ou moins lentement vers la surface et en libèrent d'autres, coincées sous elles.

Je ferme les yeux et j'ouvre mentalement mes boîtes. J'essaie de le faire dans l'ordre chronologique ; ce n'est pas facile. Tandis que je détaille le contenu de l'une d'entre elles, je vois du coin de l'œil le contenu d'une deuxième boîte, voire d'une troisième : sans cesse je dois veiller à me concentrer sous peine de partir dans toutes les directions. Si je me livre au jeu des souvenirs, ce n'est pas par sentimentalisme, c'est une thérapie ; et si je veux qu'elle soit efficace, je ne peux pas me permettre de laisser ma mémoire voguer à sa guise d'un souvenir à l'autre...

Le premier, le tout premier souvenir : la descente d'avion, mon bras sur la passerelle et des odeurs nouvelles, indéfinissables, et aussi la moiteur de l'air.

Non, ce n'est pas le tout début de l'histoire : le premier maillon de la longue chaîne qui aboutirait à Madagascar, c'était ce coup de fil de ma mère.

Il me semble encore voir le rayon de soleil qui barrait en diagonale mon bureau couvert de copies d'élèves pendant que je bavardais avec elle. Avais-je la prescience de l'importance de cet appel pour me souvenir de ce détail ? J'avais coincé le téléphone avec mon épaule et tout en discutant avec elle, je griffonnais quelques appréciations dans les marges.

Elle me parlait de la banque ou des impôts, je ne sais plus. Elle m'appelait souvent depuis la mort de mon père, cinq ans auparavant, et se reposait beaucoup sur moi pour tout ce qui était administratif. J'essayais de l'aider du mieux que je pouvais mais, ce jour-là, avec ce maudit paquet de copies à terminer, je n'étais pas très attentive.

— Hélène, tu m'écoutes ?

— Oui, maman !

— Je t'appelais aussi pour tout autre chose. Tu te souviens de mon grand-oncle Charles ?

— Euh…

— Mais oui, Charles Berthier, le frère de mon grand-père Jules, qui est parti à Madagascar au début du siècle…

Le prénom m'était vaguement familier, mais j'écoutais toujours d'une oreille distraite : je tentais d'évaluer le temps qu'il faudrait pour terminer mes corrections. Sur le moment, j'étais persuadée que ma mère allait me raconter une histoire de famille sans beaucoup d'intérêt.

— Eh bien ce Charles, décédé dans les années cinquante, avait un fils prénommé Émile. Figure-toi, Hélène, qu'Émile est mort et un notaire de Nice m'a appelée à l'instant pour me dire que je suis son unique héritière ! Tu te rends compte ! J'ai pris rendez-vous pour demain à 16 heures. J'ai pensé qu'on pourrait y aller ensemble, puisque tu ne travailles pas le vendredi après-midi.

Un oncle de Madagascar, c'est encore plus passionnant qu'un oncle d'Amérique ! Du coup, j'avais abandonné mes corrections tandis que quelques clichés défilaient dans ma tête : plages de sable blanc, cocotiers, couchers de soleils cramoisis, forêt tropicale dense traversée par des rivières peuplées de crocodiles, lémuriens qui se déplacent en dansant.

— Pas de problèmes, maman ; je passerai te chercher vers trois heures. Mais que faisait-il à Madagascar, ton grand-oncle ?

— En fait, je n'en sais trop rien ! Il y est parti pour travailler dans les chemins de fer ; puis il est revenu en France se choisir une épouse. Au grand désespoir de la famille, il y est retourné comme prospecteur cette fois et, me semble-t-il, a eu un ou deux fils.

— Et tu ne sais pas s'il cherchait de l'or, des pierres précieuses ou tout autre chose ?

À nouveau des clichés très romanesques ont surgi : un homme – Charles bien sûr – au milieu d'une rivière, de l'eau jusqu'aux mollets, faisait tournoyer une batée en forme de chapeau chinois...

— Non, je me souviens seulement de deux courriers de Charles que mes parents avaient reçus. À l'époque – je devais avoir dix ou douze ans – je collectionnais les timbres et j'avais été ravie de récupérer ceux très exotiques qui se trouvaient sur les enveloppes. Je suis à peu près certaine qu'il ne s'agissait que de faire-part de naissances, mariages ou décès, je ne sais plus...

— S'il avait eu des enfants, tu n'hériterais pas de lui...

Et je poursuivais mon petit film : l'homme s'immobilisait au-dessus de son chapeau chinois, l'expression de son visage changeait et, d'une voix étranglée, il appelait sa femme : « Viens voir ! je crois que j'ai trouvé quelque chose ! » et au milieu de la boue brillait une poudre d'or !

— Encore une fois, Hélène, les dernières nouvelles ne datent pas d'hier ! Depuis ces deux lettres dont je me souviens et jusqu'au coup de fil du notaire, plus rien, sinon que ma mère m'a dit à deux ou trois reprises : « Sais-tu que tu as un cousin et sans doute plusieurs à Madagascar ? » et qu'une vague tante ou cousine m'a signalé un jour le décès du grand-oncle. Mais comme je ne le connaissais pas je n'y ai pas vraiment prêté attention...

— Ce serait merveilleux que tu hérites de quelques pépites d'or, ou de diamants, ou encore d'émeraudes... On peut toujours rêver ! Le plus probable c'est que le grand-oncle te lègue sa collection de sagaies indigènes !

Le lendemain, à 16 heures, très ponctuel, maître Laiguillon, le notaire, nous reçut. Son étude était installée boulevard Victor-Hugo dans l'un de ces immeubles majestueux de la fin du XIXe siècle : pièces de vastes dimensions, plafonds hauts, moulures, cheminées de marbre. Cependant l'ameublement était ultra moderne et assez prétentieux : du verre, de l'aluminium et des teintes claires pour les tentures et les coussins, le tout luxueux et destiné à en mettre plein la vue aux clients, ou du moins à justifier des honoraires que l'on pouvait imaginer assortis au décor.

Le notaire nous fit prendre place dans son bureau. Il nous regarda, me sembla-t-il, d'un air pensif et quelque peu navré :

— Mesdames, j'ai reçu il y a une quinzaine de jours un coup de fil de maître Raza... fin... drai... be, un collègue notaire à Antananarivo qui m'a appris le décès de M. Émile Berthier, dont vous êtes l'unique héritière.

— Mais pourquoi ? s'exclama ma mère. N'avait-il pas d'enfants ?

— Émile Berthier était le fils unique de Charles Berthier. Il avait bien eu une sœur mais elle est morte en bas âge. Émile lui-même n'avait qu'un seul fils, Bertrand, disparu huit mois avant le décès de son père. De ce fait, vous héritez de tous ses biens. Il a été relativement facile de vous retrouver car Émile Berthier aimait la généalogie et avait dressé cet arbre.

Il nous tendit un long papier rempli de noms d'une écriture minuscule et très régulière.

Je regardai le document avec attention.

— Mais comment connaissait-il mon existence, demandai-je étonnée, en voyant que j'étais mentionnée.

— Mon collègue malgache m'a communiqué une lettre d'une dénommée Louise Mineur, née Berthier, qui se trouvait dans les papiers du défunt...

— Ah ! coupa ma mère. Louise était la sœur de Charles. Elle est morte il y a une dizaine d'années. Elle habitait Lyon mais une fois par an, au moment des vœux, nous échangions toujours quelques banalités et nous nous donnions les nouvelles les plus importantes de l'année.

— La lettre doit dater de quelques mois avant sa mort. Apparemment votre oncle lui avait demandé des précisions sur la famille. Voici ce qu'elle lui répond : « *J'ai fait les recherches dont tu m'as chargée auprès de la mairie du VIII*e *arrondissement et effectivement notre arrière-grand-mère...* » Non ! s'interrompit le notaire, ceci concerne vos ancêtres lointains... Voilà, voilà, nous y arrivons : « *Je te donne également les noms et adresses des plus proches parents que nous connaissions dans le cas où tu voudrais leur écrire pour avoir des renseignements sur nos aïeux. Ta nièce Marion s'est mariée avec un cer-*

tain Paul Deschamps. Ils habitent Antibes, 18 boulevard Albert I. Ils n'ont qu'une fille, prénommée Hélène. Je peux l'interroger si tu veux, car nous nous écrivons au moins une fois l'an. » Voilà donc comment votre arrière-grand-oncle connaissait votre existence, fit maître Laiguillon en se tournant vers moi.

— Et que me lègue-t-il ? demanda ma mère.

— Je commençais à croire que ça ne vous intéressait pas, remarqua le notaire avec un sourire ironique qui ne me plut guère. C'est en général la première question que posent les héritiers ! Il vous laisse une mine de graphite sur la côte est de Madagascar et une maison à Antananarivo.

— C'est quoi le graphite ? La question fut posée en chœur par ma mère et moi, du même ton perplexe.

Le notaire haussa les épaules :

— Franchement je ne sais pas. Je crois qu'on fabrique des mines de crayon avec ce minerai, mais à part ça...

— Savez-vous si cela a de la valeur ?

— Écoutez, maître Ra... Raza... Razafindraibe m'a affirmé que l'exploitation minière avait une certaine valeur. Plus en tous les cas que la maison à Antananarivo, qui semble sans grand intérêt. Il n'y a sans doute pas grand-chose à récupérer après paiement des droits de succession et des frais de la personne que vous chargerez de la vente, mais je crois que cela vaut la peine d'aller voir... Je peux vous trouver quelqu'un qui se chargera du déplacement et des formalités là-bas.

Je ris toute seule en me remémorant l'état d'excitation dans lequel nous étions ma mère et moi en sortant de chez le notaire... Deux gamines hilares ! Nous avions filé immédiatement à la bibliothèque municipale pour nous renseigner sur le graphite.

Chacune de nous lisait à l'autre le résultat, fort maigre d'ailleurs, de ses recherches :

Le graphite est un minéral de carbone élémentaire [...] minéral tendre, flexible, à densité faible [...] point de fusion très élevé : 3 500e centigrade [...] excellent conducteur de chaleur [...] le plus souvent dans les roches métamorphiques [...] On compte trois variétés de graphite [...] Outre le graphite, le diamant est également formé uniquement de carbone...

— Tu vois, on n'est pas passé très loin du diamant ! Je te le prédisais hier ! Trouves-tu des renseignements relatifs à son usage ?

— Oui, il sert à la fabrication des crayons, des piles et dans l'industrie métallurgique. On l'utilise également pour la fabrication de briques réfractaires et de moules de fonderies, de lubrifiants, de peintures anticorrosives et comme modérateur dans les réacteurs atomiques.

Et nous avions rêvé quelques minutes l'une et l'autre de cette exploitation au bout du monde. Je me demande comment je pouvais, à ce moment-là, me représenter une mine de graphite. Je crois que j'avais plus ou moins imaginé des galeries, comme dans les mines de charbon. J'avais certainement quelques images loufoques inspirées par mon imagination mais j'ai beau chercher, ces images ont disparu à jamais.

Puis ma mère avait proposé : « Pourquoi n'irais-tu pas toi-même juger de la situation sur place ? Je n'ai qu'une confiance modérée en ces hommes de lois, surtout s'ils sont à l'autre bout de la planète. Moi je ne peux pas me déplacer avec les travaux que j'ai entrepris de faire dans la maison, mais toi, en revanche, dans peu de temps, tu es en vacances pour deux mois ! »

La sonnerie du téléphone m'arrache à mes souvenirs. C'est ma mère justement... Je lui rappelle ce jour lointain de mai. Elle me dit d'un ton un peu mélancolique :

— J'ai gardé toutes les lettres que tu m'as écrites de là-bas, tu sais... Je les ai relues il y a peu de temps, d'ailleurs.

Je raccroche et je regagne mon fauteuil. Je regarde ma montre. Il est neuf heures vingt-cinq, soit deux heures de plus là-bas. Dans quelques minutes, à onze heures trente, une sirène stridente déchirera le ciel au-dessus de l'usine et ira se perdre loin dans la forêt. Les ouvriers abandonneront leur travail pour déjeuner, assis sous un arbre ou à l'ombre du toit de l'une des laveries. Eugène rentrera chez lui sur sa vieille moto. Telo mettra le pain à réchauffer dans le four. Je regagnerai « la case » et je passerai devant l'usine accompagnée par le cliquetis des broyeurs et le ronflement du four.

Les bruits, les odeurs, les images sont d'une netteté incroyable. Il me semble que jamais des souvenirs n'ont eu cette force, cette présence.

Je rappelle ma mère :

— Tu m'as dit que tu avais gardé ce que je t'avais écrit quand j'étais à Berano. J'aimerais relire tout ça... Tu peux me l'apporter ?

J'appelle ensuite ma meilleure amie, Sylvie, que j'ai abreuvée de courriers interminables pendant des années.

— As-tu gardé les lettres que je t'ai écrites de Madagascar ?

— Je dois en avoir sauvé une grande partie. J'ai déménagé deux fois...

— Voudrais-tu me les prêter ? J'ai besoin de les relire.

— Pas de problèmes. Je les cherche et je te les mets de côté. Mais attention, tu me les rends, hein ? J'y tiens beaucoup ! Tu as vécu des choses peu banales là-bas !

Je le lui promets. C'est vrai, j'ai vécu un quotidien peu ordinaire, mais justement il était devenu tellement quotidien qu'aujourd'hui je ne me rends plus vraiment compte de ce qu'il avait de particulier, ni quels furent vraiment mes sentiments à l'arrivée dans le pays.

Je sais que c'est en juillet que je partis pour la toute première fois à Madagascar. Je me souviens que je montai dans l'avion trois jours avant la date anniversaire de mes vingt-sept ans. J'étais enchantée à la perspective d'un dépaysement complet pendant quelques semaines. Tout s'était fait si vite que je n'avais pas eu le temps de me renseigner sur le pays, que ce soit sur un plan historique, géographique ou politique. Je ne savais quasiment rien de Madagascar, sinon que la France l'avait colonisé comme bien des pays d'Afrique, que mon arrière-grand-oncle Charles s'y était installé pour en exploiter le sous-sol et que ce nom aux sonorités à la fois douces et rudes m'enchantait.

Nous devions débarquer au milieu de la matinée. L'avion arriva donc en vue de la côte malgache de jour et je pus découvrir avec stupeur le nord de l'île : des terres apparemment désertes couvertes d'une maigre végétation pelée ; quelquefois les vallonnements s'amplifiaient et le sol était comme froissé par les mains d'un géant colérique ; dans les plis souvent serpentait un fleuve ou une rivière d'eau boueuse. J'aurais juré survoler une planète inconnue et inhabitée.

Il fallut attendre assez longtemps pour voir les premiers signes d'une présence humaine : les rizières, un genre de paysage que je ne connaissais jusque-là qu'en photo. Je ne fus pas séduite d'emblée par ces mélancoliques étendues vertes barrées de lignes sombres – les digues. Plusieurs années s'écoulèrent avant que je leur trouve du charme.

Du vert, du gris, du bleu, du gris vert, du bleu vert, du vert émeraude, du vert bouteille, du vert tendre... Mes souvenirs sont à base de vert...

Devant moi, deux piles : les lettres adressées à ma mère, celles adressées à Sylvie. Aucune d'entre elles ne mentionne l'année, juste le mois et le jour, quelquefois simplement le mois. Celles que j'ai écrites à ma mère sont rangées soigneusement dans l'ordre où elle les a reçues de la plus ancienne à la plus récente.

Le paquet de Sylvie, lui, n'a aucune cohérence. Certaines lettres sont encore dans l'enveloppe d'origine et le cachet de la poste m'aide pour le classement mais d'autres, même dans leur contenu, ne comportent pas toujours d'indices suffisants pour que je puisse les rattacher à une année précise.

Se relire si longtemps après me procure le même sentiment que j'ai à écouter ma propre voix : gêne, étonnement. Est-ce bien moi l'auteur de certaines lignes ? Dès ma première lecture je mesure le temps passé... Comme on a tort de dire en parlant d'événements lointains mais marquants : « C'était hier » ! Est-il possible que cette Hélène surgissant des lignes que je déchiffre soit *moi ?* Même l'écriture a changé.

Je prends la toute première lettre que j'écrivis à ma mère, en 1984 donc :

Tananarive, le 7 juillet

Ma chère maman,

Me voici à l'hôtel Colbert, dans ma chambre. J'ai dîné vers dix-neuf heures et, désœuvrée, je tourne en rond. Je dois être la seule cliente ici. C'est assez angoissant. Je n'arrive pas à te joindre par téléphone. Il parait, d'après la réceptionniste, que ce n'est pas évident.

Je suppose que ma lettre mettra pas mal de temps à te parvenir et que je t'aurai donné des nouvelles fraîches entre-temps, mais t'écrire m'apaise.

Hier, mon arrivée à l'aéroport de Tananarive (qui s'appelle Ivato) a été harassante : les formalités et les fouilles détaillées des bagages n'en finissaient plus. J'étais tellement épuisée que, malgré l'excitation de la découverte, je me suis endormie dans le taxi qui me conduisait en ville.

Cela valait sans doute mieux car, lorsque je me suis réveillée, l'état de la voiture et la façon de conduire du chauffeur m'ont tout simplement terrorisée.

J'ai cru être tombée sur un échappé de l'asile qui aurait volé une voiture dans une décharge. Déjà aujourd'hui je révise mes propos. J'en suis au quatrième taxi et ils sont tous aussi redoutables !

Tout est déroutant ici et tout est contraste. La ville est magnifique de loin et dévastée de près. L'état des routes notamment est lamentable et beaucoup de maisons auraient bien besoin d'un coup de peinture fraîche. Mais l'architecture, qui utilise essentiellement la brique, a un charme fou ainsi que la situation particulière de la ville qui s'étend sur plusieurs collines.

La première image que j'ai eue de la capitale hier au moment où je me suis réveillée dans le taxi a été celle d'un petit lac en contrebas d'une colline ornée en son point culminant d'un curieux château flanqué de quatre tours. Il était d'autant plus visible que son toit très haut, très pentu et presque noir faisait une tache trapézoïdale sur le ciel d'hiver d'un bleu intense. J'ai du mal à dater ce château : il ressemble à un château d'opérette, à un décor de théâtre par son allure générale, cependant il possède un je-ne-sais-quoi qui lui confère une certaine grandeur… à moins que ce ne soit mon imagination qui m'emporte. […]

Dans l'avion le guide touristique que j'ai parcouru parlait des origines asiatiques et africaines des Malgaches et expliquait que sur les hauts plateaux, les habitants appelés les Merina étaient essentiellement de type asiatique. Quelques personnes dans l'avion en étaient le parfait exemple, avec des yeux en amande et des cheveux très lisses. Je m'étais imaginé à tort que toute la population des hauts plateaux se calquait sur ce modèle. J'ai découvert aujourd'hui l'incroyable variété des types physiques. Certains Malgaches pourraient passer pour des Africains, d'autres pour des Chinois, ceux-ci plutôt pour des Japonais et d'autres encore ont l'air d'être sud-américains. J'ai croisé deux jeunes femmes aux cheveux raides, aux yeux étirés vers les tempes et à la peau couleur de miel qui étaient magnifiques. [...]

J'ai pu obtenir un rendez-vous après-demain en fin de journée chez le notaire.

Je t'embrasse.

Hélène

PS : j'ai prévu demain de visiter la ville

Le post-scriptum me fait rêver aujourd'hui, et j'aurais bien aimé avoir mes impressions de l'époque sur cette visite car ma mémoire n'en garde aucune trace. Hélas ! Mes lettres n'en font pas mention et je dois me contenter des images qui m'en restent aujourd'hui.

Dans mes souvenirs, il y a deux Tana. Le Tana de ceux qui se déplacent en voiture et celui de ceux qui marchent à pied. À mon arrivée et encore pendant bien longtemps, je ne connus que le Tana des étrangers peu désireux de s'aventurer hors des rues principales, le Tana des routes grouillantes de monde encrassées par la pollution des voitures. Je trouvais cependant, même vue de taxi, la ville séduisante dès le premier abord. L'étagement des maisons de briques sur les collines était un enchantement. Tana ressemblait à une ville de contes de fées couronnée par ce palais dont je parlais dans ma lettre, qui m'apparut tarte à la crème au début mais pour lequel, au fil des mois et des années, je me pris d'amour.

Quand, plus tard j'eus le temps de flâner, je me risquai au hasard dans les centaines de petits sentiers et d'escaliers qui enserrent la ville comme le ferait un filet aux mailles capricieuses et là, je découvris une autre planète. Ou plutôt je découvris la pertinence de l'étymologie d'Antananarivo – la ville des mille villages. Chaque sentier, chaque escalier délimitait un quartier avec son épicerie, sa boucherie, sa poubelle, sa fontaine à eau, et surtout ses habitants. Des centaines de minuscules villages constituaient en fait cette capitale apparemment grouillante car, dès que l'on pénétrait en leur sein, le calme et le silence régnaient. Lorsque les gens se croisaient, ils se saluaient.

À quelques mètres à peine du bord des rues les plus larges et les plus fréquentées, vivait un monde parallèle, dans une autre dimension. Il n'y avait pas que le calme qui surprenait : l'architecture aussi n'était pas celle des habitations modernes et sans personnalité des bords de route, ou celle des maisons traditionnelles méconnaissables parce que transformées en magasins, défigurées par une porte de garage.

Dans ces quartiers aux sentiers sinueux aucune symétrie, aucun plan d'urbanisme, aucune rationalité : chacun avait bâti comme il lui plaisait avec les matériaux de son choix, mais la terre et la brique dominaient ; certaines maisons étaient coquettement aménagées, d'autres avec leurs pierres et leurs pneus de voiture sur les toits tenaient plutôt du bidonville. Pourtant l'ensemble était merveilleusement harmonieux, que ce soit sur le plan de l'étagement des maisons ou sur celui des couleurs. Il est vrai que les habitants vivaient peut-être moins bien en harmonie et que la promiscuité biscornue posait sans doute des problèmes que je n'imaginais pas. Néanmoins j'étais sous le charme.

J'accomplissais un voyage dans le temps. Quel historien a eu cette chance extraordinaire de remonter les siècles ? Au détour d'un chemin je tombais quelquefois sur un tamboho*, c'est-à-dire un mur en terre rouge très épais tel qu'on en construisait dans le passé, formé de différentes couches qui allaient en s'amincissant. Un autre jour, je découvrais un porche ancien toujours formé de briques sculptées disposées avec art qui devait marquer autrefois l'entrée d'une immense propriété. J'avais aussi le bonheur parfois de tomber sur une demeure aux piliers de pierres, qui avait dû être construite par un riche bourgeois du XIXe siècle ; ou sur une chapelle qui avait sans doute été, il n'y avait pas si longtemps, une église de campagne. Avec de la chance, si c'était un samedi ou un dimanche, des chants s'échappaient par les ouvertures et se répandaient dans tout le quartier.

Les remontées dans le temps n'avaient pas que du charme : elles ouvraient les yeux du promeneur étranger sur la pauvreté du pays mieux que n'aurait pu le faire n'importe quel documentaire. On voyait dans ces quartiers des multitudes de petites Cosette, les bras raidis par les seaux d'eau qu'elles transportaient plusieurs fois par jour, ou encore des vieux qui essayaient de se rendre utiles à la famille en allant faire quelques courses et escaladaient lentement et péniblement les escaliers inégaux creusés quelquefois à même le rocher. Les gens que l'on croisait dans ces chemins et ces escaliers semblaient appartenir à deux mondes complètement différents : il y avait ceux qui étaient vêtus impeccablement – hommes en costume cravate, attaché-case à la main ; femmes en tailleur et talons aiguilles – et ceux qui étaient en loques, pieds nus, hirsutes...

Certains chemins, au moment des pluies, devenaient pratiquement impraticables, des pans entiers d'une colline pouvant disparaitre en une nuit. Cependant, pour éviter de trop longs détours, les uns et les autres les empruntaient malgré tout au péril de leurs chaussures et quelquefois au péril de leur vie.

Beauté et danger, harmonie et pauvreté, talons aiguilles et guenilles : tout était contraste au sein de ces multiples villages qui constituaient la ville. Les odeurs suivaient cette règle ; on passait du parfum capiteux et suave des daturas à la puanteur d'une poubelle, de l'haleine envoûtante des alamandas à la pestilence d'une fosse septique trop pleine...

Quand je pense à Tana, la première image qui s'imprime dans mon cerveau est toujours celle d'un escalier, d'un quartier caché derrière le mince paravent des maisons de premier plan.

Un morceau de mon cœur est resté accroché là-bas.

La seconde lettre adressée à ma mère avait été écrite quelques jours à peine après la première :

Tananarive, le 10 juillet

Chère maman,

[...] Au téléphone hier soir je ne t'ai dit que le strict minimum : je t'assure qu'il faut que je te raconte par le menu mon rendez-vous avec maître Razafindraibe. Il a déjà fallu que je trouve son étude. Ici, il n'y a pas d'adresse, seulement des noms de quartiers avec des numéros de lots attribués, je pense, au hasard. Le taxi, m'a donc déposée dans le quartier d'Ambohijatovo après avoir jeté un coup d'œil sur l'adresse que je lui ai montrée puis il a disparu.

Les gens dans la rue, tous très avenants, regardaient mon papier, déchiffraient le nom et l'adresse puis m'indiquaient une direction. Le seul problème c'est que cette direction n'était pas du tout la même d'un individu à l'autre. Le patron du Colbert auquel j'ai raconté l'anecdote hier soir et qui est un vazaha, c'est-à-dire un étranger blanc, m'a dit qu'ici il est très impoli de répondre qu'on ne sait pas, ou de répondre par la négative à une demande. J'ai quand même du mal à croire que la politesse, quelle que soit la civilisation, consiste à* *faire tourner quelqu'un en rond (pour ne pas dire en bourrique) pendant des heures...*

Enfin, il s'est tout de même trouvé un jeune homme qui connaissait la maison du notaire, une charmante maison de briques qui respirait le calme et la sérénité, enchâssée dans le vert sombre d'un jardin touffu.

Dès que je suis entrée, l'ambiance n'était plus la même. Je me suis trouvée brusquement plongée dans la pénombre. Apparemment, le notaire n'aimait ni la lumière du jour ni l'air frais. Il régnait partout une odeur de papier moisi. Une secrétaire au chignon bas sur la nuque et à l'air sévère m'a priée de m'asseoir dans ce qui devait être à la fois une salle d'attente et un bureau. Elle s'est assise devant la machine à écrire des détectives privés américains dans les vieux films, une Underwood, antiquité qui doit coûter fort cher en Europe ! Dans un crépitement sonore, elle s'est mise à taper du courrier.

Le décor autour de moi était étrange : le bureau de la secrétaire était magnifique, manifestement en palissandre massif, tandis que les étagères qui supportaient d'imposantes piles de dossiers rangés dans de vilaines chemises en carton, étaient en bois de caisse. Le sol était composé de carreaux de ciment aux motifs variés qui constituaient un merveilleux tapis aux couleurs chaudes tandis que les murs étaient lépreux et que le siège sur lequel j'étais assise était probablement rembourré avec des cailloux. Le téléphone de bakélite noire était assorti à la machine à écrire.

J'ai souri en songeant au contraste qui régnait entre l'étude de ton notaire à Nice et celle-ci.

Au sentiment de remonter le temps s'ajoutait en moi le sentiment d'être la spectatrice d'une décadence : l'étude avait été prospère et se mourait doucement.

Puis la secrétaire m'a appelée et invitée à entrer dans le bureau de maître Razafindraibe. C'est un petit homme assorti à sa salle d'attente, à sa secrétaire, à son téléphone. Il doit avoir une soixantaine d'années, le teint clair, les yeux en amandes, les cheveux lisses plaqués en arrière, une petite moustache à la Clark Gable. Tout porte à croire qu'il sort d'une pièce de théâtre du début du siècle. Il a probablement connu Courteline et réciproquement.

L'impression était renforcée par ses vêtements – un costume trois pièces usé mais de bonne coupe, une chemise immaculée barrée d'une cravate sombre. Sur un portemanteau derrière lui, à sa gauche, était accroché le complément de sa tenue : un feutre gris et un pardessus de la même couleur, une nuance plus foncée.

Maître Razafindraibe m'a priée de prendre un siège. Son français aussi date du début du siècle : je n'avais jamais entendu quelqu'un s'exprimer ainsi. Il possède un lexique incroyablement étendu et son accent est parfait. Il ignore superbement toutes les contractions que nous utilisons à l'oral sans même nous en rendre compte et toutes les tournures de phrase communes qui émaillent les conversations du commun des mortels.

Dès qu'il s'est mis à parler je me suis sentie bête, limitée dans mon vocabulaire et au bord de la vulgarité lorsque j'ouvrais la bouche.

— Prenez un siège, je vous prie, Madame... ou faut-il dire Mademoiselle ? Je suis infiniment désolé de vous avoir fait ainsi attendre. L'arrivée inopinée de maître Andriamanantsoa, mon confrère, en fut la cause. J'eusse préféré m'entretenir avec lui comme convenu à 18 heures, mais une circonstance malheureuse l'a contraint à ne point respecter l'horaire fixé...

Bouche bée, mais ravie, j'ai entendu pour la première fois de mon existence un homme qui maîtrisait les conditionnels passés et les subjonctifs imparfaits. J'ai failli en oublier la raison de ma venue.

Nous avons passé près de trois heures ensemble. Il m'a montré la situation de l'usine sur un plan, a sorti le dossier de l'oncle Émile dont il a fallu éplucher chaque papier, m'a parlé de la maison de Tana. Je lui ai remis ensuite tout ce que j'avais préparé pour lui : l'acte de notoriété, les actes de naissance, ta procuration générale.

— Je suppose que votre mère souhaite vendre ce dont elle a hérité.

— Oui, ai-je confirmé.

— Concernant la maison, rien de plus facile. Concernant l'usine, la chose est plus délicate...

Je l'ai regardé d'un air interrogateur.

— Je crois de mon devoir de vous lire un extrait d'une lettre qu'Émile Berthier avait écrite à son fils et déposée ici, afin qu'elle lui soit communiquée lorsqu'il quitterait ce monde. Malheureusement son fils, comme vous le savez, est décédé le premier d'un tragique accident de voiture sur la route de Tamatave. J'ai néanmoins conservé la lettre, pensant que M. Berthier aurait aimé réitérer ses souhaits à l'intention de celui, ou celle, qui hériterait de son exploitation de graphite. Il n'en a hélas pas eu le temps... Je passe sur diverses recommandations qu'il fait à son fils et ne vous concernent en rien. Voici :

« Si le graphite, pour une raison quelconque, ne t'intéressait plus un jour, si tu souhaitais quitter Madagascar ou te consacrer à une autre activité, je ne te demande qu'une seule chose : ne vends jamais la propriété aux Lourmel. Dans le pire des cas donne-la à qui tu veux, même au mendiant qui passe sur le chemin mais, je t'en supplie, n'oublie jamais tout le mal que les Lourmel nous ont fait depuis trois générations. »

J'ai fait mon devoir, je vous ai communiqué les dernières volontés d'Émile Berthier. Votre mère fera exactement ce qu'elle veut : juridiquement ni Bertrand son fils s'il était encore de ce monde, ni aucun héritier n'est tenu d'obéir à cette volonté.

— Savez-vous pourquoi il détestait autant ces Lourmel ? Et qui sont-ils ?

— Ce sont également des exploitants de graphite, leur propriété est mitoyenne à celle de votre grand-oncle. J'ignore dans le détail ce qui a motivé cette haine : des histoires de femmes et des histoires de jalousies professionnelles, m'a-t-on dit. Les terres des Berthier sont ridiculement petites en comparaison de celles des Lourmel, néanmoins c'est l'exploitation des Berthier qui est la plus productive... Cela suffit à expliquer beaucoup de choses. Ce qui est certain, c'est que la mésentente est connue de tout Madagascar. Ce qui est certain également c'est que vous trouverez difficilement un autre acquéreur que les Lourmel. Il faudrait que vous dénichiez un oiseau rare qui connaisse le graphite, ait les moyens de racheter la société et ne craigne pas d'avoir comme voisins immédiats une famille qui se fera un plaisir de lui rendre l'existence invivable jusqu'à ce qu'il plie bagage.

Je suis restée songeuse :

— Je dois en parler avec ma mère. J'essaierai de la joindre ce soir au téléphone.

Et après avoir convenu d'un autre rendez-vous, j'ai pris congé de maître Razafindraibe.

Je continuerai mon récit demain ; je tenais à te livrer mes impressions quasi sur le vif. Et puis je voulais aussi que tu aies le détail de cette histoire rocambolesque de haine tenace entre voisins. Je t'ai recopié la lettre de Lourmel à son fils mot pour mot ! Incroyable, n'est-ce pas ?

Je dois revoir le notaire après-demain. Je lui dirai ce dont nous avons convenu au téléphone, à savoir que nous allons essayer de ne pas vendre aux Lourmel mais qu'à l'impossible, nul n'est tenu. Si personne ne se présente dans un délai raisonnable, nous ne donnerons certainement pas la mine au premier « mendiant qui passe sur le chemin ».

Reste donc à déterminer avec maître Razafindraibe ce qu'il estime être un délai raisonnable pour trouver un acquéreur, ou pour ne pas en trouver...

11 juillet

Je reprends mon récit au moment où je suis sortie de chez le notaire, de cette maison dans laquelle régnait une perpétuelle pénombre. J'ai été surprise par la nuit que je n'avais pas vu tomber. Et nulle part plus qu'ici, le verbe « tomber » ne me paraît plus approprié. Quelqu'un de là-haut jette une couverture et plonge brutalement le pays dans les ténèbres, le privant en même temps de sa source de chaleur. Je me suis mise à grelotter sous la seule veste de laine que j'ai emportée. Tu te souviens de l'idiote de l'agence de voyage de Nice à qui j'avais posé la question du temps qu'il faisait à Tana et qui m'avait conseillé de prendre « une petite veste pour le soir parce qu'il faisait frais ? »

Il ne fait pas frais le soir, il fait froid. Les seules maisons un peu chauffées sont celles qui possèdent une cheminée mais elles ne sont pas majoritaires si j'en juge par les rares fumées s'échappant des toits. À l'hôtel j'ai réclamé deux couvertures supplémentaires. Jamais de ma vie je n'ai dormi avec autant d'épaisseurs sur moi.

À 1 heure du matin, je me suis réveillée transie car mes lourdes couvertures avaient glissé. J'ai mis longtemps à retrouver le sommeil et là, j'ai fait un cauchemar qui m'a mise mal à l'aise. L'oncle Émile dont je n'ai jamais vu de photos, mais que je reconnaissais parfaitement dans mon rêve, me menaçait du poing en hurlant : « Je ne te prêterai pas ma voiture, tu ne sais pas conduire, tu vas la jeter dans un fossé. Et je t'interdis aussi de la faire conduire par un quelqu'un d'autre ! ».

Cependant dès qu'il fut loin, je bravai son interdiction et je recrutai un chauffeur aux yeux méchants. Nous partîmes pour une destination inconnue. La voiture tomba en panne. Je ne voulus pas que le chauffeur aille fureter dans le moteur de peur qu'il ne me vole une pièce. J'ouvris moi-même le capot. Je restai bouche bée : il n'y avait plus de moteur. On me l'avait volé mystérieusement en un incroyable tour de passe-passe.

Là-dessus, je me suis à nouveau éveillée et je n'ai pas pu rire du rêve : il concentrait toutes mes craintes actuelles et n'est pas bien difficile à décrypter !

Ceci n'est plus une lettre, c'est un journal ! Mais le soir, lorsque je rentre à l'hôtel, c'est bon de t'écrire. Je me sens moins seule. Tu auras cette lettre avant la première que je viens de poster car je vais la remettre immédiatement au chef pâtissier de l'hôtel qui part en France demain matin.

Je t'embrasse

Hélène

En relisant ces lignes je ris en songeant à mes déboires avec les chauffeurs de taxi et les chauffeurs en général.

Je me souviens de deux périodes dans la capitale et il me semble qu'il n'y a jamais eu de transition entre les deux : au début dans la période de pénurie, peu de voitures et surtout de vieilles guimbardes ; par la suite, lorsque le pays s'est ouvert au commerce international, une arrivée massive de superbes 4 x 4, lesquels d'ailleurs, contrairement à ce qu'on pouvait imaginer, ne sonnèrent pas le glas des guimbardes qui continuèrent à rouler.

Donc, lorsque j'arrivai la première fois, Madagascar était encore dans sa période de pénurie. Les voitures n'étaient pas très nombreuses – déjà trop par rapport à la vétusté des routes – et on avait souvent l'impression d'avoir remonté le temps car on croisait fréquemment des modèles très anciens, des Juva 4, des Peugeot 203 et même des tractions ! Ces tacots, retapés avec des fils de fer, ou de la ficelle tout simplement, avaient l'air de tenir le coup mais la moindre pluie les rendait vulnérables et on pouvait alors assister à des spectacles où le dramatique frôlait souvent le comique.

Je me souviens d'un chauffeur de taxi désespéré qui, ne réussissant pas à faire redémarrer son engin vieux d'un demi siècle au moins, avait ôté l'abattant de son capot pour s'en servir de parapluie sous une averse diluvienne. Je revois un bus plein à craquer, en panne, poussé par une dizaine de jeunes hommes, les passagers refusant de se mouiller puisqu'ils avaient payé leur place. J'ai aussi dans mon incroyable fichier d'images de Madagascar – stockées de façon plus ou moins anarchique dans ma mémoire –, la vision d'un conducteur, debout sous l'orage : il se grattait la tête d'un air perplexe en regardant sa voiture dont les roues s'étaient affaissées comme s'affaissent les chevaux dans les dessins animés, c'est-à-dire les quatre jambes étalées dans un grand écart pitoyable.

Même par temps sec tout danger n'était pas écarté : dans les descentes le moteur était coupé – pratique qui perdure – par souci d'économie d'essence... et tant pis si les freins lâchaient ! On me raconta qu'une petite rue très pentue en bordure du lac central, le lac Anosy, avait été le témoin de nombreux accidents à l'époque où les antivols Neiman apparurent. La rue en question, qui aujourd'hui ne peut se prendre que dans le sens de la montée, était alors à double sens et les chauffeurs de taxi – experts parmi les experts en coupure de contact – tournaient la clef et appuyaient sur le frein. Monsieur Neiman n'ayant pas prévu cette manière de rouler, le volant se bloquait et les taxis invariablement se retrouvaient dans le lac en contrebas. Curieusement, le nombre de morts ou de blessés dans les accidents de voiture a toujours été peu élevé si l'on considère la vétusté des voitures, l'état des routes... et quelquefois l'état des conducteurs.

Un jour où j'étais à l'arrêt, sous l'un des deux tunnels de la capitale, un véhicule me percuta, enfonçant le hayon arrière. Je sortis de ma voiture furibonde et incrédule. À quoi rêvait donc le conducteur ? Le passager avant droite du véhicule qui m'avait heurté, sortit précipitamment et me demanda très poliment si je n'étais pas blessée puis s'excusa platement : « Vous comprenez, dit-il, il s'agit d'un chauffeur à l'essai... » et il désigna d'un doigt accusateur l'ahuri qui, toujours cramponné à son volant, regardait fixement devant lui pour n'avoir pas à croiser mon regard, ni celui de son patron « à l'essai ». Je mis un certain temps à comprendre que le chauffeur en question n'avait probablement jamais conduit de sa vie. Tout au plus avait-il peut-être garé la voiture de son patron, mais il était testé et, s'il montrait des dispositions pour la conduite, son employeur lui achèterait le permis. Je gage que celui-ci ne fut pas recruté, du moins, je l'espère.

Toujours en cette période de pénurie, l'ingéniosité innée des Malgaches ne connut plus de bornes. Ils ne trouvèrent plus de chambre à air : foin de cela, c'est le cas de le dire ! ils les remplacèrent par de la paille. Certes, on sortait des voitures le postérieur endolori, mais il fallait savoir ce qu'on voulait : trop marcher et avoir mal aux jambes, ou rouler et avoir mal aux fesses ?

Ils ne trouvèrent plus de liquide de frein : ils le remplacèrent par du liquide vaisselle, dont j'ignorais jusque-là qu'il puisse servir à autre chose qu'à nettoyer. Quelques voitures s'écrasèrent bien contre des poteaux, mais l'état des routes de l'époque ne permettait pas de grande vitesse et, à vrai dire, il y avait peu de poteaux car au fur et à mesure qu'ils disparaissaient pour cause d'accident ou de vétusté, ils n'étaient pas remplacés. Aussi il n'y eut guère que de la tôle froissée.

Ils ne trouvèrent plus d'essuie-glaces. Certains volèrent ceux des nantis qui, insolemment, se pavanaient dans des véhicules munis de *deux* essuie-glaces. Bientôt, même les nantis n'en possédèrent plus qu'un qu'ils enlevaient soigneusement après s'être garés. Les moins chanceux, sacrifiant une cigarette avant la pluie, badigeonnaient de tabac l'extérieur du pare-brise, côté conducteur, encore une utilisation non prévue par les fabricants de cigarettes : le tabac permettait à la pluie de s'étaler au lieu de ruisseler et rendait donc possible la visibilité même lors de gros orages... du moins pendant un certain temps.

Ils ne trouvèrent plus de pièces de rechange, ni d'essence quelquefois, mais je les ai toujours vus, en nombre plus ou moins important, rouler. Sans poignée, sans frein, sans essuie-glace, ils narguaient la pénurie. Enveloppés d'un nuage de fumée noirâtre – comme on ne peut en voir que dans les bandes dessinées –, les Malgaches, bons enfants mais têtus et déterminés, disaient clairement au gouvernement : *Tsy maninona,* textuellement « Ça ne fait rien ». Vous nous avez privés de tout, mais ce n'est pas grave, ça ne fait rien, on roule quand même !

Ce *tsy maninona* que l'on prononce « tsi manine » était pourtant, selon l'un de mes amis français quelque peu mauvaise langue, le prélude à toutes les catastrophes. C'était en partie vrai : le maçon à qui vous demandiez si le mur était assez solide pour supporter un étage de plus répondait « tsi manine » ; l'électricien que vous interrogiez pour être certain que le compteur supporterait le convecteur que vous aviez rapporté de France : « tsi manine » ; le chauffeur de taxi que vous questionniez pour savoir si la route n'avait pas été trop abîmée par l'orage : « tsi manine ». Évidemment, peu après, l'étage s'écroulait ; les fusibles déjà bricolés par du fil de cuivre sautaient et s'enflammaient ; la voiture sombrait dans un bourbier.

Mais « tsy manine », c'était aussi une façon pour le peuple de dire aux nantis et à ceux qui les gouvernaient « Tralalalalère, on y arrive quand même... à rouler, à rire, à survivre ». Il m'a toujours semblé qu'il y avait dans ce « Ça ne fait rien » un tiers de fatalisme, un tiers d'inconscience et un bon tiers de courage et de ténacité.

Tananarive, le 17 juillet

Ma chère maman,

Avant-hier je me suis donc rendue à nouveau chez maître Razafindraibe et nous avons parlé chiffres. Il s'était fait remettre les bilans de la Société de Graphite Berthier, la SGB, les plans de la maison d'Antsahavola à Tana et avait commencé à faire procéder aux estimations.

Je lui ai fait part de ta décision : respecter dans la mesure du raisonnable la dernière volonté de l'oncle Émile, mais passer outre s'il ne se présentait pas d'acquéreur.

Nous avons décidé ensemble que ce délai n'excèderait pas six mois.

— Cependant êtes-vous bien certain que les Lourmel se porteront acquéreurs quand ils apprendront que la mine est à vendre ? ai-je demandé.

— D'une part, voilà plus de cinquante ans qu'ils rêvent de la mine des Berthier ; d'autre part, même s'ils ont changé d'avis et ne s'y intéressent plus, l'installation d'un étranger près de chez eux constituerait une menace pour leur tranquillité, m'a répondu avec assurance le notaire.

— Seront-ils prêts à payer la mine à sa valeur s'il ne s'agit que d'assurer leur paix ? Ne chercheront-ils pas à profiter du fait qu'eux aussi représentent une menace pour la tranquillité d'un acquéreur éventuel ? Ne tenteront-ils pas d'acheter la société à bas prix ?

— Je ne le crois pas : les Berthier et les Lourmel, au-delà de leurs querelles, n'ont jamais été des idiots, ni des marchands de tapis. Si le prix que vous fixez est correct, les Lourmel se porteront acquéreurs et ne discuteront pas, j'en suis convaincu.

— Vous dites toujours « les » Lourmel. Combien y a-t-il de propriétaires ?

— La Société des graphites Anatole Lourmel, du nom du grand-père des actuels propriétaires, qui l'a fondée en 1896, dont l'acronyme est SOGAL, appartient à deux frères. L'un est divorcé et vit tantôt à Tamatave, tantôt à Tana, tantôt sur la mine. L'autre frère, marié, s'occupe peu de l'exploitation et vit la plupart du temps dans la capitale. Les deux frères ont rarement les mêmes points de vue. Mais l'idée d'acheter la SGB les réunira, pour une fois.

Je suppose même qu'ils ne parlent que de cela depuis la mort d'Émile Berthier.

— Avant toute chose, je souhaiterais visiter la maison de mon grand-oncle à Tana, puis aller sur la mine la semaine prochaine. Est-ce possible ?

— Bien entendu ! N'oubliez pas : tout cela est à vous... enfin à votre mère. Je dois vous dire qu'un nommé Lamotte, qui était le bras droit d'Émile Berthier est parti, quelques jours à peine après le décès de ce dernier, pour aller travailler chez les Lourmel. J'ai dû prendre des dispositions afin que vos biens soient préservés : j'ai donc conservé quatre gardiens sur les mines afin que le matériel ne soit pas volé. L'usine, le garage, les ateliers sont solidement cadenassés – outre les scellés posés – de même que les hangars contenant le stock de pièces détachées. J'ai en ma possession l'intégralité des clefs, naturellement. Elles sont à vous. À Tana, je n'ai gardé qu'un employé, un gardien qui assure la surveillance. Lorsque pour la première fois, vous vous rendrez sur les mines ou dans la maison d'Antsahavola, vous serez accompagnée de mon clerc qui vous présentera et sera chargé d'ôter les scellés.

Voilà donc le compte rendu fidèle de notre entrevue. Demain je visite la maison d'Antsahavola et, avant de remettre ma lettre à la personne qui la postera en France, je t'en ferai une rapide description.

18 juillet

Je me suis donc allée voir la grande maison d'Antsahavola. Elle est composée d'un corps central de deux niveaux et d'un bâtiment plus modeste comprenant un garage. Au-dessus de celui-ci se trouvent les bureaux de la société (le notaire m'a expliqué qu'il était indispensable pour la paperasse qu'une société digne de ce nom ait une antenne dans la capitale), soit deux pièces et une petite salle d'eau. Les scellés ont été enlevés et l'inventaire vérifié. Les meubles sont de bonne qualité, mais massifs et je les trouve laids. Tout dans cette maison est impersonnel et froid. Néanmoins, pour éviter des frais supplémentaires et aussi parce que la vie à l'hôtel commence à me peser, j'ai décidé de m'y installer sur le champ. Avec le clerc nous avons prévu d'aller ensemble à Berano – c'est le nom de l'endroit où se trouve la mine – mercredi prochain.

J'essaierai de te joindre au téléphone à mon retour.

Je t'embrasse.

Hélène

Chapitre 2

Fahandroan-kena mirakotra,
ka toa ihany ?
Une marmite à viande couverte,
que peut-elle bien contenir ?

Proverbe malgache

Je me souviens dans les moindres détails du jour où j'allai pour la première fois à Berano. Le trajet me sembla interminable. La voiture qui m'y conduisit m'avait été louée avec chauffeur et je crus cent fois que ma vie allait se terminer dans l'un des tournants de la Mandraka, cette barrière de montagnes qui forme une épaisse frontière entre les Hauts Plateaux et la côte est de l'île. Le clerc s'était immédiatement assoupi sur la banquette arrière. Je finis par l'imiter afin de fuir la réalité. Je me réveillai au moment où nous quittâmes la grande route pour emprunter sur notre droite un chemin caillouteux, très étroit et bordé d'une luxuriante végétation. Je remarquai avec ahurissement des fougères géantes, puis des bambous dont la section était plus grosse qu'une cuisse. L'air non plus n'avait ni la même odeur, ni la même densité que sur les Hauts Plateaux : il était lourd, chargé d'humidité et vous enveloppait d'une sorte de gangue tiède aux senteurs végétales.

Nous roulions toujours et je n'osais demander combien de temps il nous faudrait encore. Des cahots, des trous, des bosses, de la boue, des pierres, du sable, des cahots, des trous, des bosses... Il me semblait que nous avions quitté la route principale depuis trois heures au moins, alors qu'en réalité nous n'avions emprunté la piste que depuis une heure.

J'étais impatiente de savoir ce que j'allais découvrir mais je ressentais également au tréfonds de moi une angoisse diffuse. Je me doutais que j'allais pénétrer dans un monde inconnu et peut-être hostile. Depuis un moment déjà toute trace de civilisation avait disparu. Nous ne croisions plus aucun véhicule et je ne voyais au milieu de cette végétation, pour moi irréelle, que quelques minuscules maisons en roseaux montées sur pilotis. Devant l'une de ces habitations, une femme se faisait épouiller par une autre. Plus loin, je vis deux fillettes qui paraissaient avoir à peine six ans, vêtues d'un simple pagne de couleur indéfinissable, piler quelque chose dans un mortier. De temps à autre un homme, sorti du fond des âges, portant sur sa tête un fagot de bois, marchait le long du chemin.

Il me paraissait impossible qu'une exploitation puisse exister dans ce qui me semblait être une quatrième dimension. Le spectacle qui était sous mes yeux n'avait rien à voir avec les scènes de pauvreté de la capitale. J'évoluais simplement dans un « ailleurs » et j'avais passé sans doute au moment où je m'étais endormie une invisible barrière.

Je songeai alors à une nouvelle de Marcel Aymé dans laquelle le gouvernement a avancé le temps d'une vingtaine d'années en France, mais en oubliant un petit village dans lequel va se retrouver le héros de l'histoire ! La seule différence entre l'histoire que j'avais lue et celle que je vivais, c'est que l'écart entre le mode de vie de Tana et celui de la brousse – que je pouvais deviner à l'aspect plus que rudimentaire de l'habitat – se comptait, non pas en années, mais en siècles...

Je vis enfin au loin une barrière en bois dont la peinture qui alternait le rouge et le blanc me parut incongrue dans cet univers où toutes les couleurs utilisées par l'homme se fondaient dans le paysage. À côté de la barrière se trouvait une minuscule maison blanche et sur son mur le plus visible de la route étaient peintes en vert jardin les lettres SGB. Chaque lettre avait la dimension d'une assiette et les trois étaient disposées en escalier. Elles ressortaient elles aussi sur ce fond trop blanc avec une netteté agressive et déplacée.

Alerté par le klaxon, un homme en sortit l'air passablement étonné. Le clerc, réveillé en sursaut, lui fit par la fenêtre arrière de la voiture tout un discours en me désignant. L'homme roula des yeux effarés puis, en français quoi qu'avec un accent prononcé, il me dit : « Bonjour, patronne, *tonga soa* (bienvenue). » Je remerciai d'un signe de la tête, amusée de l'appellation. Puis, il se précipita sur la barrière en faisant un salut vaguement militaire et l'ouvrit. Après quoi, il regagna à grandes enjambées sa maison. Il nous restait encore deux kilomètres à parcourir avant d'arriver à l'usine. La végétation avait changé : on y sentait la main de l'homme. D'immenses eucalyptus, plantés depuis des décennies sans doute, se mêlaient à d'autres espèces inconnues pour moi. La route également ne ressemblait pas à celle que nous avions empruntée jusque-là : elle était manifestement entretenue.

Néanmoins il fallut traverser un pont qui ne m'inspirait aucune confiance : une partie avait été emportée lors d'une inondation ou d'un cyclone et les traverses restantes me paraissaient bien fragiles. Mais le chauffeur n'hésita pas une seconde. Lentement, centimètre par centimètre, il avança. Le cœur battant, je nous imaginais déjà quatre mètres plus bas, la voiture renversée sur le toit au milieu de la rivière. Je n'osai faire remarquer que deux personnes au moins – le clerc et moi – auraient pu passer à pied d'abord. Quel intérêt de faire périr trois personnes si on peut n'en faire périr qu'une ? Mais enfin la chance était avec nous, et nous parvînmes de l'autre côté.

Une deuxième barrière, plus sophistiquée et plus imposante que la première, barrait la route peu après le pont. Elle se releva seule, me sembla-t-il, et avant que le chauffeur n'ait eu le temps de klaxonner. Pendant une ou deux secondes d'égarement, je crus qu'un système de télédétection avait été installé. Puis j'aperçus, derrière un arbre qui le masquait, le gardien chargé d'actionner le contrepoids de la barrière. J'allais m'étonner de son empressement et de sa vigilance quand je vis, à quelques mètres de lui, un attroupement : une trentaine ou une quarantaine de personnes se tenaient debout, tête nue, un chapeau de paille à la main pour la plupart, immobiles et silencieuses. Le chauffeur arrêta la voiture, j'en descendis, suivie du petit clerc.

Un homme de taille moyenne, tout rond, le teint clair s'avança vers moi, me tendit la main et se présenta :

— Bonjour patronne, je m'appelle Eugène, je suis le chef d'atelier.

Un autre tout maigre, la peau foncée mais les yeux assez clairs, s'avança à son tour :

— Bonjour patronne, moi je suis John, le chef du personnel.

J'appris plus tard qu'on supposait que son père était un Anglais, venu étudier les lézards de la région, d'où son nom et ses yeux.

Le dénommé Eugène reprit la parole :

— Le gérant ne travaille plus ici, patronne. Il a trouvé du travail chez les Lourmel. En son absence, patronne, c'est moi qui dois parler au nom de tous et je vous souhaite la bienvenue à Berano. Nous savons que vous venez de loin pour nous voir et nous vous en remercions. Nous ferons de notre mieux pour vous satisfaire, car vous êtes du sang de notre bien-aimé monsieur Berthier, autant dire qu'à votre tour vous êtes notre père et notre mère.

Puis il se tourna vers les hommes dont la troupe grossissait à chaque instant – j'en voyais arriver de tous les côtés – et baragouina quelque chose en malgache. D'une même voix forte et claire, comme s'ils avaient répété cent fois leur leçon, tous s'exclamèrent :

— Bonjour patronne, *tonga soa* !

Le petit clerc, à côté de moi, murmura tout bas :

— Ils veulent un discours, c'est la coutume, vous devez leur parler.

Ils me regardaient tous, en effet, dans une attitude d'attente. Il n'y avait ni animosité dans leur attitude, ni plaisir particulier. D'ailleurs pourquoi y aurait-il eu l'un ou l'autre ?

Dans ma tête, tout se bousculait et je ne comprenais rien de ce qui se passait autour de moi. D'abord, comment ces hommes et ces femmes avaient-ils eu connaissance de mon arrivée alors que le téléphone ne marchait plus depuis deux ans dans cette région ? Ensuite, que voulaient-ils dire lorsqu'ils m'appelaient « patronne » ? Que signifiait « Vous êtes notre père et notre mère à présent » ? Qu'attendaient-ils de moi ?

Je bafouillai, puis j'essayai de faire un discours un peu flou :

— Bonjour vous tous ! Je suis vraiment sensible à l'accueil que vous me réservez...

J'allais continuer lorsque Eugène m'interrompit :

— Si vous permettez, je vais traduire au fur et à mesure.

— Personne ne parle français ? demandai-je, étonnée.

— Certains comprennent quelques mots, c'est tout...

Et il traduisit mon blabla improvisé. Je terminai sur une note prudente en leur disant que je veillerais, dans les décisions que je devrais prendre, à ne pas oublier de protéger leurs intérêts.

Il y eut un mouvement de satisfaction parmi la foule à présent nombreuse, puis Eugène fit un large geste de la main et ils se dispersèrent.

— Je vais vous faire ouvrir la maison, dit le chef d'atelier. Je suppose que vous souhaitez vous reposer ou boire un café, ensuite je suis à votre disposition pour la visite.

— Aurons-nous le temps de tout voir dans l'après-midi si nous commençons à 15 heures ? demandai-je en regardant ma montre qui en marquait 14.

— Nous verrons l'essentiel au moins : les mines et l'usine. Je vous montrerai la turbine demain.

Il m'accompagna jusqu'à une grande maison de bois presque masquée par toute la végétation qui l'entourait. Un magnifique ravenale montait la garde près de la porte d'entrée. Comme je l'admirais, Eugène sourit et, avec fierté, remarqua :

— Il n'y en a pas en France, m'a-t-on dit.

— Non, en effet. Il parait qu'on les appelle « arbres du voyageur » parce qu'ils stockent de l'eau pure à la base de leurs feuilles.

— Pas seulement ! Ils produisent aussi des graines que l'on peut manger, ils font de l'ombre où l'on se repose. Et vous voyez ces larges feuilles ? Ce sont des parapluies très efficaces lorsqu'il pleut.

Je ris :

— L'arbre idéal !

— C'est vrai, approuva-t-il. Tenez, entrez !

Je pénétrai dans la maison : les murs, le toit, le plancher, les meubles, tout était en palissandre mis à part la cheminée de briques. Une odeur de moisi me sauta aux narines. Je crus longtemps que cette odeur venait d'un manque d'aération et ce jour-là particulièrement, je pensai qu'on ouvrait une maison depuis longtemps fermée.

Je me souviens qu'il me fallut quelques semaines pour comprendre que le taux d'humidité était tel dans cette région que rien ne pouvait lutter contre cette odeur. Les murs étaient imbibés d'eau, les serviettes de toilettes, les draps, les chaussures de cuir se couvraient en un rien de temps d'une moisissure verdâtre puis devenaient aussi rigides que du bois ; le papier se mettait à gondoler en quelques heures et les joints des carreaux dans la salle de bain et la cuisine demeuraient noirs.

Un homme était en train d'ouvrir les volets. En nous entendant arriver, il effectua un demi-tour rapide et en deux glissades fut devant moi. Je crus qu'il était chaussé de rollers, mais un coup d'œil m'apprit qu'il était tout simplement pieds nus sur des patins en feutre, lesquels patins glissaient à merveille, d'une part parce que le parquet en palissandre était amoureusement ciré et d'autre part parce qu'une mince pellicule de paillettes brillantes recouvrait tout – le graphite – et agissait comme un lubrifiant.

— Voilà Tell, me présenta Eugène (je n'appris que plus tard que cela s'écrivait Telo). Il a travaillé pendant quarante ans pour monsieur Émile, n'est-ce pas, Telo ?

Ce dernier hocha la tête avec mélancolie, tout en me saluant très poliment.

— Telo ne parle pas français, continua Eugène, mais il le comprend assez bien. Si vous avez besoin de quelque chose il faut le lui demander.

— Bonjour Telo. Je voudrais me reposer un moment.

Et je fis mine d'entrer. D'un geste énergique, Telo m'opposa un refus formel et prononça un mot qui ne pouvait que vouloir dire « Attends ».

J'attendis donc et je le vis revenir très vite avec une paire de patins cousus dans une douce couverture qu'il déposa devant mes pieds. Puis il repartit aussi vite qu'il était venu avec une dextérité qui me fit penser qu'il patinait ainsi depuis des années.

Le clerc avait disparu, le chauffeur également. Telo était dans la cuisine. Je me retrouvai seule dans la demeure d'un autre. Un sentiment de malaise m'envahit. J'avais l'impression de violer l'intimité d'un étranger. Je compris que la maison de Tana était impersonnelle parce qu'elle devait être rarement habitée par l'oncle Émile. C'était bien différent pour celle-ci. Tout témoignait des goûts et des habitudes de l'oncle : une pipe dans un cendrier, une collection de romans policiers tous gondolés sur les étagères du salon, des maquettes de bateaux sur un buffet dans le fond de la pièce, des papiers sur un bureau et un stylo posé en travers, comme si la personne qui avait travaillé là allait revenir d'un instant à l'autre, des photographies sur la cheminée. Je devinai à peu près de qui il s'agissait. Sur ce cliché aux couleurs pâlies, c'était sûrement Émile avec son nez busqué. Auprès de lui une femme assez jolie à l'air très doux et aux yeux clairs, sa femme bien sûr. Là sur cette photo en noir et blanc, certainement Charles, le père d'Émile, les yeux durs et l'air revêche. Un jeune homme dans un cadre doré souriait en serrant contre lui un berger allemand : je supposai qu'il s'agissait de Bertrand. Je ne pus identifier deux clichés anciens. L'un représentait une très jeune femme qui tenait à la main une mandoline et l'autre un bébé nu sur un coussin.

Puis je m'installai dans un rocking-chair sur la véranda – ici on dit la varangue – la tête absolument vide en attendant que l'on vienne me chercher pour la visite.

À l'heure dite, le chef d'atelier et le chef du personnel, suivis de trois ou quatre types en guenilles, se présentèrent.

— Par où voulez-vous commencer ? me demanda Eugène. Par les mines ou par l'usine ?

— Et si nous commencions dans l'ordre chronologique ?

Je vis qu'il ne comprenait pas « chronologique » et je formulai autrement ma phrase :

— Nous pourrions commencer par le début, c'est-à-dire par l'endroit où l'on trouve le graphite ?

— D'accord, dit-il. Allons à la mine n° 1.

Je pensais que le graphite était extrait bien loin de l'usine, mais nous partîmes à pied. À moins de cinq cents mètres, juste après les bâtiments de l'usine, une route étroite et parfaitement rectiligne suivait une rivière. À gauche de cette rivière, une végétation tropicale luxuriante formait un rideau vert émeraude. À droite de la route, sur une longueur visible à l'œil nu et n'excédant probablement pas deux kilomètres et une largeur de trois cents mètres, la forêt et toute trace de végétation avaient disparu. Une cicatrice rouge béante griffait tout le vert alentour.

Je ne comprenais pas bien ce que je voyais, mais ce qui se passait d'explication, c'était cette blessure de l'homme à la terre. Une blessure qui me serrait le cœur tout en me remplissant d'admiration. Je savais que l'exploitation avait été ouverte en 1913 et que, jusqu'à une époque très récente, tout avait été fait à la main sans bulldozers, sans engins d'aucune sorte. La cicatrice était à la fois minuscule, comparée à la taille de la forêt de l'est, et immense à l'échelle humaine. J'imaginais les premiers coups de pioche, les premiers arbres abattus, les premiers lémuriens chassés de leur territoire. Mais je voyais aussi le grand-père Berthier donnant des ordres du haut de la colline :

— Vous ! Prenez une équipe de quatre hommes et allez couper ces arbres à l'est... Vous ! Creusez là bas, vers le nord !

Au fait, comment savaient-ils où creuser ? Comment se doute-t-on que dans telle ou telle partie du sous-sol, il y a du graphite ?

Pour Eugène, l'exploitation du graphite était tellement familière qu'il avait du mal à m'expliquer correctement ce que je voyais. Cependant, à force de questions et de recoupements entre ce que me disaient les uns et les autres, je pus comprendre que le graphite formait des filons et que ces filons suivaient une direction. Ici par exemple le filon allait du nord au sud et il était exploitable car il se trouvait dans une colline et à proximité d'une rivière. Ce que Eugène appelait la mine n° 1 – il me précisa qu'il y avait quatre mines distantes de trois cents mètres environ l'une de l'autre – ressemblait à une installation sortie tout droit du Far West, avec ses toboggans en bois qui charriaient la terre extraite jusqu'à la laverie. Là, des cuves rectangulaires se suivaient dans un espace ridiculement petit surmonté d'un toit de tôle hideux. Comme tout était à l'arrêt je ne compris pas grand-chose à tout ce bazar, sinon que d'une cuve à l'autre le graphite devenait de plus en plus « pur », et que pour le séparer de la terre auquel il était mélangé, il fallait le faire flotter alors qu'il était plus lourd que l'eau.

Pour résoudre ce problème, on versait lors de l'une des étapes une huile de flottation, appelée ainsi parce qu'elle enrobait la paillette de graphite d'une pellicule qui lui permettait de flotter. Ensuite, on écrémait l'eau et le graphite qui sortait de ces mines avait une teneur en carbone de près de 70 %. Eugène appelait ce graphite le « débourbé ».

Je m'approchai de la dernière cuve longue et rectangulaire. Au fond, une épaisse couche de graphite s'était agglutinée. J'en pris une poignée : c'était doux et léger, noir et brillant. J'étalai les paillettes et je les frottai sur le dos de ma main qui devint argent sombre.

— Venez, me dit alors Eugène. Allons voir l'usine.

C'était l'usine de la Belle au bois dormant. Tout témoignait d'un arrêt brutal des activités. Dans une fosse, un énorme tas de graphite et, plantée dans ce tas une pelle attendait le retour de l'ouvrier. À côté du four rotatif qui séchait le graphite après plusieurs traitements qui visaient à augmenter sa teneur en carbone jusqu'à 96 %, d'énormes tas de bois attendaient d'être enfournés. Les trémies, ces sortes d'entonnoirs qui avalent le graphite pour un dernier lavage, étaient encore chargées jusqu'à la gueule.

Au moyen d'un escalier plus que glissant, on accédait à une sorte de tour au sommet de laquelle se trouvait une machine, utilisée habituellement pour la farine qui avait été adaptée aux besoins du graphite. Constituée de plusieurs tamis, elle le triait selon la grosseur de ses paillettes.

La visite se termina par la revue des véhicules de la société : deux bulldozers, deux camionnettes, un camion de cinq tonnes, deux voitures et deux petites motos, puis par la visite de l'atelier de réparation qui me parut superbement équipé : il y avait même un magnifique tour qui semblait neuf et permettait de fabriquer sur place certaines pièces.

— Demain je vous ferai voir la turbine, l'école, la menuiserie, l'ensachage ainsi que l'endroit où les sacs sont chargés. J'oubliais l'infirmerie...

— Possédez-vous une carte détaillée de la propriété et de la région ?

— Oui bien sûr, dans le bureau de monsieur Berthier. Je vous y emmène. Venez !

Les autres me dirent bonsoir et je me retrouvai seule avec Eugène. Pendant que je regardais avec attention la carte d'état-major épinglée au mur et sur laquelle les limites de la propriété avaient été tracées à l'encre noire, Eugène se gratta longuement la tête puis se lança :

— Patronne, est-ce que nous allons reprendre tout de suite la production ?

Ahurie, je le regardai :

— Mais je n'en ai jamais eu l'intention ! Je croyais que vous le saviez. J'ai ma famille et un métier en France. Je viens ici pour voir la propriété avant la vente !

— Vous ne pouvez pas vendre. Vous êtes la nièce de monsieur Berthier, n'est-ce pas ?

J'acquiesçai de la tête.

— Alors vous héritez de son sang, de sa terre, de ses biens ! Vous ne laisserez pas la mine tomber entre des mains étrangères...

Je le regardai attentivement. Il avait l'air sincèrement angoissé et ému :

— Pourquoi attachez-vous autant d'importance au fait que je décide de vendre la société ? Vous ne me connaissez pas. Et puis, si je n'ai pas le respect des liens familiaux, est-ce que cela vous chagrine tant que cela ?

Il réfléchit un moment :

— Patronne... justement, pour nous, vous êtes la patronne même si on ne vous connaît pas puisque vous êtes du sang des Berthier. Nous, nous n'avons pas dans les veines du sang des Berthier pourtant, depuis le temps que nos familles travaillent pour eux, nous pensons que nous faisons aussi un peu partie de cette famille. Nous ne pouvons pas imaginer travailler pour quelqu'un d'autre.

— Surtout pour les Lourmel ! dis-je en souriant.

— Oui, surtout pour eux, approuva-t-il gravement.

— Pourtant Édouard Lamotte n'a pas hésité, m'a-t-on dit.

— Parce que, fit-il avec mépris, c'est un vazaha, un vazaha qui n'est pas un zanatany* et en plus un vazaha lany mofo...

Je ne compris rien à ce nébuleux discours mais à force de patience j'appris que ce vazaha (je savais déjà qu'on appelait ainsi les étrangers blancs) n'était guère respecté puisque né hors du pays, au contraire du zanatany (littéralement « enfant de la terre ») et en outre pauvre (lany mofo : il n'avait plus de pain).

— Et je sais que d'autres, des Malgaches, n'ont pas hésité à aller travailler chez les Lourmel, ce qui me paraît d'ailleurs normal...

Il m'interrompit :

— Ceux-là, c'étaient des traîtres, patronne. La plupart d'entre nous auraient pu passer au service des Lourmel, mais rares sont ceux qui l'ont fait : nous sommes fidèles, même si depuis quatre mois nous n'avons plus de travail, et donc plus de salaire.

Je sus par la suite que c'était inexact et que les Lourmel n'avaient aucune envie de récupérer le personnel de la SGB, à une ou deux exceptions près, mais sur le moment je faillis en avoir les larmes aux yeux.

— Et puis, même si vous vendez la SGB à un autre, personne ne sera content. Je vous le répète, nous sommes les enfants des Berthier. Mon arrière-grand-père, mes deux grands-pères et mon père ont travaillé pour monsieur Charles. Moi j'ai travaillé pour monsieur Émile et monsieur Bertrand et je travaillerai maintenant pour vous.

Je méditai quelques minutes sur le pouvoir héréditaire. Il n'était pas déplaisant qu'on vous supplie de vous asseoir sur un trône... Puis je revins bien vite aux réalités :

— Eugène, je vous comprends mais je vois du graphite pour la première fois aujourd'hui : je n'y connais rien. Même si je voulais rester ce serait une catastrophe ! Je coulerais l'affaire très vite, elle serait rachetée par je ne sais qui et vous vous trouveriez dans une situation encore moins enviable que celle dans laquelle vous vous trouvez aujourd'hui.

— Vous pouvez apprendre le graphite, c'est pas difficile, patronne, et puis on est tous là pour vous aider...

Je souris :

— Comme vous me l'avez dit, depuis votre arrière-grand-père votre famille travaille dans le graphite, alors tout vous paraît simple et évident mais ma vie n'est pas ici : j'ai une famille en France, des amis, un travail.

Eugène me lança un regard triste :

— Alors, vous avez déjà décidé ! Il va falloir que je le dise aux autres.

— Vous ne dites rien pour le moment. Je dois encore réfléchir mais quelle que soit ma décision, c'est moi qui leur parlerai. Au fait, je voudrais savoir comment vous avez été prévenus de mon arrivée hier.

Il se mit à rire.

— Personne ne nous a prévenus ; c'est Vilany, le gardien de la première barrière qui a demandé à son fils de courir très vite pour me dire que vous étiez là, et tout de suite, j'ai sifflé pour que les ouvriers qui étaient chez eux se joignent à moi.

— Félicitations pour la rapidité du rassemblement, répondis-je en riant à mon tour. Je crois que j'en ai assez vu pour aujourd'hui. Voulez-vous venir me chercher demain matin, à 8 heures ? Avez-vous trouvé un endroit où loger le chauffeur et également monsieur Clément, le clerc ?

Sans que j'y prenne garde la journée avait été épuisante à tout point de vue. Je regagnai la maison d'Émile Berthier avec le sentiment de porter avec difficulté un gros poids sur mes épaules.

Telo avait fait un énorme feu de cheminée qui me réconforta. J'aurais donné cher pour ne pas être seule, dîner avec le clerc ou Eugène, ou même le chauffeur, mais je savais déjà que les barrières sociales me l'interdisaient et qu'ils auraient été ahuris et gênés si d'aventure je m'y étais risquée. Quoi qu'il en soit, tout le monde avait disparu : j'étais seule avec Telo qui patinait silencieusement autour de la table de la salle à manger en vérifiant l'ordonnancement du couvert déjà mis.

Il était à peine plus de 18 heures lorsque Telo bredouilla quelque chose que je ne compris pas.

Alors il me montra la table. Je crus qu'il guettait mon approbation pour la disposition des assiettes, le joli bouquet de fleurs au centre et l'argenterie bien brillante des couverts.

— Oui, dis-je. C'est très bien.

Il hocha la tête, disparut dans la cuisine et revint avec un plat fumant, outré de ne pas me retrouver déjà assise devant mon couvert.

J'obéis à son injonction muette et je me mis sagement au bout de la longue table rectangulaire, à la place qu'il m'avait attribuée. Mon estomac trouvait qu'il était bien trop tôt pour dîner, mais je m'y forçai pour ne pas blesser Telo. Il y avait un potage plutôt bon, mais j'aurais été incapable de nommer les légumes et les épices qui entraient dans sa composition. J'avais depuis un bon bout de temps terminé mais je ne voyais toujours pas reparaître Telo. Je me demandai s'il ne fallait pas que je retourne dans la partie salon de la pièce. Le dîner était sans doute achevé... mais je vis apparaître la tête frisée de Telo dans l'embrasure de la porte qui menait à la cuisine.

— Wa, wa, wa ! s'esclaffa-t-il

— Quoi « wa, wa, wa » ? dis-je en éclatant de rire à mon tour tant cette conversation par onomatopées était burlesque.

Il vint près de moi et me fit tout un long discours en agitant une clochette qui était placée à ma droite sur la table.

— Ah, je comprends ! Quand j'ai besoin de quelque chose je vous appelle avec ceci...

Il repartit, referma la porte de la cuisine puis deux secondes après rouvrit en me faisant signe d'agiter la clochette.

Je m'exécutai. Radieux de voir que je comprenais somme toute assez vite ses leçons, il me servit une omelette.

Un dernier drelin, et deux bananes et une boîte de lait concentré apparurent. Je ne saisis pas bien l'utilité du lait concentré, mais je me forçai à avaler une banane.

La nuit fut interminable : impossible de fermer l'œil dans cette maison inconnue baignée dans le silence le plus total. J'essayai pourtant de prendre un peu de repos avant d'affronter une autre journée qui serait sans nul doute aussi épuisante psychologiquement et physiquement que celle que je venais de vivre. Cependant, dès que j'enfonçais ma tête dans l'oreiller – et je ne sais pas dormir autrement – l'odeur de moisi me suffoquait. Je finis par me lever et j'allai chercher quelque chose à lire. Ne connaissant pas les auteurs des romans que je voyais, je pris un livre au hasard. C'était *Ambre*, de Katleen Winsor. Sur la première page était écrit le nom d'Élisabeth Berthier, la femme d'Émile.

C'était un gros volume aux pages jaunies et piquetées. Des termites l'avaient même traversé de part en part en deux endroits, laissant un petit orifice parfaitement circulaire. Dès le premier chapitre, je constatai qu'il s'agissait d'une lecture facile, un roman d'aventures et d'amour qui se situait dans l'Angleterre de Charles II. Ambre, l'héroïne, passe son temps à courir derrière le grand amour de sa vie et, ce faisant, traverse des épreuves effroyables : la prison des femmes, la peste et cent autres mésaventures dont elle sort indemne, on ne sait par quel miracle. Amusée, je m'accrochai à Ambre et je la suivis dans son existence tumultueuse. Mes angoisses lâchèrent prise petit à petit tandis que je me plongeais dans le dramatique récit de la grande peste qui ravagea Londres puis de l'incendie qui suivit. Pour toujours ma première nuit à Berano resterait associée à ce roman.

Je dus finir par trouver le sommeil vers quatre heures du matin.

Il me sembla que j'avais dormi à peine cinq minutes lorsqu'une clameur affreuse, un hurlement de dinosaure à l'agonie me fit sauter du lit, le cœur battant à tout rompre. Je sortis de la chambre. Telo était dans le salon et versait paisiblement de l'eau chaude dans une théière.

— Bonjour, me dit-il gentiment en français.

Le hurlement déchirant retentissait toujours.

— Qu'est-ce que c'est ? demandai-je en levant l'index en l'air.

— La cloche, me répondit-il, tandis que la sinistre plainte se mourait.

— Quelle cloche ?

— La cloche… l'usine… travail commencer maintenant… 6 heures…

Je finis par comprendre qu'il était 6 heures, que j'avais donc dormi deux heures et que cette sirène abominable ponctuait les heures de début et de fin de travail. Toutefois je n'en compris pas l'utilité puisque le travail était arrêté.

Le petit-déjeuner était prêt : café ou thé, pain grillé, confiture. Telo avait essayé de faire pour le mieux et je le remerciai sincèrement bien que le pain fût manifestement charançonné et le thé moisi.

À 8 heures, Eugène, ponctuel, vint me chercher.

— Bonjour, dis-je. Au fait j'ai entendu la sirène ce matin. Telo dit qu'elle marque le début et la fin du travail. L'usine ne fonctionne pourtant pas !

— Oui, c'est exact, mais nous avons remis la sirène en route en votre honneur, pour vous permettre de connaître l'heure.

J'appréciai à sa juste valeur une telle attention et je grimaçai un sourire de remerciement.

— Où nous rendons-nous ce matin ?

— À l'école d'abord, si vous voulez bien...

— Allons-y !

— Il y a trois maîtres, normalement : deux sont payés par l'État et un par la SGB. Celui qui était payé par la société est parti, si bien qu'il n'en reste plus que deux et ils sont surchargés d'élèves. Vous ne verrez personne aujourd'hui, puisque ce sont les grandes vacances.

— Juillet et août, comme en France ?

— Oui, confirma-t-il, mais je veux vous montrer l'école elle-même.

Nous traversâmes à pied la cour de l'usine et nous prîmes un petit chemin ombragé. Il aboutissait à une clairière dont je compris vite qu'elle était en fait la cour de récréation de l'école qui se trouvait là. Le bâtiment dont Eugène paraissait très fier était un affreux cube de bois, largement vitré sur la façade nord. Il comprenait trois grandes salles. Son toit de tôle, très visible car assez bas, n'était pas encore suffisamment mangé par la rouille pour se confondre dans le paysage. Non seulement il était hideux mais en outre, les élèves devaient souffrir terriblement de la chaleur là-dessous.

Je me dis qu'avant de vendre, ce serait un bien beau cadeau de ma part si je faisais abattre cette construction ignoble pour la remplacer par un bâtiment de briques et de tuiles, puis je souris en réalisant que les paroles d'Eugène, la veille, avaient fait leur chemin dans ma tête : voilà que je commençais à me conduire en vraie propriétaire.

La visite se poursuivit : je vis la petite infirmerie, l'ensachage, le minuscule laboratoire. Je vis aussi la carrière d'où étaient extraites les pierres nécessaires aux constructions et la forêt d'eucalyptus plantés qui servaient de combustible.

Dès cette première visite, je compris que Berano était une sorte de principauté qui fonctionnait en circuit fermé : les hommes et les femmes vivaient de l'usine, et l'usine se nourrissait d'eux. Tout était fait pour que l'on se passe autant que possible de ce qui venait d'ailleurs. On avait besoin d'une machine, on l'inventait et on la réalisait ; on avait besoin de pièces pour réparer un engin, on les fabriquait ; on avait besoin de bois, on le coupait ; on avait besoin de pierres, on les ramassait ; on avait besoin d'ouvriers, on les recrutait parmi les enfants de ceux qui travaillaient déjà là ; on les logeait, on les soignait...

— Il ne me reste plus qu'à vous monter la turbine, me dit Eugène. Nous l'avons laissé tourner, d'abord pour qu'elle ne s'abîme pas, et ensuite parce que les ouvriers ont pris l'habitude d'avoir l'électricité.

Je mis un certain temps à réaliser que la JIRAMA – équivalent de notre EDF – n'était pas parvenue jusque-là. Le geste machinal que j'avais accompli vingt fois hier sans y songer – appuyer sur un interrupteur et voir jaillir la lumière – était le résultat d'un travail titanesque.

Nous prîmes une camionnette de la société car Eugène m'apprit que la turbine avait été installée à deux kilomètres de là.

Je ne m'attendais certes pas à ce que j'allais voir. Derrière un rideau de verdure une rivière semblait sommeiller ; le chemin boueux que nous empruntâmes la suivit un moment puis elle parut disparaître, escamotée par quelque magicien. Eugène me fit descendre du véhicule et prit un sentier fortement pentu envahi par les herbes folles. Un bruit étrange que je n'arrivais pas à définir s'amplifiait de mètre en mètre et rendait toute conversation impossible. Mais l'incertitude ne dura pas longtemps ; encore un pas et je me trouvai devant un spectacle grandiose : la rivière à cet endroit se cassait en une falaise abrupte et un rideau d'eau blanche se fracassait sur d'énormes rochers en contrebas, c'est-à-dire là où je me trouvais. On voyait bien que le travail de l'homme avait probablement accentué la chute par le dynamitage de quelques rochers mal placés. On apercevait aussi des murs de pierre prolongeant la largeur de la falaise ainsi qu'une retenue d'eau et des volants en fer qui devaient mouvoir des vannes.

Eugène me laissa quelques bonnes minutes pour apprécier le site puis me fit signe de le suivre. Nous longeâmes un court et étroit canal empli d'eau à ras bord. Au bout de ce canal, une minuscule maison.

C'était la turbine.

Eugène siffla pour couvrir le bruit de la chute d'eau. Un homme en loques sortit précipitamment de ce que je crus d'abord être le rocher mais qui en fait était une cahute en bois tellement en piteux état qu'elle avait pris les couleurs du talus auquel elle était adossée. Eugène me le présenta pompeusement : Ramainty, le gardien de la turbine. Son père déjà était le gardien de ce lieu. Je compris que ce poste aussi était héréditaire. Eugène expliqua en malgache à Ramainty qui j'étais. Ce dernier souleva respectueusement un drôle de petit couvre-chef de paille, qui ressemblait à une casserole sans manche, et bredouilla une formule de politesse.

La petite construction qui abritait la turbine s'étageait sur deux niveaux. À l'intérieur du plus élevé, on ne voyait que des cadrans et des voyants relativement neufs. C'était au niveau inférieur que se trouvait la bête. Elle était d'origine, c'est-à-dire datant des années vingt : un énorme amas de fer hérissé de boulons, d'engrenages, de poulies. Sur l'une de ces poulies tournait avec le même claquement monotone, toutes les deux secondes, une courroie large d'environ douze centimètres.

Au-dessus de la porte d'entrée étaient accrochées, tels des trophées de chasse, trois hélices aux bords dentelés par les cailloux qui avaient réussi à passer les grilles de protection et une quatrième, véritable objet de curiosité, qui avait été complètement vrillée sous la puissance d'une mystérieuse force herculéenne.

Je sortis de cette visite plus émue que par tout ce que j'avais vu jusqu'à présent. Je pensais à Charles Berthier arrivé ici le premier. Je le voyais choisissant l'emplacement le meilleur pour sa turbine, consultant des catalogues, écrivant à des fabricants, amassant un à un les sous nécessaires à cet achat.

J'imaginais le transport du monstre en bateau jusqu'à Tamatave, puis le débarquement de l'énorme caisse, ensuite le transport jusqu'à la gare de Mahafaly, distante de huit kilomètres de Berano. Jusque-là difficile mais faisable.

Je n'imaginais plus en revanche, la portion de route restant entre la gare et la rivière. Combien d'hommes, combien de cordes, combien de jours ? Et quels ingénieurs avaient mis en place la turbine, avaient effectué les réglages ? Comment les paysans du coin avaient-ils salués les premières ampoules électriques brillant dans la nuit ? Qu'avait ressenti Charles Berthier quand le monstre avait commencé à ronronner ? S'était-il assis là où j'étais, sur le rebord du canal de dérivation en contemplant son œuvre, le cœur gonflé de fierté ?

S'il y a une journée entre toutes dont je me souviens parfaitement, c'est bien celle-là. Mais tant d'étonnements, tant d'émotions, tant de nouveautés m'avaient submergée que j'ai dû trouver impossible de les raconter à moins tout simplement que j'aie voulu, comme un avare, les conserver pour moi, car aucune lettre ne mentionne cette découverte que je fis de la mine.

Chapitre 3

Tsy misy hidy tsy afaka alana,
na hena tsy afaka ambilany
Il n'y a pas de serrure qu'on ne puisse ouvrir,
ni de morceau de viande
qu'on ne puisse sortir de la marmite.

Proverbe malgache

Il me semble que c'est l'après-midi même, à moins que ce ne soit le lendemain, que je me mis au volant de la voiture de la société, à la fois pour être un peu seule et pour découvrir les environs.

Contrairement à ce que j'avais imaginé, la piste continuait après la dernière mine ; elle quittait assez vite la rivière pour se dérouler vers l'est. Je la suivis pendant cinq cents mètres à peine, puis je m'arrêtai pour prendre un sentier que j'aperçus. Marcher me ferait du bien. Cependant, très vite, le sentier se rétrécissait et je me sentis mal à l'aise dans cette forêt inconnue. Je rebroussai chemin.

Je repris la voiture, conduisant très lentement pour admirer l'extraordinaire végétation qui m'entourait. C'est alors qu'un 4 x 4 roulant à une allure excessive me dépassa. Je compris immédiatement de qui il s'agissait en voyant devant moi un énorme panneau de la SOGAL.

Le savoir-vivre, mais la curiosité surtout il faut bien l'avouer, me poussèrent à aller voir ce ou ces Lourmel pour me présenter. Après tout les vicilles histoires entre Berthier et eux ne me regardaient pas. Je ne connaissais même pas l'origine de leurs querelles.

À cent mètres à peine de l'endroit où le 4 x 4 m'avait doublée, la végétation se clairsemait puis elle s'écarta comme un rideau pour dévoiler une large rivière au fond d'un ravin. Pour traverser, un pont en bois avait été construit sans le moindre parapet, comme tous les ponts que j'avais vus dans le coin jusqu'à présent, à la seule différence que celui-ci était vraiment très haut et relativement long. Je l'empruntai néanmoins en voyant des bâtiments sur l'autre rive et en comprenant qu'il était utilisé régulièrement.

Je ne m'étais pas trompée, j'arrivai bien chez les Lourmel, dans la cour même de leur usine.

Le véhicule qui m'avait dépassée était immobilisé devant une grande machine qui paraissait être une scie sauteuse, et un vazaha était penché sur le moteur de cette scie. Il ne leva pas la tête à mon approche.

— Bonjour, dis-je. Je suis Hélène Deschamps... Je voudrais parler à monsieur Lourmel.

— 'Jour..., fit-il sans même me tendre la main mais en daignant me regarder. Oui, quel Lourmel cherchez-vous ?

Grand, brun, la quarantaine, il avait un visage aux traits réguliers auquel une paire de sourcils trop fournis donnait un air dur.

Il faisait semblant de ne pas savoir qui j'étais, mais il ne pouvait pas l'ignorer. D'abord, j'avais pu constater hier que, bien que n'ayant pas de tam-tam, les Malgaches pouvaient faire circuler l'information à une vitesse vertigineuse. Ensuite, il connaissait obligatoirement le véhicule tout terrain de la société Berthier que je conduisais et qu'il avait dépassé.

Je me forçai à sourire :

— Je suis la nièce d'Émile Berthier. Il m'a semblé normal de venir me présenter. N'importe lequel des Lourmel fera l'affaire...

— Ouais... moi, je suis Alain. Mais vous devez déjà le savoir, comme vous devez savoir qu'entre les Berthier et nous, il y a toujours eu la guerre.

— Écoutez, je suis l'héritière des biens d'Émile Berthier, pas de ses querelles.

— Vous serez bien obligée d'hériter de tout, vous verrez.

Je haussai les épaules, ne comprenant pas bien ce qu'il voulait dire.

— Je suis venue vous voir simplement pour que nous fassions connaissance, pas pour déterrer la hache de guerre.

— Si vous voulez parler affaires, je vous conseille d'aller voir mon frère à Tana. C'est lui qui est chargé de ce genre de choses.

— Je n'ai aucune affaire à traiter !

Il arrêta de bricoler le moteur qui était devant lui pour me regarder.

— Vous ne venez pas me voir pour qu'on parle de la vente ?

— Je vous l'ai dit, je n'ai rien à vous vendre. Je suis venue pour me présenter.

— Ah ?

Il parut se radoucir, abandonna quelques instants ses manières d'ours mal léché.

— Vous voulez venir boire un verre à la maison ?

J'acceptai et je le suivis à pied. Une volée de marches très raides avaient été creusées dans le flanc d'une colline au sommet de laquelle se trouvait la maison des Lourmel, entourée d'un jardin petit mais extraordinairement beau. Toutes sortes de fleurs y jaillissaient. Derrière une apparente impression de nature désordonnée, on devinait les soins attentifs d'un jardinier. Non loin de l'entrée principale de la maison, comme dans le jardin des Berthier, se dressait un splendide ravenale. C'était le seul point commun des deux maisons. Celle des Lourmel était bien plus grande et d'un style très différent de la petite maison en bois dans laquelle j'avais dormi. Elle était construite en briques et une large varangue l'entourait. Chaque pièce de la maison semblait y avoir une ouverture.

Je m'arrêtai un instant au sommet des escaliers pour reprendre ma respiration et, en me retournant pour parler à Alain Lourmel, je vis le paysage grandiose qui s'étalait sous mes yeux : à perte de vue, la forêt primaire étendait son tapis vert barré simplement par la ligne sinueuse et foncée de la rivière et par celle couleur latérite, c'est-à-dire rouge, de la route. Les vilaines cicatrices de l'exploitation n'étaient pratiquement pas visibles de l'endroit où je me trouvais.

— Comme je vous envie une vue pareille, dis-je sincèrement à Alain Lourmel… et quel jardin extraordinaire !

— C'est ma mère qui l'a aménagé ainsi, il y a des années. Les jardiniers l'aiment et l'ont toujours maintenu tel qu'il était de son vivant. Quant à la vue, oui, je suis d'accord avec vous, elle est exceptionnelle. Et puis la situation de la maison a un avantage pratique non négligeable ici : elle est à l'abri des inondations causées régulièrement par les cyclones.

Il me fit signe d'entrer dans la maison. La pénombre ne me permit pas de distinguer autre chose que les taches sombres de quelques meubles. Alain Lourmel me pria de m'asseoir, ce que je fis avec précaution, devinant vaguement un fauteuil à ma gauche, puis il appela :

— Dimanche ! Dimanche !

Je vis arriver un homme bien plus âgé que Telo.

— Dimanche, s'il te plaît, ouvre les volets.

Le visage impénétrable, le dénommé Dimanche me salua puis se mit en devoir d'ouvrir chaque fenêtre de la pièce. La lumière dévoila alors des murs lépreux, des peintures écaillées, un plafond fait de plaques de bois gondolées par des fuites d'eau, des interrupteurs sortant de leur orbite, des fils électriques rajoutés le long des plinthes, un canapé éventré, une table basse dont le formica fendillé laissait apparaître l'aggloméré gonflé par l'humidité. Le délabrement de l'intérieur contrastait terriblement avec la beauté du jardin et la magnificence du site.

— Qu'est-ce que vous buvez ?

— Un café, si c'est possible...

— Nirina ! Nirina !

Cette fois, ce fut une jeune fille qui surgit d'on ne sait où. Assez jolie mais peu gracieuse, elle me jeta un coup d'œil hostile, ne me salua pas et se tint debout le regard fixé sur l'extrémité de ses pieds nus.

— Fais-nous du café, ordonna Alain Lourmel d'un ton sec, sans même la regarder.

Et il ajouta à mon intention :

— Le café de Dimanche est une horreur...

Puis il se saisit d'un verre sur une étagère à portée de sa main, prit une bouteille de whisky et se servit généreusement.

— Alors, comme ça, vous allez mettre la société en gérance ?

— Qui vous a affirmé cela ?

— Vous-même !

— Je n'ai pas pu dire une chose pareille !

— Vous avez assuré que vous ne vendriez pas pour le moment. J'en ai déduit que vous aviez trouvé quelqu'un pour faire tourner la boîte.

— J'ai seulement dit que je ne venais pas pour *vous* vendre la SGB.

Il rit. C'était la première fois que je le voyais rire et, bien que ce fût manifestement à mes dépens, je trouvai que le rire lui allait bien.

— J'ai compris ! Vous souhaitez vendre, mais pas à nous. Vous voyez bien que j'avais raison. Vous êtes l'héritière que vous le vouliez ou non des querelles d'Émile Berthier. Les gens ont dû vous dire pis que pendre de nous... Cela dit je vous souhaite bon courage. Ça ne va pas être facile de trouver un acquéreur ! Il y a peu de gens qui connaissent le graphite et qui aient les moyens de racheter la SGM.

Agacée, je répliquai :

— Vendre n'est pas la seule possibilité que j'aie...

— Non, effectivement : vous pouvez mettre en gérance. Mais je ne vous le conseille pas.

J'avalai une gorgée du café brûlant que Nirina venait de déposer devant moi. Il était imbuvable et je me demandai quel goût pouvait bien avoir celui de Dimanche...

— Pourquoi ne me le conseillez-vous pas ?

— Vous avez deux possibilités : la première, choisir un gérant malgache ; si vous prenez quelqu'un du coin, il favorisera à outrance sa nombreuse famille ; si vous optez pour un Merina, il aura de graves problèmes d'autorité... La seconde, embaucher un vazaha ; vous devez savoir qu'ils deviennent fous les uns après les autres ici. Ils terminent alcooliques, suicidés ou dans le meilleur des cas dépressifs...

Je songeai, en le voyant se resservir un whisky, que les gérants n'étaient pas les seuls à se noyer dans l'alcool.

— Vous n'avez pourtant pas hésité à embaucher un vazaha ? fis-je remarquer avec un sourire ironique.

— Ah, vous parlez de ce pauvre Rasoir.

— Rasoir ?

— Oui, vous savez, les Malgaches adorent donner des surnoms aux gens et je suis comme eux. le dénommé Édouard Lamotte, qui travaillait avant chez Berthier, est devenu tout naturellement Radouard, selon la coutume malgache. On ajoute en signe de respect « ra » devant le nom. Et puis, comme il passe son temps à raconter aux uns et aux autres ses souvenirs du temps où il était adjudant-chef et que, de surcroît, il ne sait pas les raconter, vous infligeant tous les détails de ses campagnes, les heures précises des attaques et le nom exact du capitaine idiot auquel heureusement il n'a pas obéi, j'ai vite transformé Radouard en Rasoir...

— Il n'empêche que vous l'avez recruté, bien qu'il soit vazaha et rasoir.

— Oui, naturellement je l'ai recruté : c'est un bon technicien, il fait correctement son boulot... à condition que je sois toujours dans les parages prêt à le recadrer sinon je lui donnerais pas trois mois pour couler la société... Non, vraiment, insista-t-il en secouant la tête, à moins d'y être né, le climat est malsain pour les vazaha dans le coin.

— J'ai encore un autre choix que la vente ou la gérance, dis-je, poussée par je ne sais quel besoin de fanfaronner.

Alain Lourmel me fixa d'un air étonné :

— Je ne vois pas...

— Je pourrais peut-être m'en occuper moi-même ?

Il resta un moment, comme sous le coup d'un choc, immobile et sans réaction, puis il se mit à rire, à rire, et cette fois je trouvai son rire idiot et moche, un rire de débile mental.

— Qu'y a-t-il de si drôle ?

Il retrouva son sérieux :

— Je ne sais pas ce que vous faisiez en France comme métier, mais je vous assure que le graphite, ce n'est pas une mince affaire. Il faut être né là-dedans pour diriger une mine comme la mienne ou celle de Berthier. Je ne veux pas être désagréable avec vous, mais je vous assure que vous ne mesurez pas l'ampleur de la tâche. Avant de diriger la SOGAL, j'ai, à tour de rôle, fait pendant plusieurs mois chacun des travaux que nos ouvriers accomplissent. J'ai porté des sacs de cinquante kilos sur mon dos toute la journée pour les charger dans le train, j'ai creusé à l'*angady** la terre graphitée pendant des heures, j'ai chargé le four à bois, j'ai analysé le minerai, j'ai cousu les sacs de graphite, j'ai appris à discuter avec les banques, avec les clients...

— Je n'ai pas dit que ce devait être facile !

— C'est tout simplement impossible... surtout pour une femme !

Et il haussa le sourcil d'un air profondément méprisant.

Il avait précisément dit ce qu'il ne fallait pas dire. Ce « surtout pour une femme » et le haussement de sourcil qui allait avec, pesèrent, plus que je ne voulus l'admettre à l'époque, dans la décision que je pris.

Pour couronner le tout, il me détailla des pieds à la tête et s'exclama :

— Vous devez peser autant qu'un sac de graphite !

— Peut-on savoir le poids d'un sac ?

— Cinquante kilos, je viens de vous le dire !

— Vous y êtes presque, alors. Je pèse quatre kilos de plus que vos sacs et je ne vois pas le rapport avec mes capacités, ou mes incapacités, à gérer l'exploitation. Je n'ai aucune intention de les soulever et de jouer à madame Muscle.

Je tournai les talons en saluant Alain Lourmel assez sèchement.

Eugène m'attendait. Je le bombardai de questions. Combien il y avait d'ouvriers ? Combien de tonnes de graphite étaient produites chaque année ? Qui étaient les clients ? Quel était le prix du graphite ? Quel était le salaire des ouvriers ? Je pris des notes dans un cahier. Au fil des questions je voyais Eugène s'illuminer :

— Si vous me demandez tout ça c'est que vous restez, s'exclama-t-il.

— Pas du tout ! J'ai besoin de tous ces éléments pour la vente...

Et j'avais ajouté une phrase assez sèche, l'invitant à se mêler de ce qui le regardait.

Je ne voulais avouer, ni à lui ni à moi-même, qu'entre Berano et moi s'était produit un coup de foudre, avec tout ce que comportent d'irrationnel les coups de foudre.

D'ailleurs, je ne sais plus aujourd'hui si j'avais même déjà osé, à cet instant, formuler intérieurement le désir irraisonné qui m'avait saisi de continuer l'œuvre des Berthier.

J'écrivis ce jour-là une lettre à ma mère dont je ne peux savoir si son contenu est un énorme mensonge que je lui forge ou s'il est, avant tout, un mensonge à moi-même.

Berano, le 21 juillet

Chère maman,

Je t'écris rapidement sachant que le directeur du Colbert part en France le 26 et que je pourrai lui confier du courrier qui te parviendra dans la semaine.

J'ai donc visité l'exploitation et je suis impressionnée par ce que j'ai vu. Imagine une colline. Une veine de graphite la traverse. Il faut donc déjà repérer où passe cette veine. Ensuite il faut tout bonnement descendre toute la colline aux endroits les plus prometteurs et séparer le graphite du reste. Quand tu penses qu'un bon gisement est un gisement dans lequel on trouve 8 % de graphite, imagine le travail !

Toute la terre graphitée est descendue jusqu'à une laverie par une sorte de toboggan rudimentaire en bois. On se croirait dans une mine d'or au Far West ! Puis, si j'ai bien compris les explications qu'on m'a données, la séparation entre graphite et terre stérile se fait par différence de densité.

La terre dite stérile doit être mise quelque part, alors on l'entasse là où elle gêne le moins. Très rapidement, avec l'humidité incroyable de la région, la végétation repousse dessus. Lorsqu'on m'a montré toutes les collines artificielles créées depuis le début de l'exploitation, j'en suis restée sans voix : elles témoignent plus que tout le reste de l'ampleur du travail accompli ici.

Ce graphite qui sort des laveries est ensuite amené à l'usine, relavé, séché dans un four, mis en sacs qui sont transportés jusqu'à un hangar situé à quelques kilomètres, à l'endroit où passe une voie secondaire de chemin de fer. Chaque mois un train de marchandises vient s'immobiliser devant le hangar et les sacs sont chargés dans les containers du train.

Tout cela a l'air très simple expliqué ainsi, en quelques mots, mais en fait nécessite un équipement incroyable, une main d'œuvre nombreuse et une grande ingéniosité car il n'existe pas de « machines à graphite ». Il faut les inventer ou adapter des machines prévues pour d'autres utilisations.

Et puis, tout autour de l'exploitation pure du graphite, se greffent des tas d'autres activités. Il faut analyser ce graphite et donc avoir un laboratoire ; il faut coudre les sacs et les marquer ; il faut les peser ; il faut fabriquer ou réparer les machines et cela nécessite donc un atelier ; il faut bien sûr de l'électricité et il y a une turbine qui la fournit ; il faut un four et il fonctionne au bois ; il faut donc planter puis abattre des arbres, etc.

Compte le nombre d'impératifs !

Je trouve tout cela très intéressant et j'ai beaucoup appris en deux ou trois jours.

Hier j'ai fait la connaissance d'Alain Lourmel. C'est un ours, et mal léché de surcroît. Rien ne me déplairait davantage que de lui vendre la SGB.

J'ai beaucoup réfléchi, tu sais, et jeté un coup d'œil sur la comptabilité. C'est une belle affaire que cette exploitation, et elle est rentable. Pourquoi ne prendrions-nous pas un gérant pour s'en occuper ? Nous viendrions une ou deux fois par an pour contrôler le travail effectué.

Qu'en penses-tu ?

Je t'embrasse et je te téléphone dans la semaine.

Hélène

Quelle hypocrisie ! Je ne crois pas avoir jamais envisagé la possibilité d'installer un gérant à Berano. J'étais bien trop consciente des problèmes que poserait inévitablement l'installation d'un employé livré à lui-même au fond de la brousse. Une graine encore invisible commençait à germer dans mon cerveau.

Je décidai de prolonger mon séjour à Berano. J'avais prévu trois jours mais je pense que je dus y rester huit ou dix jours. Je dormis peu pendant cette période et les nuits d'insomnie se succédèrent. Plus de peste, d'incendie, d'aventures rocambolesques, mais des interrogations sur moi-même, sur ce pays que je découvrais, sur ces projets confus qui galopaient à perdre haleine dans ma tête, s'évanouissaient aussi vite qu'ils étaient apparus puis revenaient avec entêtement.

Une nuit, il y eut une panne d'électricité. C'est peut-être à cet instant que je me suis vraiment posé la question de savoir si je pouvais diriger l'exploitation.

Je me souviens que je trouvai à tâtons la bougie que j'avais repérée sur la table de chevet et qui prouvait manifestement que les pannes n'étaient pas rares. J'eus plus de mal à mettre la main sur mon briquet que j'avais laissé dans le salon avec mon paquet de cigarettes. La maison était plongée dans le noir absolu. L'angoisse m'étreignit. Je dis à voix haute pour me rassurer et casser le silence complet :

« Ma pauvre fille, si tu commences à avoir peur du noir, du silence et de la solitude tu es mal barrée... Arrête de rêver et de vouloir faire joujou dans la cour des grands. »

Et, ce faisant, je pris conscience avec effroi du fait que redémarrer l'exploitation du graphite me tentait sacrément. Et je me répétai le reste de la nuit presque en continu des bribes de ma conversation avec Eugène :

« *Patronne, est-ce que nous allons reprendre tout de suite la production ?*

Vous ne pouvez pas vendre. Vous êtes la nièce de monsieur Berthier, n'est-ce pas ?

Vous pouvez apprendre le graphite, c'est pas difficile, patronne, et puis on est tous là pour vous aider... »

Les mots « *On est tous là pour vous aider* » se répétaient en boucle, à l'infini comme un refrain qui vous colle au cerveau. J'avais tellement envie d'y croire.

Admettre que j'osais envisager de diriger la Société des graphites Berthier fut le premier pas. Mon outrecuidance ne me parut plus si démesurée après trois ou quatre jours passés à chercher – et à trouver – des exemples de gens parmi mes connaissances qui avaient changé de métier et pour lesquels l'expérience avait été positive. Je me dis que rien n'était impossible à qui le désirait vraiment. J'omis de souligner le fait que ceux qui avaient changé de métier dans mon entourage avaient tout de même utilisé des compétences qu'ils possédaient déjà et qu'ils avaient testées.

Dans mon cas, le changement serait radical et je ne voyais pas bien en quoi l'enseignement de l'Histoire de France aurait pu me préparer à l'exploitation d'une mine au milieu de la forêt primaire malgache.

Je passai une bonne partie de mon temps à faire semblant de peser le pour et le contre de la grave décision que je brûlais de prendre. Je jouai la fille raisonnable, sensée.

Je ne devais pas tenir compte du coup de foudre qui s'était abattu sur moi ni agir par défi sous prétexte qu'un imbécile avait dit « Ce n'est pas un boulot de femme ».

Et je m'installai devant une balance imaginaire, afin de mettre dans les plateaux mes arguments.

Je commençai par les « contre » :

— bien évidemment je n'avais aucune des qualifications nécessaires à la direction d'une pareille usine, je ne savais toujours pas à quoi servait le graphite.

— je ne connaissais rien de ce pays,

— j'étais une citadine et il me faudrait vivre ici en pleine brousse loin de toute « civilisation »,

— je quitterais ma mère, mes amis, un pays que j'appréciais par maints côtés,

— je risquais de couler la société si je la gérais mal et je n'aurais plus qu'à la vendre en échange d'un paquet de cacahuètes.

Passons aux « pour ».

Les pour ? Y en avait-il un seul ? Sauf que j'en avais envie. Et cette envie était-elle assez forte pour que je balaie toutes les objections ? Était-elle un contrepoids suffisant ?

Puis, je tentai d'imaginer ce que serait mon existence ici, une fois le travail terminé, en supposant que tout se passe pour le mieux et que l'affaire tourne. Je me vis nuit après nuit, seule dans cette chambre lugubre, dans ces draps à l'odeur de moisi, dans cette solitude totale sans même un téléphone. Néanmoins, d'autres que moi y étaient parvenus, aucune raison que je n'y arrive pas.

Mais enfin personne ne me forçait à vivre cela, bien au contraire, et je pouvais imaginer la réaction de ma mère si je prenais la décision de m'installer à Berano.

Ce qu'il me fallait peut-être savoir puisque l'analyse du pour et du contre ne m'avait été d'aucune utilité, c'était pour quelle raison j'avais envie de m'occuper de cette mine. Surtout ne pas me mentir à moi-même !

Ce n'était pas parce que l'endroit était beau, bien au contraire : cette immense forêt qui m'était étrangère me faisait plutôt peur.

Ce n'était certainement pas l'appât du gain : à vouloir m'en occuper moi-même je risquais plutôt de déprécier l'héritage de l'oncle.

Alors était-ce parce qu'Eugène m'avait suppliée de rester et que les ouvriers semblaient y tenir ? Certes, je compatissais à leurs craintes mais j'étais bien persuadée que, quel que soit l'acquéreur, ils retrouveraient leur travail.

Était-ce la remarque stupide d'Alain Lourmel ? Je n'y avais pas été insensible, mais de là à changer ma vie pour prouver à un inconnu qu'il a tort !

Alors ? Alors, j'avais envie d'aventure, j'avais envie d'être Charles Berthier, j'avais envie de risques, j'avais envie de me mesurer à la vie pour savoir qui j'étais.

Mon métier de prof ? Je m'y ennuyais mortellement. Le collège dans lequel je travaillais n'avait cependant pas été la proie d'élèves insolents, délinquants ou analphabètes. C'était un collège bien tranquille dans un quartier de privilégiés de Cannes. Je n'avais même pas l'excuse, comme bon nombre de mes collègues, de vouloir fuir un métier devenu à haut risque.

Ma vie privée ? Personne ne me retenait en France. J'avais mis depuis six mois un terme à la relation passionnée mais douloureuse que j'avais entretenue avec Fabrice. La plaie était encore fraîche et j'étais certaine que l'éloignement accélérerait le processus de cicatrisation.

Mes amis ? Il y avait Sylvie, Caroline et Fred. Ils me manqueraient, mais ils viendraient me voir.

Ma mère ? J'évitais de penser à elle car je savais quelle peine elle aurait de me savoir à l'autre bout de la terre.

Qu'avais-je à perdre finalement en reprenant les rênes de l'usine ? Pas mon métier en tous les cas puisque j'avais la possibilité de me mettre en disponibilité pendant une durée quasi illimitée. Et n'était-il pas temps, à vingt-sept ans, d'essayer courageusement de me lancer dans une activité qui a priori me plaisait plutôt que de me résigner à l'ennui ? J'avais à perdre l'héritage : je risquais de le dilapider, voire de me retrouver dans les dettes jusqu'au cou faute d'une gestion correcte. Le plus ennuyeux, c'est que cet argent n'était pas mien. Certes ma mère était à l'abri du besoin, mais elle ne dédaignerait pas la somme que pouvait lui rapporter la vente de la société. Elle accepterait sans doute de me laisser tenter l'expérience, mais en cas d'échec je m'en voudrais énormément.

J'avais peut-être à perdre l'estime de moi-même, mais je pouvais aussi la gagner... Au milieu de l'une de ces nuits d'insomnie que je passai à Berano, je compris brusquement que je faisais fausse route à vouloir peser le pour et le contre, à vouloir mesurer les risques. Il est des moments dans la vie où l'enthousiasme est en lui-même une récompense, vaut tous les arguments et cloue le bec aux risques. Je balayai mentalement toutes les objections et je décidai de choisir la voie de la déraison tandis qu'un délicieux frisson d'angoisse me parcourait l'échine.

Chapitre 4

Faly raha tonga ny rano fanala kenda,
raha malahelo ka misy mpanony,
raha lava ka misy mpanarina.
On est content de trouver de l'eau
quand on étouffe, un consolateur
quand on a du chagrin,
quelqu'un qui vous relève
quand on est tombé.

Proverbe malgache

À partir de ce moment-là, les choses se mirent à s'accélérer. Je rentrai sur Tana et ce fut la valse des rendez-vous : visites au notaire, au banquier, au comptable se succédèrent. Je n'avais jamais tant vu de chiffres de ma vie. Il fallait les additionner, les multiplier, les soustraire et, pour qu'ils me parlent, il fallait encore que je les convertisse en francs français.

Le compte de la société à la BPM, banque populaire malgache, était presque vide. Le notaire, le banquier et le comptable m'affirmèrent qu'Émile Berthier devait obligatoirement avoir un compte à l'extérieur. Il faisait des retraits importants chaque fois que le compte de la société enflait et ces retraits en liquide ne correspondaient pas à des achats. D'après eux l'argent était déposé dans une banque française ou européenne. Je devais forcément avoir des relevés de compte quelque part.

Je fis ouvrir le coffre-fort du bureau, je fouillai chaque tiroir : rien. Je demandai à ma mère de faire une recherche en France : rien non plus.

Il parut évident que, pour pouvoir garder l'usine, il me fallait vendre la maison afin de payer les droits de succession. Mais, en même temps, une antenne à Tana était indispensable. Je finis par avoir l'idée de morceler la maison. Le bâtiment principal avec son jardin était tout à fait séparable du garage prévu pour deux grosses voitures, lequel garage était surmonté d'une grande pièce à laquelle on accédait par une volée de marches extérieures.

Je me dis qu'on pouvait transformer une partie du garage en bureau et la pièce au-dessus en studio de passage pour moi, lorsque je viendrais sur Tana.

C'est munie d'un gros dossier, de photos et d'arguments plus fallacieux les uns que les autres que je repris l'avion pour la France afin de convaincre ma mère. La tâche fut bien plus ardue que je ne le pensais. Il y eut cris, grincements de dents et pleurs : ma mère, abasourdie, ne pouvait comprendre que je cesse d'exercer le plus beau métier du monde. Surtout, elle ne pouvait admettre que, délibérément, je choisisse le risque, que je cumule à la fois les affres du commerçant qui doit vendre son produit et les affres du travailleur manuel qui doit veiller sur ses machines afin qu'elles produisent.

Je voulais renoncer à la sécurité, cette sécurité qui lui avait tant fait défaut pendant une partie de sa vie : je voulais me « salir les mains » alors qu'elle et mon père avaient été si fiers de mes réussites universitaires, et si heureux de penser que, jusqu'à la fin de mes jours, je ne connaîtrais aucune des angoisses qui avaient été les leurs. Mon père avait dirigé une petite entreprise de peinture. Il avait aimé son métier, mais avait toujours eu le désir d'un avenir meilleur pour moi.

Je ne réussis à convaincre ma mère qu'en lui faisant valoir que je gardais cette sécurité de l'emploi, et en lui promettant de revenir au moindre problème et sans fierté mal placée. Elle se refusa à envisager pour le moment de venir me voir à Madagascar. J'en fus assez soulagée car j'étais bien certaine que, si elle voyait Berano, elle aurait appelé un hôpital psychiatrique pour me faire interner ou, dans le meilleur des cas, ne m'aurait jamais donné son accord pour que je gère la mine.

Elle pleura beaucoup le jour du départ ; moi je pleurai un peu, mais au fond, mon cœur battait d'excitation. La grande aventure commençait...

Cependant, arrivée à Tana, il me fallut poser bien à plat les deux pieds par terre, et comprendre que la grande aventure allait devoir passer par des chemins très prosaïques. On ne restait pas à Madagascar parce qu'on avait hérité d'un oncle ou même d'un père si on était étranger : il fallait une autorisation d'emploi, un visa, une carte de résident. Et pour avoir tous ces papiers indispensables, il fallait en fournir d'autres – extrait d'actes de naissance, extrait de casier judiciaire datant de moins de trois mois, etc. – et montrer au cours d'un entretien qu'on possédait les compétences nécessaires pour exercer l'activité choisie. Inutile de dire que ce dernier point me remplissait d'appréhension.

Je décidai cependant d'y penser quand le moment viendrait. Il fallait tout d'abord régler les premières formalités administratives. Je commençai les démarches avec une belle énergie, mais les jours passèrent et il fallut me rendre à l'évidence : rien n'avançait...

Chaque soir, je rentrais vidée, sans la moindre énergie et sans avoir avancé d'un pas. Le responsable était parti quand j'arrivais, arrivait quand je partais pour un autre rendez-vous. Je le soupçonnais d'avoir un miroir sans tain quelque part, et de passer ses journées avec quelques collègues à se divertir à mes dépens.

Dans un autre ministère, le fonctionnaire qui avait laissé sa veste sur le dossier de sa chaise à 8 heures pour bien montrer qu'il n'était pas absent, réussissait à la récupérer avant la fermeture des bureaux le soir sans que je ne me sois aperçue de rien et pourtant j'avais les yeux vissés sur la fameuse chaise.

Oui, c'était le pays de la sorcellerie, le pays des mirages, des hallucinations.

Je passais des heures d'un ennui mortel dans des couloirs qui ressemblaient aux antichambres du purgatoire. Pour tromper cet ennui j'échangeais de temps à autre quelques mots avec les autres condamnés mais, surtout, j'observais le décor. Il variait peu d'un ministère à l'autre, que les bâtiments datent des années soixante ou de la colonisation. Les couloirs étaient tous peints à l'huile jusqu'à hauteur du coude d'une couleur ocre peu engageante. Cette couleur avec le temps et la crasse était devenue d'une nuance inconnue dans la gamme, d'autant qu'elle variait aux endroits où les files d'attente étaient les plus denses. Au-dessus de cette partie, on avait badigeonné jusqu'au plafond une peinture acrylique bon marché, en général bleue et parfois verte. Fréquemment, des plaques d'enduit s'étaient détachées et des auréoles blanches rompaient la monotonie de la couleur unie.

Le long des couloirs, presque toujours étaient disposés des bancs de bois et les têtes des condamnés à l'attente, inévitablement, se trouvaient en contact avec la partie acrylique du mur devenu, à cet endroit précis, marron.

Des fils couraient partout, témoins d'une modernisation rapide et à peu de frais. Sur ces fils, une couche de crasse aussi épaisse et noire que de la suie s'étalait, soulignant à plaisir ces bricolages. Par ennui, il m'arriva de tenter de jouer au labyrinthe et d'essayer de deviner lequel, parmi un faisceau impressionnant, alimentait tel globe ou tel interrupteur. Je ne suis pas sûre de ne pas m'être trompée.

Souvent les bureaux avaient été divisés en deux ou en quatre, à la hâte, par de maigres cloisons de rabane* tendue et je craignais toujours de voir ces cloisons s'effondrer comme des châteaux de cartes. Bref, les ministères du monde entier sont peu engageants, mais ceux-là m'angoissaient particulièrement. Aussi, décidai-je de tout faire pour y passer le moins de temps possible.

J'avais emporté de France, dans une grosse sacoche, toute la paperasse nécessaire à l'obtention du fameux visa. Au bout d'une semaine, j'avais compris qu'il fallait me promener partout avec ce volumineux cartable, le document indispensable étant resté dedans, forcément.

Mais la deuxième semaine, je me rendis compte que mes efforts méritoires pour avoir sous la main ce que me demanderaient les différents ministères ne serviraient à rien. On me réclamait à présent des photocopies certifiées conformes. À la mairie dans laquelle je me rendis, il me fallut faire une queue monstrueuse dans un bain de sueur et d'effluves de feuilletés à la viande bien gras, tout cela pour apprendre qu'on ne me certifierait la conformité que si j'avais un certificat de résidence. J'allais étrangler l'auteur de ces paroles, qui me parlait sans même me regarder tout en tamponnant avec jouissance une dizaine d'imprimés placés devant lui, lorsque mon voisin dans la file d'attente me dit gentiment :

— Pourquoi n'allez-vous donc pas au consulat de France ? Vous êtes française, n'est-ce pas ?

Je le remerciai et je me ruai au consulat où un employé goguenard me désigna sans un mot avec son stylo l'horloge électrique qui était suspendue au mur.

— Oui, dis-je, j'ai bien vu. Il est onze heures moins le quart. Et alors ?

— Et alors, il vous faut revenir demain matin à partir de huit heures trente, me répondit-il du ton qu'on prend pour parler aux attardés mentaux.

— Et ça ferme à quelle heure ?

— À 11 heures.

— Mais j'ai encore le temps ! m'exclamai-je avec la logique des imbéciles.

Il secoua la tête d'un air apitoyé tandis que dans son œil luisait un éclair de triomphe :

— Ben non ! Vous n'avez pas le temps parce qu'en bas on vous distribue des numéros ; faut arriver au minimum une demi-heure avant la fermeture...

— Et cet après-midi, quels sont les horaires ?

Il secoua la tête à nouveau, accablé d'avoir affaire à tant de bêtise, de naïveté et d'arrogance réunie en une seule personne, la mienne en l'occurrence !

— Ce n'est pas ouvert au public l'après-midi !

La troisième semaine, je réussis néanmoins à avoir des photocopies de pratiquement tous mes documents et, blindée, munie de tous les papiers imaginables en dix exemplaires certifiés conformes, sûre de ne pas pouvoir être prise en défaut, je repartis dans ma tournée.

Je souris en repensant à mes débuts dans les couloirs de l'administration malgache : j'étais innocente comme l'agneau qui vient de naître et je croyais encore que ces braves gens derrière leurs comptoirs étaient obligés d'obéir à la grande machine administrative. Cependant je compris tout lorsqu'on me réclama dans un bureau (deuxième étage porte A bureau 46 bis) une déclaration sur l'honneur – j'ai évidemment oublié depuis ce qu'il me fallait déclarer – en trois exemplaires sur papier... *bleu* !

Cette déclaration sur l'honneur indispensable pour obtenir le certificat que je venais chercher, lui-même indispensable pour obtenir dans un autre bureau un autre papier indispensable pour obtenir mon visa me faisait bien entendu perdre ma place dans la file impressionnante de gens qui attendaient leur tour au bureau 46 bis porte A deuxième étage. Mais surtout, en cette époque de pénurie où le papier carbone était une denrée rare et le papier blanc une denrée précieuse, les exigences de papier bleu étaient tout bonnement surréalistes.

Mon innocence avait des limites et le voile de ma naïveté se déchira : on attendait quelque chose de moi, et tant que je ne l'aurais pas donné on multiplierait les exigences. J'aurais comme Hercule à combattre un chien à trois têtes et, si je m'en sortais, l'Hydre de Lerne prendrait le relais. Comment savoir ce qu'il fallait donner et à qui ? Comment le dire, à quel moment ?

J'en étais là lorsque je fis une rencontre qui allait être déterminante pour moi. Je la narre en détail à Sylvie, et le plus étonnant est que cette lettre n'a pas été égarée, alors que pratiquement toutes les autres datant de cette période-là ont disparu.

Tana, le 12 octobre

Bonjour Sylvie,

[...]

Hier, j'ai pris un taxi qui m'est apparu rapidement comme le plus redoutable de tous ceux que j'avais connus jusqu'à présent : il avait dû, dans une vie antérieure être un bateau, car il fallait trois tours de volant pour enfin amorcer une courbe et au moins quatre très rapides pour redresser la situation. La rouille, extrêmement vorace sur les embarcations, avait dévoré les bords des vitres, ainsi que le plancher ajourés comme de la dentelle. Le moteur hoquetait. Quant aux poignées intérieures, elles étaient cassées, si bien que je dépendais du chauffeur pour descendre.

Épouvantée, j'ai d'abord essayé de me distraire en me racontant des histoires : j'étais James Bond et le chauffeur un espion. Ce que je voyais du taxi n'était en fait que le camouflage ingénieux d'un véhicule extrêmement sophistiqué pour que la méfiance de 007 soit endormie. J'allais être enlevée. Je ne pourrais pas sortir. Le chauffeur se retournerait, en quelques secondes son air d'aimable ahuri aurait été remplacé par un regard cruel et acéré : « Alors, monsieur Bond, on se croit toujours le plus malin ? »

J'en étais là de mes élucubrations lorsqu'un homme sur le trottoir a fait un signe au taxi qui a freiné en deux ou trois poussées habilement calculées et immobilisé la voiture vingt mètres plus loin. L'homme, qui devait avoir une quarantaine d'années, s'est mis à courir pour le rattraper et il a discuté avec le chauffeur en malgache. Puis il s'est penché, m'a saluée et dans un français impeccable m'a demandé s'il pouvait partager le taxi avec moi car nous allions dans la même direction. J'ai acquiescé avec empressement, heureuse d'avoir un compagnon d'infortune – ce serait plus facile de mourir à deux !

Nous nous rendions dans un quartier en dehors de la ville et il fallait traverser des endroits assez peu fréquentés. Bien entendu le taxi est tombé en panne.

— C'est simplement une panne d'essence, m'a informée mon voisin.

J'ai vu le chauffeur qui sortait un bidon du coffre. Il a mis un peu de son contenu dans le réservoir et a ensuite ouvert le capot. J'ai compris que nous pourrions être immobilisés un certain temps et j'ai cogné à la vitre pour qu'il nous délivre. Il s'est exécuté puis il a pris un chiffon, a défait deux robustes élastiques qui maintenaient une grosse boîte noire et ronde – le filtre à air – a rempli deux godets d'essence, les a versés quelque part dans les entrailles du véhicule, a replacé la boîte et les élastiques et s'est remis au volant. Quelques râles se sont fait entendre. Le capot a été ré ouvert. Quelques mystérieux réglages ont été effectués puis le chauffeur a tenté un autre essai. J'ai compris alors pourquoi on parlait de moteur « à explosion ». Une pétarade impressionnante s'est fait entendre suivie d'un nuage de fumée noirâtre. Nous avons réembarqué... pour retomber en panne cent mètres plus loin.

— Ce n'est certainement plus une panne d'essence, a dit tranquillement mon voisin dont la sérénité m'a donné des envies de strangulation.

Pas le moindre taxi à l'horizon. Ivre de rage, j'ai raconté à mon coéquipier que j'avais un rendez-vous important, que je ne serais pas à l'heure. Il a compati et a rajouté simplement : « Moi non plus ». J'ai eu honte de mes énervements méditerranéens face à une telle maîtrise de soi et un tel calme.

Pendant que le chauffeur démontait sa voiture, nous avons fait connaissance. Il s'appelle Fidy Rakotoson, il est marié, a deux enfants, a toujours vécu à Tana, n'a jamais mis les pieds en Europe. Il m'a demandé si je venais en touriste à Madagascar et je lui ai raconté mon histoire.

Il a pris un papier et un stylo dans sa sacoche et a inscrit une adresse ainsi qu'un numéro de téléphone :

— Je suis conseiller juridique, si vous avez besoin de quelqu'un, un jour, pour vos démarches...

J'ai remercié poliment et je n'ai rien dit sur le moment voulant me donner le temps de la réflexion mais je dois t'avouer que cet homme m'inspire confiance. Il a l'air de quelqu'un de solide et de posé. Nous avons bavardé près de trois quarts d'heure ensemble car, enchantés mutuellement de notre rencontre, nous avons laissé passer deux taxis. [...]

Tu sais, malgré les difficultés de toutes sortes que je rencontre, malgré la pauvreté, malgré la pénurie, malgré la peur que j'éprouve parfois à me sentir plus « étrangère » dans ce pays que je ne l'ai jamais été dans nul autre au cours de mes voyages, je me sens bien ici. C'est paradoxal, n'est-ce pas ? Et mes tentatives d'analyses ne sont aucunement satisfaisantes.

Tu me demandes dans ta lettre si la rupture entre Fabrice et moi n'aurait pas été la cause de ma décision de rester à Madagascar. Je te réponds très nettement et sans la moindre hésitation : non ! Il est vrai qu'à distance, j'ai moins mal lorsque je pense à lui, cependant il n'est intervenu ni de près ni de loin dans ce qui a pu te paraître une fuite mais qui est tout le contraire. Je ne tourne pas le dos à un pays ou à un homme ou à un métier, j'avance. Je marche vers d'autres horizons, d'autres rencontres, d'autres expériences.

Je te fais de grosses bises et j'attends avec impatience de tes nouvelles.

Hélène

Fabrice ! Je l'avais oublié totalement ! Pourtant il avait compté : j'avais pleuré pour lui et j'avais dû l'aimer pour avoir tant de mal à le quitter. Qu'était-il devenu ? Était-il parvenu au bout de son divorce entamé très peu de temps après notre rencontre ? Un divorce avec le traditionnel cortège de haines, de lâchetés, de culpabilités, de meubles et d'argenterie à couper en deux, de relents malsains de souvenirs d'amour, d'avocats soucieux d'attiser un feu qui ne demande qu'à flamber haut, d'enfants otages des discours de l'un et de l'autre... Il avait deux filles. Quel âge avaient-elles donc aujourd'hui ?

Fabrice ! Je n'avais plus voulu penser à lui pour mieux avancer vers l'avenir et j'avais vécu tant de choses à Madagascar que tout ce qui m'était arrivé auparavant s'était perdu dans une brume épaisse.

La suite de mon feuilleton administratif, c'est à ma mère que je l'adresse :

Antananarivo, le 20 octobre

Chère maman,

Je veux tout de suite te rassurer quant à l'avancement de la paperasse : après de grands moments de découragement, le hasard m'a fait rencontrer un Malgache qui est conseiller juridique. C'est un type charmant et nous sommes en passe de devenir des amis, enfin je crois, car les relations entre les gens n'ont pas l'air très simples ici, spécialement avec les étrangers.

Mais je pense tout de même que le fait d'avoir été invitée chez lui, présentée à sa femme et à ses enfants, n'est pas anodin.

Fidy – c'est son nom (prononce Fid', s'il te plaît) – a donc été précieux dans les différentes démarches que j'avais à accomplir. Mais ce sont moins ses compétences de juriste qui m'ont aidée que ses relations, sans compter qu'il a bien voulu entrebâiller pour moi la porte blindée de la psychologie malgache, inestimable cadeau…

Quand je lui ai dit que tout devait aller très vite pour le visa, car d'une part je risquais de me trouver en situation irrégulière, et d'autre part, trois cents employés attendaient la reprise du travail, il a souri :

— Les vazaha sont toujours pressés et les gens le savent ici ! Ça leur donne une supériorité et une force que vous n'imaginez pas…

— Vous n'êtes pas pressé vous, lorsque vous souhaitez quelque chose ?

— Si, mais je sais que mon impatience ne changera pas le cours des choses. Elle pourrait au contraire le ralentir si elle agace celui ou celle qui a le pouvoir de satisfaire mes désirs.

J'ai médité un moment sur cette belle philosophie.

— Et l'avenir de trois cents familles n'est pas un argument qui doive influer ?

— La vie est difficile pour la majorité des Malgaches. Non, ce n'est pas un argument.

— Et quels sont les arguments ?

— Quelques cadeaux, bien sûr, mais surtout des connaissances. Mon cousin travaille au ministère de l'Intérieur. Ma tante est à la mairie du Ve arrondissement. Ça peut aider pour les photocopies certifiées conformes. L'oncle du mari de la cousine de ma femme, lui, est chef de service des contributions directes et son épouse elle-même est très bien placée !

C'est ainsi que j'ai engagé Fidy et que, le lendemain, j'ai eu la plupart des papiers dont j'avais besoin pour obtenir mon visa.

Hier j'ai été convoquée au ministère des Affaires étrangères pour un entretien. On m'a bombardée de questions et j'étais aussi émue qu'à l'oral du bac ! J'ai vraiment envie de rester, maman, et j'attends mon autorisation de travail avec angoisse. [...]

Surtout ne t'inquiète pas pour moi : je suis en pleine forme et je fais, comme tu me le recommandes dans ta dernière lettre, très attention à ce que je bois et à ce que je mange.

Je t'embrasse

Hélène

Je n'avais plus qu'à attendre le verdict. Pendant ce temps-là je fis plus ample connaissance avec Fidy et Ony, sa femme. Encore aujourd'hui je me rappelle parfaitement de la réserve de cette dernière à mon égard.

J'agissais avec elle comme avec un animal méfiant qu'on veut apprivoiser, restant immobile dans la crainte de faire un geste qui soit déplacé, d'avoir un mot malencontreux. Quand j'avançais, c'était de quelques millimètres à peine.

Elle était toujours aimable, mais je savais qu'elle m'étudiait. C'est par Fidy, au travers des questions qu'il me posa, de ses étonnements, que je devinai une partie – probablement minime – de ce qui chez moi pouvait dérouter, voire inquiéter un ou une Malgache : je n'étais pas mariée, je n'avais pas d'enfant, je quittais le pays de mes ancêtres, ma famille. Je voulais me lancer dans un métier traditionnellement masculin et, dernier aspect dont je ne fus consciente que beaucoup plus tard, je parlais trop, je parlais fort et pour dire n'importe quoi.

Ony attendit sagement de voir si l'extraterrestre était une créature nuisible ou non.

Je ne peux pas aujourd'hui savoir à quel moment elle décida qu'elle pouvait me faire confiance. Cela se passa insensiblement mais, ce qui est certain, c'est que cette lenteur avec laquelle se construisit notre relation s'avéra une garantie de solidité.

Pendant cette période d'attente de mon visa, même s'ils n'étaient pas encore des amis proches,

Fidy et Ony furent précieux, leur calme et leur sérénité faisant pendant à mes excitations, mes enthousiasmes ou mes désespoirs.

Un soir, Fidy m'appela pour me confirmer que je n'avais aucun souci à me faire : il ne connaissait pas la personne qui m'avait fait passer cet entretien, mais une cousine à lui était la meilleure amie de la secrétaire du service et elle avait jeté un coup d'œil sur le rapport me concernant et il était favorable !

Quand ceci fut confirmé officiellement, il fallut attendre ensuite que je sois nommée gérante de la société dont ma mère détenait la majorité des parts. Je ne me souviens plus du temps que cela prit, mais cette fois tout alla presque trop vite. Je me retrouvai au pied du mur : la mine m'attendait. La panique me saisit à la gorge, je manquais d'air, je voulais faire machine arrière. Mais quel vent de folie avait soufflé sur moi ? J'étais incapable de diriger cette exploitation !

Fidy, qui m'avait annoncé la nouvelle de ma nomination, vit ma pâleur et mon désarroi. Il me sourit :

— Voulez-vous – nous nous vouvoyions encore à ce moment-là – qu'Ony et moi nous venions vous rendre visite la semaine prochaine ?

Oh oui, je le voulais ! Imaginait-il à quel point j'avais le trac ? Le trac ? Quel mot insuffisant ! Peur, angoisse, terreur convenaient mieux. Non seulement de mes incapacités, mais de la solitude qui m'attendait.

Chapitre 5

Azo ny vorona, fa ny afo hitonoana no tsy misy.
On a bien attrapé un oiseau,
mais le feu pour le faire rôtir manque.

Proverbe malgache

Des premiers jours que je passai à Berano, il ne me reste que des souvenirs parcellaires. Ma mémoire a dû couper là-dedans aux ciseaux des lambeaux entiers tant la nouveauté et l'étrangeté de la situation me plongèrent, au-delà de ce que j'avais pressenti, dans une solitude à la limite du supportable. J'ai failli écrire « insupportable », toutefois j'y suis restée, preuve que j'ai pu surmonter mes peurs et mes doutes.

De la toute première journée, je n'ai qu'un souvenir précis et plutôt comique : celui de l'appel en tout début de matinée.

La veille, Eugène avait fait un discours en mon nom, puis répondu au nom des ouvriers : j'étais le père et la mère de tout le monde, j'arrivais à point pour les sauver, j'étais remerciée plus que toutes les divinités existantes pour le salaire de deux mois que j'avais fait verser.

Il avait été convenu que les activités reprendraient le lendemain matin. Grâce à la providentielle sirène, tout le monde était ponctuel, à 6 heures, au moment de la distribution des tâches. Je savais par Eugène que chaque ouvrier serait appelé. La tâche en incombait au patron, lequel déterminait qui serait employé à quoi. Je priai donc Eugène de prononcer à voix basse le nom de chacun, afin que je puisse le répéter correctement, puis de me dire pourquoi tel homme était affecté à tel travail.

Lorsque j'arrivai dans la cour de l'usine, tout le monde était donc là, c'est-à-dire environ trois cents personnes, plus les curieux de la famille qui avaient voulu voir la patronne à l'œuvre pour la première fois. J'étais tellement intimidée, mon cœur battait si fort que je les regardai à peine. Je pris d'une main tremblante les feuillets que me tendait Eugène et l'appel commença :

— Louis-Philippe-Auguste...

— Que de prénoms pour un seul homme ! En revanche, pas de nom de famille ? demandai-je.

— Ils n'apparaissent que sur les fiches de paie. Ici tout le monde se connaît et on fait l'appel avec les prénoms usuels.

Curieux, me dis-je en moi-même, que ce Louis-Philippe-Auguste. Les parents devaient être royalistes et pro-français. Passons...

— Nan...

— Nanteniaina, me souffla Eugène.

— Josephin, Samedi...

— Vous quatre, dit Eugène d'une voix forte, mine n° 1.

Puis il souffla dans mon oreille le nom suivant « Rakoutenirine »

— Rakoto Nirina, Rakoto Wawa...

Je m'interrompis : même si je ne parlais pas encore malgache, la consonance du mot ne parut étrange.

— Wawa ?

— Oui, me dit sérieusement Eugène. C'est pour ne pas le confondre avec un autre ! Vous comprenez, Rakoto est un nom très répandu ici, il faut donc l'associer à un autre prénom ou un surnom. Ce Rakoto-là est le fils de Telo que vous connaissez déjà, le boy de monsieur Berthier que tout le monde appelle aussi Wawa parce qu'il fait toujours « wa wa wa » lorsqu'il rit. Le fils a pris le surnom de son père puisqu'il n'avait pas de signe distinctif propre.

Je fixai Eugène avec méfiance car je crus d'abord que c'était une conspiration pour savoir jusqu'à quel point on pouvait se moquer de moi. Cependant sa mine candide plaidait en faveur de son innocence.

Je repris alors très sérieusement la lecture de mes feuillets :

— Heriniana, Clodomir, Harimamy, Joelison, Christophe Colomb... ?

Je levai les yeux, persuadée cette fois qu'un énorme fou rire allait secouer la foule. Mais Christophe Colomb levait la main très digne, l'air affable. Il fut affecté à l'abattage des arbres avec un dénommé Jean de Dieu.

Je continuai d'égrener les noms. Lorsqu'ils étaient malgaches, ils étaient imprononçables pour moi, et lorsqu'ils étaient français, ils étaient comiques, soit parce qu'ils étaient passés de mode, soit parce qu'ils avaient été déformés ou tout bonnement inventés. Il y avait une flopée de Samedi et de Dimanche, en revanche pas un seul Vendredi ni un seul Mardi ! J'en déduisis qu'il était de mauvais goût de naître un jour de semaine, qu'en tous les cas, cela ne méritait pas qu'on le fasse remarquer.

La palme revint sans conteste à un gentil bonhomme tout petit et tout frisé qui répondait au nom d'Ignace... de Toyota ! Éblouie, je songeai un instant à gagner quelque argent en proposant à Toyota de prénommer ainsi sa dernière née !

Ce premier jour de travail fut épuisant : je découvris de nombreux aspects de ce qui allait désormais être ma vie professionnelle et je rentrai tard. Pourtant l'appel est la seule chose dont je me souvienne avec netteté, sans doute parce que ce fut le premier moment de la journée, mais sans doute aussi parce que ce fut l'entrée dans un monde qui me parut sans queue ni tête. Il me fallait balayer mes anciens repères, faire table rase de tout ce que j'avais appris ou à peu prés, et préparer une feuille blanche afin que puissent être imprimées les nouvelles règles. Les anciennes déjà n'avaient plus cours et je le sus dès l'appel. Cependant je ne possédais pas les nouvelles et je mis fort longtemps à les découvrir.

Le deuxième jour de mon installation, un moteur fut dérobé sur la mine n° 3. C'était un moteur de 3 ou 4 CV sans grande valeur, puisqu'il avait près de vingt ans, cependant il allait falloir le remplacer et, surtout, il allait falloir trouver la réplique juste à ce vol.

Je compris immédiatement que ce n'était pas un vol habituel mais plutôt un test. De ma réponse dépendrait l'avenir de la mine : mauvaise, elle entraînerait un larcin après un autre et surtout le mépris des hommes ; bonne, elle ne me garantirait rien, sinon un bref répit avant une deuxième, puis troisième épreuve.

Fidy, avant mon départ de Tana, avait longuement insisté sur les rapports entre patrons et ouvriers, spécialement dans ces coins fonctionnant en autarcie à l'écart des villes :

— N'oublie pas, Hélène. Tu es leur père et leur mère ! Ils attendent de toi leur subsistance, ils attendent que tu sois juste avec eux mais aussi d'une extrême sévérité s'ils l'ont mérité. Jamais d'indulgence : ils l'interpréteraient comme de la faiblesse. Ne fais pas ce que font les vazaha nouvellement arrivés.

— Que font-ils ?

— Ils larmoient sur n'importe quoi ! J'en ai même vus qui plaignaient les voleurs ! Nous vivons dans un pays dur. Chacun doit se battre dans un combat sans merci pour survivre. L'indulgence est un luxe d'enfants gâtés. Même les nantis, ici, savent que pour préserver leurs richesses, il faut une vigilance de tous les instants.

Il marqua une pause et ajouta :

— Si tu étais venue ici en tant que professeur, ou conseiller technique, comme la plupart des vazaha que l'on voit, je me serais tu. Tu aurais fait ton expérience avec ta bonne et ton gardien. Que l'expérience ait été réussie ou non n'aurait pas été bien grave. Mais tu vas diriger une entreprise qui compte trois cents employés et ces trois cents employés font vivre trois mille personnes... Oui, les familles ici sont nombreuses. Tu n'as donc pas le droit à l'erreur pour toi d'abord et ton usine, pour le pays et pour eux aussi. Jamais de faiblesse, souviens-t-en !

Je sus que Fidy m'avait remis ce jour-là une précieuse clef. Il était l'heure de l'utiliser. Je me renseignai sur le prix des moteurs. D'occasion, cela représentait cinq fois le salaire mensuel d'un gardien. Neuf, quinze fois le salaire.

Mais qui allais-je considérer comme responsable ? Le gardien des mines était tout désigné, mais après tout le gardien général chargé des rondes aurait pu s'apercevoir de quelque chose et peut-être les autres gardiens, selon l'itinéraire du voleur. Fidy m'avait dit : « Sois juste ». Mais rien ne satisfaisait mon sens de la justice. Il avait insisté sur un point : « Ne sois jamais faible, pense à l'usine ».

La loi défendait que l'on retirât du salaire le montant d'un vol, même avéré. Je décidai donc de faire sauter toutes les primes de tous les gardiens jusqu'à ce que l'on arrive à la somme nécessaire à l'achat d'un moteur neuf. Il fallait aux huit gardiens deux ans pour y parvenir. C'était énorme. J'hésitai un instant, je pouvais faire une bêtise irréparable, déclencher une révolte, une démission immédiate de bon nombres d'ouvriers. Et dans ce cas précis je ne pouvais pas faire appel à Eugène. Il était mon employé et ne devait pas entrer dans mes dilemmes intérieurs.

Je réunis donc tout le personnel et fis un discours bref mais percutant. J'insistai sur le fait que le ou les voleurs lésaient toute la communauté, que le doute allait désormais planer sur chacun d'entre eux. Puis j'annonçai que j'avais porté plainte auprès de la gendarmerie. Celle-ci mènerait son enquête. Si elle restait sans résultat, je me verrais dans l'obligation de faire sauter les primes des gardiens négligents qui avaient laissé s'accomplir ce forfait.

Des murmures et des grondements traversèrent l'assistance. Chacun se sépara dans un lourd silence. Eugène et John ne me transmirent aucun commentaire. Les gendarmes arrivèrent le lendemain et commencèrent leurs investigations.

Ils venaient à peine d'entamer l'interrogatoire du deuxième gardien, quand l'un des ouvriers arriva tout essoufflé :

— Patronne, patronne !

Il s'arrêta, haletant. Je crus à un accident du travail grave.

— Oui, que se passe-t-il ?

— Patronne, le moteur, le moteur...

— Oui, quoi, le moteur ?

— Dans l'eau là-bas !

Puis il raconta toute l'affaire à John. En fait, il était allé pêcher dans le petit lac qui se trouvait derrière la mine et avait trouvé tout au bord, englué dans la vase, le fameux moteur.

Je sus alors que j'avais gagné la première manche. Les gendarmes repartirent et la vie reprit son cours.

Le second test se présenta sous forme d'un différend entre John et Eugène et ne pouvait pas se résoudre par une action ponctuelle. Je m'étais rendue compte au fil des jours que ces deux-là se détestaient cordialement, mais ni l'un ni l'autre ne me l'aurait dit ouvertement. C'étaient des insinuations permanentes et très indirectes, si bien qu'au milieu de toutes mes préoccupations, j'avais mis un certain temps à détecter leur animosité mutuelle.

Je me dis que l'oncle aurait quand même pu éviter ce genre de problème et lorsqu'il s'en était aperçu, sacrifier l'un des deux. Maintenant ce serait à moi de le faire, une tâche parfaitement désagréable d'autant que ma sympathie allait plutôt à Eugène. Toutefois, j'étais bien décidée à ne pas prendre en compte mes sentiments personnels.

Assise dans mon minuscule bureau, je cherchais dans le dossier de John depuis combien de temps il travaillait à la mine, lorsque mon regard s'attarda sur le portrait de l'arrière-grand-oncle Charles accroché au mur juste devant moi : il me fixait sévèrement de ses yeux pâles. Il me sembla même que ses cheveux coupés très courts en brosse se hérissaient encore davantage en voyant une femme usurper sa place.

Je me levai pour enlever la photo puis je me dis que ce serait mal vu du personnel et je décidai de la déplacer. En l'accrochant derrière moi, je marquerais mon respect et tout visiteur pourrait au contraire le contempler, tandis que moi j'échapperais à son regard réprobateur.

Mais au moment où j'allais le faire une évidence s'imposa en moi : la rivalité entre Eugène et John avait sans doute été exploitée par Émile, sinon créée ou cultivée. Elle pourrait aussi me servir.

Du coup je décidai de laisser l'oncle Charles sur le mur en face de moi : sa sévérité me remettrait à ma place lorsqu'il le faudrait. Je passai même un coup de chiffon sur la vitre poussiéreuse et j'implorai à voix haute :

— Mon cher oncle, laissez-moi une chance !

Cependant, du haut de son cadre, Charles Berthier refusa de se laisser attendrir et se maintint dans sa condamnation muette.

Je conservai donc Eugène et John et je passai un temps épuisant à jouer les imbéciles auprès de l'un et de l'autre, alors que tous deux savaient que je jouais l'imbécile. Mais c'était le code établi pour que se maintienne un semblant de paix. Le salaire de l'un était légèrement supérieur à celui de l'autre. La maison de l'autre était un peu plus grande que la maison de l'un. Chacun volait à l'usine à peu près le même volume d'argent en ciment détourné, essence revendue et, je l'appris plus tard, pour John en pourcentage de salaire reversé par ceux qu'il embauchait.

Apprendre ce qu'était le graphite et comment on l'extrayait ne fut rien à côté du dur apprentissage de la vie qui se poursuivit pendant toutes ces années que je passai là-bas.

Je compris que gérer le personnel était une tâche dont un vazaha ne pouvait s'occuper. Il fallait connaître les us et coutumes, connaître les dissentiments entre les uns et les autres, les liens familiaux, les histoires de femmes, les querelles ancestrales, les origines sociales, les origines ethniques, les religions et enfin une fois que tous ces paramètres avaient été pris en considération, les aptitudes.

Déléguer et s'en remettre complètement au chef du personnel pour tout cela était une obligation. Ce dernier avait donc un immense pouvoir : il recrutait, il comptabilisait les heures supplémentaires, vérifiait le bien fondé des arrêts maladie et décidait également de l'attribution des logements car, je l'appris vite, la plupart des ouvriers étaient logés par la société. Parmi les logements construits certains étaient davantage prisés que d'autres à cause de leur situation géographique ou de leur exposition ou encore de la date plus ou moins récente de leur construction.

Je m'aperçus donc très vite à quel point la rivalité entre John et Eugène, qui m'avait tout d'abord contrariée, était précieuse. Si les deux avaient été des alliés, John aurait largement outrepassé les droits que ses fonctions lui conféraient et Eugène aurait détourné bien plus de gas-oil qu'il ne le faisait. Mais chacun observait l'autre du coin de l'œil, prompt à saisir l'occasion de le dévaluer à mes yeux.

L'usine reprit vite son train-train habituel : chacun savait ce qu'il devait faire. Moi j'apprenais chaque jour et j'étais heureuse. Le seul moment difficile était celui de la fin du travail. Quand, à 17 heures, retentissait la sirène qui prévenait chacun de s'arrêter, mon cœur avait un moment de faiblesse à l'idée des longs moments de solitude qui m'attendaient dans la petite maison à l'odeur de moisi. Heureusement, j'étais la plupart du temps bien fatiguée et je parvenais à m'endormir tôt.

Quand j'avais des insomnies, et cela m'arriva bien souvent la première année, je me levais, m'habillais et j'allais jusqu'à l'usine. Une petite équipe de nuit tournait toujours, supervisant le dernier lavage du graphite et chargeant l'énorme four rotatif qui le séchait.

Nul doute que les ouvriers étaient persuadés que « la patronne » venait les surveiller. Il n'en était rien : j'étais là simplement pour calmer mes angoisses de citadine dans le seul lieu où il y avait du bruit. Je saluais tout le monde d'un signe de tête, puis j'allumais une cigarette et je m'asseyais dans un coin.

L'équipe de nuit dépassait rarement quatre personnes : deux d'entre elles rechargeaient inlassablement des trémies, sorte de gros entonnoirs qui se vidaient à la cadence de cinq minutes environ et envoyaient leur chargement de graphite dans la cellule de flottation. Pour les recharger, les deux ouvriers employaient une grosse pelle de forme semi-circulaire munie d'une courte poignée. Les tas de graphite humide déposés dans l'entonnoir étaient formés de gros pâtés qui gardaient la forme de cette pelle puis on voyait ces pâtés se déformer, s'amenuiser et enfin s'effondrer pour disparaître, aspirés dans le centre de l'entonnoir. Comme les trémies, au nombre de six, étaient légèrement surélevées, les ouvriers gravissaient chaque fois trois marches en bois disposées devant chacune d'entre elles. Inlassablement, toute la nuit, ils effectueraient ces gestes : aller vers l'énorme tas de graphite, charger la pelle, monter trois marches, vider la pelle, redescendre les trois marches, aller jusqu'à l'énorme tas etc. jusqu'à ce que l'aube n'envoie une autre équipe.

Mais c'était surtout le four rotatif qui me fascinait : sa gueule ronde éternellement béante et rougeoyante, exigeait toujours plus de bois. C'était une sorte de monstre qu'il fallait nourrir à une cadence infernale. Les deux autres ouvriers ne faisaient que cela et je me demandais comment, même en replantant des eucalyptus – qui poussent très vite –, on pouvait satisfaire cet éternel affamé.

Quelquefois, assise là, je me demandais si l'Europe existait toujours, si un cataclysme ne l'avait pas emportée tant il me paraissait bizarre de penser qu'à dix mille kilomètres, au même moment, il y avait des gens dans des restaurants ou devant la télé. Mais, malgré la solitude, la nouveauté et donc l'étrangeté de cet univers qui m'entourait, malgré les angoisses qui parfois me tenaient éveillée, j'étais heureuse d'être là. Quand j'avais passé une heure au milieu du cliquetis des machines et de la sonore respiration du four, apaisée, je partais me coucher.

Et à 6 heures du matin, chaque jour – car les ouvriers avaient demandé comme une faveur qu'elle fonctionne aussi le dimanche et les jours fériés – la sirène me sortait du lit, le cœur battant, les oreilles vrillées, j'avais invariablement oublié la solitude de la veille et j'allais travailler le cœur en fête, stimulée par les difficultés qui m'attendaient, par tout ce que je devais apprendre.

Je me mis à la mécanique avec enthousiasme. Je n'avais jamais ouvert un capot de voiture de mon existence et je n'avais pas l'intention de réparer les véhicules de la société, mais il était évident que je devais en savoir un minimum pour pouvoir acheter les pièces nécessaires à Tana et surtout pour comprendre de quoi me parlait Eugène.

Fidy fut mon professeur : il m'apprit que son père était mécanicien et qu'il avait passé toute son enfance dans un garage. Il était parfaitement capable de réparer n'importe quelle voiture. Et, quand il vint avec Ony me rendre visite, nous passâmes le plus clair de notre temps dans l'atelier. Il promit de m'apprendre l'essentiel de ce que je devais savoir.

Tout en me remémorant ces journées déjà si lointaines de mes débuts à Berano, je fouille dans le tas de lettres destinées à Sylvie. Concernant cette période de ma découverte de l'exploitation, je n'ai écrit que trois courtes lettres à ma mère et elles sont sans intérêt. « Je vais bien... le travail est très intéressant... il pleut beaucoup... J'ai pris des photos et je te les enverrai prochainement... ».

Pour des raisons évidentes, je ne lui ai confié aucune de mes difficultés, aucune de mes angoisses.

Je relis, avec stupéfaction, ce que j'ai écrit à Sylvie une certaine nuit de novembre.

Berano, le 28 novembre

Bonsoir Sylvie,

Il est minuit. Je ne peux pas dormir. T'écrire m'aidera à traverser ces heures difficiles. Je ne vais pas pouvoir tenir le coup plus longtemps. L'orgueil m'a permis jusque-là de faire semblant, mais je suis à bout de forces et j'ai l'intention d'arrêter au plus vite cette expérience désastreuse. Je ne t'ai pas écrit plus tôt car la remise en route de l'exploitation a nécessité tout mon temps, toute mon énergie, toute mon attention.

Le soir après le travail, épuisée, je mangeais vite un morceau et j'allais me coucher pour me lever chaque matin à quatre heures trente. Le dimanche je potassais mes cours théoriques de mécanique et j'étudiais les fiches de stock, les bulletins de salaire du personnel, les bilans de la société depuis sa création.

Inutile de te dire que j'ai fait de sacrées découvertes et que je suis moins sûre que certains ouvriers aient souhaité que je reste parce que je suis du sang des Berthier, mais plutôt parce qu'ils espéraient bien qu'en tant qu'enseignante, je ferais partie de la race des naïfs, une race facile à plumer. Malheureusement pour eux ils n'imaginaient pas que j'aurais comme allié un Fidy au regard perçant, roué à toutes les tentatives de fraude. Nous avons même découvert deux employés morts depuis deux ans qui continuaient à être rémunérés !

Cependant, aussi difficile que soit l'apprentissage du travail, il n'y a rien d'insurmontable et je sais que je pourrais y parvenir. À vrai dire, en peu de temps, j'ai déjà appris énormément... Non, l'insupportable ici, c'est la solitude dans laquelle je vis.

Tu te souviens, lorsque nous nous sommes vues en France, je t'avais déjà raconté que cela n'allait pas être très facile de devoir se passer de téléphone, de télévision, de dîners avec les copains mais j'avais rajouté « Cela va me faire le plus grand bien. Après tout, si on y réfléchit, que d'émissions et de films imbéciles avalons-nous, que de relations superficielles nous font perdre un temps précieux ! » J'étais sincère, je m'attendais évidemment à souffrir quelque peu de mon isolement mais je savais aussi que régulièrement je devrais me rendre à Tana et j'estimais que cette immersion dans la capitale suffirait à rassurer la citadine que je suis, au fond !

J'avais pensé également que je pourrais communiquer avec Eugène et John. Je ne me voyais pas échanger avec eux des points de vue philosophiques sur l'avenir de la planète, mais j'étais persuadée que le dialogue pouvait dépasser le cadre du graphite et de l'exploitation.

J'avais tort, tort sur toute la ligne.

D'abord, je rêve de coups de fil superficiels, de dîners entrecoupés de rires bêtes et de films débiles. Comment n'ai-je jamais apprécié à leur juste valeur nos longues communications téléphoniques ? Tu te souviens ? « Allô Sylvie, j'ai vu un ensemble dans un petit magasin, une vraie merveille ! Allô Sylvie, devine ce qui m'est arrivé ce matin ! » suivait une anecdote sans grand intérêt mais que j'avais plaisir à te livrer et toi plaisir à l'entendre...

Ensuite, sur le plan de la communication avec Eugène ou qui que ce soit ici, j'ai eu tout faux. Trois mille personnes vivent autour de moi, si je compte les familles de mes trois cents ouvriers, et je suis aussi seule que sur une île déserte. Je te raconterai demain deux ou trois anecdotes édifiantes.

Je vais me reposer pour être en mesure de réfléchir à la manière dont je peux sortir élégamment, sans nuire à l'exploitation et donc aux ouvriers, du guêpier dans lequel je me suis fourrée.

Vendredi

J'ai reçu ce matin la lettre que tu m'as écrite : c'était comme un cadeau de Noël. Elle est arrivée à ma boîte postale à Tana mais ma secrétaire là-bas a eu la bonne idée de la confier à un type qui allait chasser dans la région et me l'a déposée.

Je l'ai lue, relue. Le récit de ta soirée avec Jean-Marc sur le port d'Antibes était si vivant que j'ai cru respirer l'odeur de la mer et voir le Fort carré.

J'avais les larmes aux yeux en songeant aux lumières, aux vitrines des magasins, aux femmes élégantes qui déambulent dans les rues. Je me suis demandée au nom de quoi je m'étais infligée cette punition, car vivre ici est bel et bien une punition. Que suis-je venue expier ?

Hier, je t'ai dit que je te raconterais deux ou trois anecdotes pour que tu comprennes mieux mon désarroi et ma solitude. À vrai dire, je ne sais, parmi cent, lesquelles choisir. À chaque instant, la distance qui me sépare des gens qui m'entourent me semble plus vertigineuse.

Il y a une quinzaine de jours, je me suis blessée au pied et je n'ai pas pris la précaution de désinfecter immédiatement. Avec l'humidité ambiante, la plaie ne se refermait pas et elle a fini par s'infecter, si bien qu'un matin je me suis réveillée avec les ganglions de l'aine douloureux et enflés.

Lorsque j'ai dit à Eugène que j'allais me rendre à Tana pour voir un médecin et me faire prescrire des antibiotiques, il m'a regardée avec stupéfaction :

— Mais, ce n'est pas la peine ! Vous prenez un peigne et vous le passez sept fois de haut en bas sur les ganglions. Je vous garantis qu'en trois jours il n'y aura plus rien !

C'est à se demander pourquoi ce pauvre Fleming a cru bon d'inventer la pénicilline. Je n'ai rien répliqué, mais je me suis brusquement sentie en équilibre près d'un gouffre. Le moindre faux pas et je tomberais.

Pas plus tard que ce matin, j'avais une clôture à faire mettre en place par un ouvrier. Pendant qu'il clouait, j'ai voulu échanger quelques mots avec lui pour passer le temps et profiter de chaque occasion pour apprendre tout ce que je peux sur le mode de vie des gens d'ici.

Il m'a dit qu'il avait douze enfants. Les trois aînés travaillaient, mais les autres étaient en âge scolaire et la vie n'était pas facile pour une famille nombreuse d'autant qu'il y avait deux grands-mères toujours vivantes.

J'ai bredouillé quelque chose d'indistinct, songeant à Germinal et aux nantis qui, assis dans leur bon fauteuil, sermonnent leurs ouvriers misérables car ils ont trop d'enfants et boivent leur paye. À ce moment-là l'ouvrier a ajouté d'un ton tout à fait naturel : « Seize à table, c'est trop : chaque jour l'un d'entre nous à tour de rôle ne mange donc pas ».

Je l'ai écouté, stupéfaite, me demandant s'il se moquait de moi. Mais non ! Il me regardait sérieusement et avait l'air content de la solution qu'il avait trouvée.

Il n'est pas un soir depuis que je suis à Berano où je ne me sente appartenir à une autre planète. L'angoisse me tient éveillée la nuit et je la sens palpiter en moi comme une sorte de bête qui m'habiterait. Je ne crois pas pouvoir le supporter bien longtemps.

Ne t'inquiète pas cependant : je n'ai pas l'intention de m'entêter et je sais reconnaître mes erreurs.

Bises
Hélène

Ainsi donc mes débuts avaient été aussi difficiles que cela ? Franchement je ne l'aurais jamais cru et si je n'avais eu cette lettre sous le nez, j'aurais dit simplement qu'il y avait eu une petite période d'adaptation qui dans l'ensemble ne s'était pas trop mal passée...

Certes, je n'ai jamais pu me départir totalement du sentiment d'infinie solitude que j'ai ressenti là-bas. Même si j'y étais restée jusqu'à la fin de mes jours, j'aurais toujours eu l'impression de venir d'un autre univers. Toutefois, à un certain moment, j'ai pu surmonter ce sentiment, j'ai pu m'endormir paisiblement et enfouir au plus profond de moi le cri de détresse que j'étais sur le point de pousser chaque fois que se présentaient des situations dramatiques, fruit de l'ignorance et de la misère.

Je me souviens notamment de ce père qui vint me chercher une nuit parce que son enfant « n'allait pas bien ». La mère était partie avec son amant, avait laissé le petit de trois mois. Le père avait décidé de le nourrir avec des boîtes de lait concentré sucré qu'il perçait de deux trous et tenait ensuite à la verticale de la bouche de l'enfant. Il ne prenait même pas la peine d'essuyer son visage.

Quand j'entrai dans la case je n'aperçus pas tout de suite le bébé : l'âcre fumée du fatapera noyait la pièce dans un brouillard grisâtre. D'un geste le père me désigna un carton rempli de chiffons. J'approchai. Une odeur nauséabonde remplaça brutalement l'odeur du charbon. À la lueur d'une vilaine ampoule nue qui pendait au plafond et se balançait faiblement, accentuant l'irréalité de la scène, je vis, petit triangle fripé, le visage de l'enfant. Quand je déplaçai le carton, deux souris qui y avaient élu domicile s'enfuirent.

Cette fois-là, l'enfant fut sauvé de justesse, mais je vis si souvent la mort s'emparer d'enfants ou d'adultes que des gestes simples auraient pu sauver, que mon cœur au fur et à mesure s'endurcit...

Il y eut l'histoire de la fête des Rois. Bien qu'elle appartienne plutôt au registre comique, elle illustre néanmoins les difficultés qui furent les miennes à comprendre les gens de Berano et à me faire comprendre d'eux. Je ne me souviens plus si cette fête eut lieu la première année de mon séjour ou la seconde.

J'avais mis en congé tous les ouvriers de l'exploitation pendant une semaine. On m'avait avertie que les fêtes de fin d'année étaient prétexte à boire pour la plupart des ouvriers et que la productivité serait nulle, de toute façon.

J'étais donc partie passer Noël et le nouvel an à Tana. Mais j'avais cherché une façon de marquer la nouvelle année qui allait débuter à Berano. J'eus donc l'idée de fêter les Rois avec les enfants des ouvriers et je raconte cette journée mémorable à ma mère. Pour une fois, le souvenir que j'en ai coïncide parfaitement avec le récit que j'en fais.

Berano, le 10 janvier

Ma chère maman,

[...] J'ai donc commandé seize énormes galettes que j'ai rapportées de Tana avec leurs couronnes. J'ai acheté plusieurs sacs de bonbons et j'ai appris par cœur un petit discours en malgache à l'adresse des enfants.

Le jour dit, je suis arrivée à l'école où devait se dérouler le goûter. Je pensais voir des enfants riant, criant, dansant devant les salles. J'imaginais aussi qu'ils me salue-

raient avec de grands sourires et des signes de la main en sautillant autour de moi.

Mais je les ai tous trouvés, du plus grand au plus petit, rangés par deux dans une longue file, silencieux. Une maîtresse jouait le rôle de chef d'orchestre et quand j'ai été près d'eux, à un signal qu'elle leur a fait, ils se sont mis à crier tous ensemble et avec une gravité impressionnante : « Bonjour, patronne ! ».

On m'a fait entrer dans l'une des trois grandes salles de classe qui avait été décorée pour l'occasion avec des feuilles de palmier. Les tables et chaises avaient été enlevées pour permettre à tous les enfants de pouvoir y pénétrer. À la place du bureau du maître, qui lui aussi avait disparu, il y avait une estrade et sur cette estrade un fauteuil rouge et or. J'étais en train de me demander à quoi il servait quand Eugène m'a désigné ce trône et m'a priée poliment de m'y asseoir.

J'ai eu un instant de panique, cherchant désespérément une excuse pour y échapper. Mais je n'ai rien trouvé et je me suis installée les bras sur les accoudoirs, prête pour mon supplice. Les trois cents enfants, serrés les uns contre les autres, eux, se sont assis en tailleur à même le sol et ont tourné sagement leur visage vers moi, attendant que j'ouvre la cérémonie.

J'ai pris une bonne inspiration et je me suis levée pour débiter le petit discours que j'avais appris par cœur. Je l'avais rédigé et

Fidy l'avait traduit. Ce discours commençait par : « Bonjour les enfants ! Je suis heureuse que nous soyons tous réunis aujourd'hui. Je vois que mon accent vous fait rire mais, s'il vous plaît, soyez indulgents à mon égard... ». Cependant aucun enfant ne riait, ni même ne souriait. Ils me fixaient tous et la seule chose que je lisais dans leurs yeux était... la peur !

Je ne pouvais même pas supprimer la fameuse phrase « mon accent vous fait rire » car je ne savais pas exactement où elle se situait dans mon discours.

Quand j'ai eu terminé, sur un signe de la maîtresse, ils ont applaudi. Tu peux imaginer comme j'ai apprécié leur spontanéité ! Puis la réponse à mon discours a eu lieu par l'intermédiaire de John.

J'ai cru que j'allais pouvoir abandonner mon trône. Pas du tout. Un spectacle avait été préparé à mon intention. Je ne l'oublierai jamais. Aucune chanson ni aucune danse malgache. Les organisateurs avaient voulu me faire plaisir en ne faisant chanter aux enfants que des chansons vazaha. Il y avait aussi un quadrille très dix-huitième siècle français.

Partagée entre le rire et l'émotion j'ai écouté Petit papa noël, suivi de L'empereur, sa femme et le petit prince, À la claire fontaine et enfin Étoile des neiges. Les enfants chantaient admirablement bien, mais leur accent malgache était très prononcé. Ils avaient, tout comme moi pour le discours, appris les paroles par cœur sans rien y comprendre.

C'était vraiment inattendu que d'entendre ces airs ici. J'ai applaudi à tout rompre à la fin.

J'allais me lever, certaine que cette fois j'en avais terminé, mais John m'a fait signe de ne pas bouger.

Il m'a apporté un énorme seau rempli de bonbons et a dit aux enfants que j'allais procéder à la distribution. Toujours sur mon trône, j'ai dû puiser dans le seau et tendre à chaque enfant qui défilait sagement devant moi une poignée de bonbons. Eux, les deux mains tendues, le front incliné, recevaient ces dérisoires présents comme des objets sacrés.

Quand la dernière poignée de bonbons a été remise, j'ai fait mine de me lever mais John, à nouveau, m'a clouée à mon trône de velours rouge d'un regard.

— Vous allez maintenant manger les gâteaux, a-t-il dit en français à mon intention puis en malgache à l'intention des enfants. La patronne va vous expliquer ce qu'est cette fête et ce qu'on doit faire. C'est elle qui vous distribuera les couronnes en échange de la fève.

— Comment, me suis-je étonnée, ils ne connaissent pas la fête des Rois et sa signification ? Ils ne sont pas chrétiens ?

— Mais non, à part une dizaine d'entre eux ! m'a répondu John.

Je n'avais même pas posé la question tant j'étais persuadée que tous étaient soit protestants soit catholiques, comme dans la capitale. Je me suis dit qu'après tout ce n'était pas très grave et qu'ils seraient amusés au moins par la recherche de la fève. J'avais apporté seize gâteaux de vingt parts. Dans chacun des gâteaux, il y avait une fève : l'heureux gagnant recevrait deux couronnes, l'une pour lui et l'autre pour le conjoint qu'il choisirait pour partager son règne. Le roi ou la reine embrasserait donc l'élu(e) de son cœur et poserait sur sa tête la deuxième couronne. J'ai prié John de traduire mes explications.

Ma méconnaissance des coutumes locales m'a fait, là encore, commettre une bévue : figure-toi que le baiser est inconnu des Betsimisaraka ! Les enfants ont donc choisi un roi ou une reine, mais je les ai vus se tortiller comme des vers au moment de l'embrasser. L'un s'y est finalement risqué et a été hué par ses compagnons. On ne m'a expliqué la raison de tout ce charivari qu'après que je me sois énervée et que j'aie posé pour la troisième fois la question. J'ai alors prié John de leur dire d'abandonner le baiser, mais il s'y est refusé. Puisque je l'avais demandé, il fallait à présent que les enfants s'exécutent !*

Finalement, au bout du quatrième ou cinquième baiser, ils se sont calmés et il n'y a eu plus que quelques ricanements.

Les trente-deux couronnes ont été remises aux souverains du jour. J'ai poussé un soupir de soulagement en constatant que la cérémonie touchait à sa fin. Mais au bas à droite de l'estrade, une file d'enfants restait immobile. Je me suis demandée ce qu'ils attendaient, quand j'ai vu les trois premiers de la file qui exhibaient une fève. J'ai éclaté de rire : les heureux « découvreurs » de la fève avaient remis aux autres leur trophée et ils espéraient bien tous être les rois et reines de la journée. Ils avaient enfin perdu leur air craintif et me regardaient d'un air malin en agitant leur fève sous mon nez.

Je dois t'avouer que cette conclusion m'a rassurée : j'avais bien devant moi des enfants, farceurs comme tous les enfants du monde et prompts à rire comme tous les enfants du monde, ce dont j'avais douté pendant un bon moment.

J'espère que cette anecdote t'amusera. L'histoire est bien longue et j'en ai écrit un bout chaque soir avant de m'endormir depuis presque une semaine mais il me semble que ce sont les détails justement qui la rendent savoureuse. Je suis persuadée que tu imagineras fort bien la tête que je pouvais faire assise sur mon trône d'or et de velours cramoisi !

Je t'embrasse.

Hélène

J'ai su plus tard que mon récit ne l'avait pas fait rire le moins du monde et qu'elle avait, à cette occasion, mesuré la solitude dans laquelle je devais me trouver.

Je suis cependant restée à Berano, et j'ai pu surmonter ce sentiment permanent et très particulier d'être étrangère dans toutes les situations et donc regardée comme étrange. Ni mes longs cheveux blonds, ni ma grande taille n'ont arrangé les choses !

Je suis bien incapable de dire aujourd'hui si je suis restée par bravade, parce que le travail de la mine me plut, ou parce que je ne voulais pas laisser l'exploitation aux Lourmel.

Sur le plan purement technique, mes débuts dans l'exploitation ne s'étaient pas trop mal déroulés. J'avais surmonté la plupart des difficultés et je voyais avec fierté le graphite s'accumuler.

Mais j'avais, avec l'inconscience des ignorants, fait redémarrer la production sans savoir si je pourrais la vendre. Dans ma naïveté, le graphite se vendait forcément puisque Berthier en avait toujours vendu et en avait vécu confortablement. J'imaginais que si l'un des clients n'en voulait pas, je pourrais en proposer à d'autres.

Lorsque Eugène m'avait demandé quelles étaient les caractéristiques du graphite qu'il fallait produire après m'avoir expliqué les différentes granulométries et les exigences variables des clients en matière de teneur en carbone, j'avais opté pour le type de graphite demandé habituellement par le plus gros client de la société. J'avais cru qu'il en était du graphite comme des pommes : il y aurait toujours preneur. Je trouvais que c'était même mieux que les pommes car ce n'était pas périssable.

J'ignorais que j'avais affaire à un marché terriblement restreint : les clients se comptaient à peine sur les doigts des deux mains et une féroce concurrence opposait les producteurs de Madagascar, du Brésil, de Chine. Ces clients étaient – je ne le savais pas non plus – d'impressionnants groupes industriels qui utilisaient le graphite pour fabriquer des briques réfractaires ou des moules de fonderie avec des recettes bien à eux. Ces gens-là ne plaisantaient guère avec la production : un fournisseur qui ne livrait plus, et qui en outre ne prenait même pas la peine d'expliquer pourquoi son activité cessait, était un fournisseur grillé.

J'eus beau expliquer dans mes lettres que M. Berthier était décédé brutalement d'un arrêt cardiaque, les grands manitous auxquels je m'adressais ne pouvaient tout simplement pas imaginer qu'une boîte qui leur livrait des tonnes de graphite ne dépende que d'un seul homme, que leurs fax soient restés sans réponse, que leurs coups de fil au bureau de Tana aient résonné dans le vide. Et les trois principaux clients de Berthier s'évanouirent dans les airs. Je vis le moment où je devrais mettre la clef sous la porte avant même d'avoir commencé à la tester dans la serrure.

Personne cette fois n'était en mesure de m'aider. La commercialisation avait toujours été le domaine réservé de Berthier. Aucun des employés ne pouvait me suggérer le nom d'un client éventuellement intéressé par ma production. Les intermédiaires dans ce métier étaient rares, m'avait-on dit, et je voulais bien leur laisser un bon morceau de marge bénéficiaire mais, eux non plus, je ne les connaissais pas.

Où donc trouver un bottin mondial avec « acheteurs de graphite » ou « fabricants de réfractaires » ? Tout ce que je savais, c'était que le graphite de Madagascar était impropre à la fabrication de mines de crayon et qu'il était inutile que je cherche dans cette direction. Je ne pouvais tout de même pas m'adresser aux Lourmel !

Une fois de plus, l'idée me vint de Fidy qui, venu passer une journée avec femme et enfants, me suggéra d'aller au Service des Mines de Tana me renseigner.

Ce fut une recherche longue et fastidieuse. Je pêchai des noms et des adresses au hasard dans des revues qui parfois avaient vingt ans d'âge, puis j'envoyai à chaque entreprise une lettre type qui, je m'en rends compte aujourd'hui, devait sembler à ceux qui la recevaient une lettre de petite fille jouant à faire la grande.

Le temps passait, je dormais de moins en moins : il me fallait assurer la paie des ouvriers, régler les factures de gas-oil que les deux bulldozers consommaient, un vrai gouffre. J'hésitais à ralentir la production de peur de déclencher une panique chez les ouvriers.

Je songeais amèrement à l'expression « mettre la charrue avant les bœufs » et je me disais que je n'oublierais jamais la leçon qui m'était donnée là.

Assise à côté de mes sacs de graphite empilés jusqu'au plafond du hangar de stockage, j'en calculais la valeur en me répétant pour la centième fois qu'il était bien bête de mourir de faim à côté d'un tas d'or. Mais ni l'or ni le graphite n'avaient jamais été comestibles et je voyais mes tas s'amonceler tandis que les ventres allaient bientôt sonner creux, à commencer par le mien...

Cependant, un matin, alors que j'étais pratiquement décidée à tout arrêter, la secrétaire de Tana me signala qu'une lettre était arrivée d'Écosse pour la SGM. Je lui demandai de me la lire. La BLU*, mon seul lien possible avec Tana aux heures de bureau, était mauvaise ce jour-là, et ma secrétaire n'avait que des rudiments d'anglais. Je ne compris qu'une chose : un client se manifestait enfin.

Je pris immédiatement ma voiture et je filai sur Tana. En fait, une grosse boîte de fabricants de réfractaires, la RIVAX, était intéressée par mon graphite et l'un de leurs représentants, un certain Keath Mac Andrew, souhaitait me rencontrer dès que possible. Il était prêt à faire le déplacement.

J'expédiai un fax et j'en reçus un dès le lendemain. Mac Andrew serait là dans cinq jours.

J'irais le chercher à l'aéroport et l'emmènerais à Berano.

Je jugeai inutile de repartir à la mine ; je prévins simplement par BLU que la *trano vahiny** – textuellement la maison des invités – devait être prête, ne voulant pas loger un inconnu dans la deuxième chambre de la maison comme je le faisais lors des visites de Ony et Fidy. C'était en fait une grande bicoque en bois qui longeait la rivière, mais dans laquelle je n'avais encore jamais mis les pieds tant j'avais été occupée par différents problèmes.

Keath Mac Andrew arriva le jour dit. Il était d'une grande politesse et très peu bavard :

— Mon temps est compté. Je désirerais me rendre dès que possible à la mine.

Il dormit presque tout le trajet et, arrivé sur place, il semblait en forme. Il engouffra le déjeuner que nous avait préparé Miangaly et que Telo nous servit, puis se déclara prêt, une fois la dernière bouchée avalée, à visiter l'exploitation.

J'étais fort mal à l'aise : je savais par Eugène qu'il n'était pas habituel que les clients viennent visiter les exploitations. J'ignorais ce que je devais valoriser dans la visite, ce qu'il valait mieux passer sous silence. Aussi lui fis-je faire le tour du propriétaire avec des commentaires assez brefs sur ce que nous voyions et qui parlait de lui-même.

Il ne posa quasiment pas de questions, mais regarda tout d'un œil perçant : les bulldozers, le four rotatif, la turbine et même les ponts. Je guettai sur son visage l'approbation ou la désapprobation. Je ne vis rien et je songeai en moi-même : « Que le diable emporte les Écossais et les Malgaches dans la même soubique* ! Impossible de savoir ce que les uns ou les autres pensent ! ».

À 3 heures de l'après-midi, une fois la visite terminée, nous nous rendîmes dans mon bureau. Il n'y alla pas par quatre chemins : il me prenait tout mon stock, à condition que j'en augmente la teneur en carbone par un dernier lavage. La granulométrie lui convenait. Il s'engageait également à me prendre l'intégralité de ma production annuelle pendant quatre années si la qualité était régulière. En cas de refus, il ne prendrait que le tiers de ma production cette fois, et nous renégocierions chaque année les quantités.

Je demandai à réfléchir jusqu'au lendemain. En acceptant sa proposition, je me coupais de tous les autres clients potentiels. Je dépendais entièrement de la RIVAX dont je ne savais pas grand-chose. La RIVAX pouvait faire faillite, réviser ses prix. Je serais pieds et poings liés face à un seul acheteur. Mais d'un autre côté personne d'autre ne s'était manifesté. Je sentis qu'il serait inconvenant avec cet Écossais et le genre de société qu'il représentait, de jouer les marchands de tapis, d'essayer de négocier une durée moins longue d'un contrat basé essentiellement sur la confiance : en effet aucune instance juridique ne pourrait régler un différend entre l'Écosse et Madagascar, s'il s'en produisait.

Nous nous séparâmes vers dix-huit heures. J'appelai Eugène, je lui demandai d'accompagner Mac Andrew jusqu'à la trano vahiny, dans laquelle j'avais fait déjà fait déposer le matin son sac de voyage, puis je proposai à mon hôte de nous retrouver vers dix-neuf heures trente pour le dîner.

Je restai un moment dans le bureau, seule, fixant désespérément le visage sévère de l'arrière-grand-oncle qui resta de glace : je ne pouvais attendre aucun conseil de personne.

Finalement je rentrai à la case – j'avais fini par prendre le tic local et par nommer ainsi la maison de bois – où je pris un long bain.

À 19 heures, comme pratiquement chaque soir, malgré la douceur du temps, je fis allumer la cheminée afin d'assécher l'atmosphère humide de la case. J'avais enlevé les bibelots et les photos de Berthier, changé la disposition de la plupart des meubles, fait coudre de nouveaux rideaux et je commençais à me sentir chez moi et par conséquent je souffrais moins de la solitude. Il n'empêche que certains soirs, j'aurais été contente de dîner avec le diable lui-même, tant les minutes s'égrenaient lentement.

J'étais donc ravie d'avoir un invité, même à moitié muet et peu enclin à sourire. À 19 h 30 précises, j'entendis frapper à la porte vitrée du salon que j'avais soigneusement fermée à cause des moustiques. J'allai ouvrir… et je restai bouche bée : Mac Andrew était en kilt, avec tous les accessoires, y compris le petit sac à la ceinture dont j'ignorais le nom. Il semblait prêt à partir pour une soirée de gala.

— Vous êtes magnifique, m'exclamai-je avec sincérité. Mais installez-vous ! et je lui désignai un fauteuil. Je reviens immédiatement !

J'allai vite enfiler une robe bleue à la jupe très évasée et au corsage moulant.

— Voici, dis-je. Je me sens plus digne de votre kilt. J'espère que le dîner préparé par Miangaly, ma cuisinière, sera à la hauteur !

Était-ce le kilt ? Était-ce la nuit tropicale ? Mac Andrew n'était plus le même homme que dans la journée : il se montra bavard, enjoué et plein d'humour. Il se mit à rire lorsque Telo, qui n'avait jamais vu de kilt, se répandit en « wa wa » en le regardant, puis alla chercher la cuisinière pour qu'elle voie le phénomène. J'étais au bord du malaise, craignant qu'il ne se fâche d'être traité en bête curieuse, mais il se laissa contempler et j'eus même l'impression qu'il y mettait une certaine complaisance.

Je passai une excellente soirée totalement ahurissante : le kilt, le feu de cheminée, Telo patinant autour de la table un plat fumant dans chaque main. À certains moments je me demandais même si je n'étais pas en train de faire l'un de ces rêves sans queue ni tête dont on se souvient le lendemain et dont on rit : « Mais pourquoi donc ai-je rêvé de cela ? C'est absolument abracadabrant ! Mais où donc vais-je chercher des histoires pareilles ! »

Même la conversation fut étrange : elle dériva sur Louis XIV, puis Cromwell dont il me parla comme s'il les avait connus personnellement. Puis nous passâmes aux chevaux, qui étaient sa passion. J'appris qu'il possédait un château près d'Édimbourg et je crus comprendre qu'il n'était pas un simple employé de la RIVAX, mais l'un des actionnaires principaux : c'était son arrière-grand-père qui avait fondé la société.

Quand il me quitta, je tournai et retournai sa proposition dans ma tête, pesant le pour et le contre sur une balance imaginaire. Finalement, épuisée, je m'endormis. Comme d'habitude la maudite sirène m'arracha à un rêve particulièrement agréable. Je pris vite une douche, j'avalai une tasse de thé brûlant, je mis en route le travail de la journée puis je revins vers huit heures trente pour prendre un bon petit-déjeuner avec mon Écossais. Il était déjà attablé, en pleine conversation très animée ponctuée de gestes avec Telo qui devait, j'imagine, lui demander ce qu'il mangeait le matin.

Je saluai mon hôte, lui demandai s'il avait passé une bonne nuit, puis je lui annonçai tranquillement que j'acceptais de lui vendre ma production annuelle pendant quatre ans. Mon cœur battait la chamade : je faisais peut-être là une énorme bêtise.

Le soir même, Mac Andrew repartit avec un chauffeur sur Tana. Il devait voir un autre producteur de graphite dans le sud et rentrer ensuite en Écosse. Sitôt qu'il eut tourné le dos, je m'avisai d'aller jeter un coup d'œil à l'intérieur de la trano vahiny dans laquelle il avait dormi et dont Eugène m'avait assuré qu'elle possédait tout le confort. Je pensais qu'il y avait certainement la décoration à refaire, les rideaux à changer.

Je ne m'attendais pas à ce que je trouvai. La porte s'ouvrit dans un grincement sinistre sur une sorte de hangar immense au plafond très haut. Une insoutenable odeur d'humidité imprégnait la pièce. Dans un angle, une très haute estrade avait été dressée et sur cette estrade était posé le lit : une échelle permettait d'y accéder. Pour atteindre cette estrade, il fallait emprunter une sorte de pont de cinquante centimètres de large qui traversait la pièce en diagonale et reposait sur de grosses poutres carrées. J'appelai Eugène :

— Que s'est-il passé ici et pourquoi m'avez-vous dit que la maison des invités était confortable ?

Il me regarda d'un air blessé :

— La trano est régulièrement inondée par la crue de la rivière qui se trouve juste derrière ; aussi nous avons résolu le problème en plaçant le lit sur pilotis. Et c'est vrai, patronne, il y a tout le confort, regardez !

Il me désignait, dans l'angle opposé à celui où était placé le lit, un rideau de plastique de couleur indéterminée. Pour s'y rendre pas de pont mais une bande de linoléum. Perplexe, je traversai la pièce et j'allai tirer le fameux rideau. Je découvris ce qu'Eugène appelait le confort : un lavabo, une baignoire et des toilettes, tous trois striés de traînées rougeâtres de la rouille qui avait attaqué l'émail.

Au-dessus du lavabo, le miroir était tellement atteint par l'humidité que seule une partie, en bas à droite, de la grandeur d'une main réfléchissait l'image. La baignoire reposait sur un caillebotis et on se doutait bien que les ténèbres, entre les lattes de bois, devaient abriter tout un peuple de cancrelats et autres charmants habitants des endroits chauds, humides, sombres et inaccessibles à l'homme. Quant à la cuvette des toilettes, elle était royale, un véritable trône posé sur une estrade en béton à laquelle on accédait par deux marches, en béton également.

J'avalai ma salive avec difficulté en pensant que le descendant de la vénérable lignée des Mac Andrew, propriétaire d'un château en Écosse, actionnaire peut-être principal de la RIVAX, avait dormi là ! En réalité, la lignée des Mac Andrew m'importait peu. Ce qui me rendait malade, c'est que mon Écossais était mon seul client pour le moment, qu'il représentait l'unique chance de tirer la société de l'ornière dans laquelle elle se trouvait et que j'avais cru faire de mon mieux pour le recevoir. Au lieu de cela, je l'avais logé dans un endroit innommable.

De cette histoire, je tirai deux conclusions. La première étant que chacun d'entre nous avait sa propre conception du confort, et la seconde que mon graphite était vraiment excellent pour que mon Écossais s'entête à m'en acheter après l'accueil qui lui avait été réservé.

Les années passèrent durant lesquelles je me félicitai tous les jours de la décision que j'avais prise de vendre mon graphite à Mac Andrew. Chaque fois que j'allais en Europe, nous nous rencontrions, généralement à Paris, et nous allions déjeuner ou dîner ensemble après avoir parlé affaires. Peu à peu, nos relations devinrent amicales et, dix ans après notre première rencontre, il m'invita à passer un week-end dans son fameux château.

Je restai muette d'admiration lorsque je le visitai. Un valet de chambre m'escorta jusqu'à la chambre d'amis : lit à baldaquin, plancher marqueté, tapisseries anciennes sur les murs. Je me retournai vers lui et je lui lançai :

— On ne peut pas dire que vous soyez rancunier !

Il éclata de rire et comprit tout de suite. C'était la première fois que nous parlions de la trano vahiny tous les deux.

Je lui avouai mon désespoir lorsque j'avais découvert où il avait été logé et lui me raconta qu'il avait eu le sentiment de vivre une aventure très particulière dans cette maison qu'il avait baptisée la « maison biscornue ». Cet habitué des quatre étoiles, cet enfant gâté qui vivait dans un somptueux décor et qui était reçu par ses clients avec des tapis rouges, avait été enchanté de sa nuit dans le hangar !

Chapitre 6

Aza manao kitapo hamelana lolompo,
na hadivory hasiana ny fitaka.
Ne faites pas un sac pour y conserver la rancune,
ou un fossé pour y mettre la tromperie.

Proverbe malgache

Les premiers mois, je fus tellement occupée à apprendre des centaines de choses nouvelles, tellement attentive à garder la tête hors de l'eau, que je n'ai pas le souvenir d'avoir consacré du temps à des activités autres que le graphite et tout ce qui s'y rapportait.

J'apprenais comment on l'extrayait, comment on l'amenait à de hautes teneurs en carbone, comment on analysait les cendres au laboratoire. J'apprenais aussi comment étaient construits les ponts, les routes, comment étaient coupés les arbres, comment se posait la dynamite.

Je me souviens d'un matin où, assise sur un monticule, je surveillais la construction d'un pont.

L'avant-veille, les piliers avaient été enfoncés jusqu'au refus grâce à un « mouton », c'est-à-dire une simple masse de bois dur mue par des poignées ou des cordes qu'on laissait retomber lourdement. Cette méthode, plutôt préhistorique, était néanmoins très efficace d'après ce que j'avais pu constater. Ensuite, des traverses avaient relié les piliers.

Il fallait donc à présent poser le tablier, c'est-à-dire les énormes poutres en longotra* – un bois très dur et fort lourd – qui supporteraient, par la suite, le plancher.

Une dizaine d'ouvriers s'accroupissaient devant une poutre, les mains posées devant eux sur le bois. Ils se balançaient légèrement d'avant en arrière au même rythme scandé par une sorte de plainte qui enflait et décroissait, puis, brutalement les bras se tendaient dans l'effort, les bouches exhalaient un cri rauque de souffrance et de triomphe et la poutre avançait de vingt centimètres sur les traverses longitudinales. Quand elle était enfin en place, on passait à la suivante. La sueur dégoulinait le long des tempes et au creux du dos de chaque homme.

C'est ainsi que devaient travailler les Égyptiens, c'est ainsi que travaillaient tous les peuples du monde jusqu'à ce que les grues fassent leur apparition et la mélopée était sans nul doute universelle. Elle accompagnait l'effort de groupe depuis la nuit des temps.

Perdue dans ma contemplation, je n'avais pas entendu un homme s'approcher de moi. Je m'en aperçus finalement à l'ombre que la silhouette projetait à ma droite.

— Monsieur Lourmel !

— Mademoiselle Berthier !

— Je ne m'appelle pas Berthier. Mon nom est Deschamps, et vous pouvez m'appeler Hélène, ce sera plus facile.

Je m'attendais à un refus sarcastique, mais il dit simplement :

— Bien, dans ce cas appelez-moi Alain. Au fait, on dit que vous ne vous débrouillez pas trop mal à la mine...

— Merci, dis-je très sincèrement car aucun compliment lors de mes études ne m'avait jamais autant fait plaisir. Vous savez, j'ai travaillé dur !

— Je m'en doute ! J'ai voulu vous voir à l'œuvre, pure curiosité.

Je souris :

— Venez donc prendre un café à la maison. Je m'accorde une pause.

Je sentis une hésitation, mais il accepta et je montai dans sa camionnette qu'il avait laissée un peu plus loin.

Lorsque je descendis du véhicule, je vis Telo qui secouait son chiffon à poussière devant l'une des portes-fenêtres s'immobiliser comme frappé par la foudre. Bouche bée, il nous regarda avancer vers la maison puis, retrouvant ses esprits et l'usage de ses membres, il effectua une magnifique glissade et alla se perdre quelque part à l'intérieur de la maison.

— Asseyez-vous, Alain. Vous préférez un café ou un thé ?

— Un café, s'il vous plaît.

— Telo ! Telo ! Telo !

Au troisième appel, il daigna venir, sans un sourire, le regard maussade. C'était la première fois que je le voyais bouder et exprimer ainsi sa mauvaise humeur. Il secouait la tête d'un air navré et faisait résonner sa langue contre son palais en une série de claquements réprobateurs. Si je n'avais pas été si contrariée de voir un de mes employés juger de ce que je devais faire ou qui je devais fréquenter, j'aurais ri.

Alain se retourna et s'exclama :

— Mais c'est ce vieux Telo ! Toujours fidèle au poste, je constate ! Toujours fidèle aux Berthier ! Et toujours aussi haineux vis-à-vis des Lourmel... Allez mon vieux, laisse tomber tout ça, les choses changent !

Et il rajouta une phrase en malgache que je ne compris pas.

— Que lui avez-vous dit ?

— Simplement « Demande à ta patronne : nous voilà dans les meilleurs termes. »

Non sans un dernier claquement de langue indigné, Telo tourna les talons.

— Bon ! Écoutez, vous allez m'expliquer ce qu'il y a eu de si grave entre les Lourmel et les Berthier !

— Vous n'allez pas me faire croire que vous n'en savez rien !

— Rien, je peux vous l'assurer. Enfin, je sais tout de même que mon arrière-grand-oncle

Charles a racheté la concession à votre grand-père, et que de là vient le litige.

— C'est tout ce que vous savez ? C'est incroyable ! Je m'étonne que les gens ne se soient pas empressés de vous raconter les choses à leur façon.

— Les gens ? Lesquels ? Je ne connais presque personne sur Tana. Et ici, je ne connais que vous.

— Vous auriez pu interroger Eugène, ou John, ou n'importe lequel de vos vieux employés.

— Mais je ne l'ai pas fait. Les patrons n'ont pas à questionner leurs employés sur ce genre de choses, enfin c'est mon avis.

— Vous avez raison. Eh bien moi, je vais vous renseigner. Vous penserez sans doute que je ne suis pas très objectif, pourtant tout s'est passé comme je vais vous le raconter.

Je ne pus m'empêcher de sourire :

— Pourquoi riez-vous ? s'enquit-il, presque agressif.

— Je me disais simplement que vous n'étiez effectivement pas le mieux placé, question objectivité.

Il ne daigna pas se dérider :

— Lorsque Anatole Lourmel, mon grand-père, arriva à Madagascar en 1896, il était déjà marié. Son épouse – Marie – attendait un enfant. Peut-être à cause de la traversée en mer, très pénible, peut-être pour d'autres raisons, elle mourut en couches, ainsi que le bébé, peu de temps après son arrivée à Madagascar.

Anatole faillit devenir fou. Il se plongea comme un malade dans le travail, réussit en un temps record à avoir une concession de graphite et devint l'exploitant de graphite le plus important de Madagascar, avec une production tout simplement extraordinaire si l'on considère les moyens de l'époque...

— Combien produisait-il ?

— Cinq mille tonnes par an, et l'abattage se faisait à la main ! Pas de bulldozers en ce temps-là. Les années passant, mon grand-père finit par oublier Marie. Il rencontra, lors d'un séjour à l'île de la Réunion, Éléonore Dupuis qui avait vingt ans de moins que lui et tomba sous le charme. Il l'épousa en 1902 et la ramena à Tanimainty. Il avait quarante-quatre ans, et elle vingt-deux. Ils eurent deux enfants : Laurent, mon père, né en 1903, et Blanche ma tante, née en 1904...

— Votre père est mort, je crois ?

— Oui, en 1976 et ma tante s'est éteinte assez récemment, en 1980. Je la connaissais à peine : elle s'était mariée avec un Français de France et vivait depuis cinquante ans à Tours. Mais j'en reviens à mes grands-parents. Tout allait bien dans le couple lorsqu'en 1906, débarqua Charles Berthier accompagné de son épouse. Il se fit engager comme régisseur par mon grand-père. Ah ! il était très malin ! Il a su y faire ! Quelle ordure, quand j'y songe...

— Racontez-moi cela sans jugement de valeur... N'oubliez pas votre objectivité !

— Si vous n'êtes pas de mauvaise foi, vous penserez comme moi. Je reprends donc : Charles a été engagé par mon grand-père et a joué les employés modèles pendant assez longtemps. Puis, discrètement, il a fait des sondages sur la propriété et a repéré un bon filon de graphite. Un jour, il est allé voir Anatole et lui a dit à peu près ceci : « Je voudrais être à mon compte, je pense que vous pouvez le comprendre. Vous avez parlé de m'augmenter. Je ne veux pas de cette augmentation. Vendez-moi plutôt une parcelle de vos terres. Je continuerai à travailler pour vous mais j'aurai aussi ma propre petite entreprise. » Anatole s'est fait un peu tirer l'oreille, mais Charles a été ferme. S'il n'accédait pas à sa demande, il partirait parce qu'il était venu à Madagascar pour être propriétaire, pas employé. D'ailleurs, il ne demandait que trois cents hectares et Anatole en avait trois mille ; il ne s'en rendrait même pas compte.

Alain Lourmel poussa un soupir à fendre l'âme et s'interrompit.

— Et alors ? demandai-je, captivée par l'histoire.

— Alors cet escroc...

— Je croyais vous avoir demandé...

— Pardon ! Alors, Charles Berthier, cet employé modèle, promena Anatole sur ses terres avec l'air de ne pas savoir où il allait. Il s'arrêta non loin de la rivière, au sud-ouest, à l'endroit appelé Berano et dit : « Là il devrait y avoir un peu de graphite normalement car la veine qui passe à Tanimainty a des chances de réapparaître. Qu'en pensez-vous ? » Anatole répondit qu'il allait faire procéder à des analyses pour que tout soit limpide, tant pour lui que pour Charles. Il appela quelques ouvriers qui firent des carottages et porta les échantillons au labo. Devinez ce qu'il en ressortit ?

— Franchement, je ne vois pas.

— Eh bien, la terre avait une teneur en graphite médiocre : 4,5 %, c'est-à-dire tout juste exploitable. De plus les échantillons montraient une forte proportion de nontronite. Comme vous le savez, c'est une catastrophe pour les exploitants, elle empêche le graphite de flotter. Il faut combattre ses effets avec de la chaux, une vraie galère.

Il s'arrêta pour ménager son suspense. Le silence s'abattit entre nous. Je ne savais pas où il allait en venir.

— Malgré tous ces inconvénients, Berthier décréta que cette terre lui convenait, qu'il n'avait pas pour ambition de devenir richissime. Il voulait juste quelque chose de bien à lui et, comme il continuerait à travailler pour mon grand-père, même si le rapport de sa mine était faible, ce ne serait pas si grave. Anatole vendit donc ces trois cents hectares pour une somme dérisoire. Six mois après la vente, Charles Berthier « découvrait » un filon extraordinaire, 10 % de graphite dans la terre, des paillettes magnifiques, de la taille idéale convoitée par la plupart de nos clients. Deux ans plus tard, sa production dépassait largement celle de la SOGAL, dont le graphite devenait de plus en plus difficile à exploiter car il était mêlé à des roches dures. Et, j'oubliais de vous le préciser, dans le filon miraculeux de Charles Berthier, pas un gramme de nontronite...

— Que voulez-vous dire ?

— Je veux dire que Charles Berthier avait subtilisé les échantillons prélevés par mon grand-père et les avait remplacés par des échantillons préparés à l'avance ! Sinon comment expliquez-vous que par la suite, on n'ait plus jamais trouvé de nontronite ? En avez-vous détecté, vous ?

— Non, mais vous savez bien que si les carottages ne sont pas faits de façon systématique tous les dix mètres, on peut avoir de sacrées surprises. Peut-être que Berthier, après tout, a simplement eu de la chance...

Alain haussa les épaules :

— Vous voyez bien que vous êtes une Berthier, même si vous n'en portez pas le nom. Mais je n'ai pas fini mon histoire. Non content d'avoir escroqué mon grand-père, Charles lui vola Éléonore, sa femme.

— Pardon ?

— Quand, six mois après la vente, le gisement miraculeux fut découvert, Anatole Lourmel refusa d'adresser plus longtemps la parole à Berthier, qu'il considérait comme le pire escroc que la terre ait porté. Il exigea que sa femme en fasse autant. Elle obéit. Du moins Anatole le crut-il un bon moment, mais il finit par trouver étrange les longues promenades à cheval qu'elle faisait tous les après-midi. Il la suivit et ne tarda pas à être renseigné en la surprenant dans les bras de Charles. À partir de cet instant, il passa ses jours et ses nuits à méditer une vengeance. Il parait qu'il n'adressa pas un mot de reproche à ma grand-mère, mais elle était devenue transparente à ses yeux et il se comportait comme si elle n'existait pas. Elle a raconté par la suite qu'elle vivait dans la peur, persuadée qu'il voulait les tuer l'un et l'autre.

Il n'eut cependant pas le temps de mettre à exécution ses projets, en admettant qu'Éléonore ait véritablement deviné ses intentions. Il mourut trois mois après, d'un arrêt cardiaque, a affirmé le médecin. Moi, je pense que c'est Charles Berthier qui l'a tué aussi sûrement que s'il avait pris un revolver...

— Triste histoire, c'est vrai... Mais me direz-vous que je suis de parti pris si je vous fais remarquer que votre grand-mère l'a bien aidé ?

Il ne répondit que par un grognement. Je repris :

— Et comment a réagi la femme de Charles Berthier ?

— Il parait que Fernande était une femme douce, très passive, qui adorait son mari. Elle ne lui fit aucun reproche. Peut-être s'en voulait-elle de ne pas pouvoir lui donner d'enfant. Elle avait déjà fait deux ou trois fausses couches et avait même mis au monde un enfant malformé, qui n'avait vécu que quelques heures. Ma mère m'a raconté qu'elle aurait supporté n'importe quoi plutôt que de perdre son Charles ! Enfin, elle a quand même réussi à perpétuer le sang des Berthier au moment où elle avait perdu tout espoir et à transmettre leurs précieux gènes à un enfant né en 1910 ou 1911, je ne sais plus...

— Mon oncle Émile, je suppose ?

— Oui...

Il parut sur le point de rajouter quelque chose, mais se tut. Nous restâmes un bon moment silencieux, perdus dans nos pensées.

— La liaison de votre grand-mère avec Charles Berthier a duré longtemps ?

— Non, au bout d'un an ma grand-mère a confié la gestion de l'exploitation à un gérant, un nommé Pierre Rakotoarisoa, et elle est rentrée en France dans sa famille. Ce n'est qu'à la majorité de mon père Laurent qu'elle est revenue vivre ici. Il fallait que mon père apprenne ce qu'était le graphite et puisse s'occuper lui-même de l'exploitation, mais il parait qu'elle n'a plus jamais adressé la parole à Charles. Elle avait dû croire qu'il quitterait sa femme pour elle, l'histoire classique. Lorsqu'elle s'est aperçue qu'il n'en ferait rien, elle lui a voué une haine éternelle.

— Allons, merci de m'avoir raconté tout cela. Je préfère savoir ces choses-là par vous plutôt que par quelqu'un d'autre. Et même si vous avez raison pour Charles, même s'il est un ignoble salaud, oublions ce qu'il a fait. Nous ne sommes pas responsables des actes de nos proches. Les faits dont vous parlez remontent à 1906. Oublions, je vous assure, et parlons d'autre chose...

— Vous avez raison. Je vous raconterai la suite une autre fois.

— Il y a une suite ? fis-je stupéfaite. Dites-la maintenant !

— Non, vraiment, je n'en ai pas envie aujourd'hui.

Je n'insistai pas malgré ma curiosité.

Il me parla de ses chiens, de ses balades en forêt. Je lui parlai de ma vie en France, de mes parents. Puis il se leva :

— Je dois vous laisser, j'ai du boulot. À un de ces jours !

Et il partit en me faisant un vague signe de la main.

Après son départ, Telo réapparut le sourcil froncé, la mine allongée et la lèvre tombante.

— Telo, lui dis-je dans un malgache plus qu'approximatif, c'est vieux toutes ces histoires. Il faut regarder l'avenir, oublier...

— Pas vieux, répondit-il en français. Sa mère, mauvaise femme...

— Tu veux dire sa grand-mère !

— Non, je sais. Pas grand-mère, mère ! Madame Sarah très mauvaise femme... Je connais bien. Et toi, tu connais pas...

— Parce qu'il y a eu aussi des histoires avec sa mère ? Raconte-moi, Telo...

Mais il secoua la tête d'un air déterminé et, ponctuant ses mots de coups de mentons énergiques, il déclara en français :

— Moi pas jamais raconter. Monsieur Émile dire « Toi pas parler, Telo », alors moi jamais dire rien.

Une lettre à ma mère doit se situer à peu près à ce moment-là de ma vie à Madagascar.

Berano, le 5 août

Chère maman,

Après des débuts assez difficiles, je dois le reconnaître, j'ai pu m'organiser et je suis assez contente du travail fourni par les ouvriers. Je commence à m'adapter et à comprendre les gens d'ici. Du moins, je commence à comprendre que je ne les comprendrai jamais tout à fait ! Mais un coin du voile se soulève de temps à autre et, quand cela arrive et que je peux réellement communiquer avec quelqu'un, même pour un laps de temps très court, j'éprouve une vraie joie.

Je me suis dit bien évidemment que pour pouvoir communiquer, il fallait que je parle malgache très vite. J'ai rapporté des livres de Tana et j'ai chargé Eugène de me trouver un professeur.

Il y a un peu plus d'un mois, en fin d'après-midi, j'ai vu arriver une petite silhouette qui rasait les murs. Je savais que c'était le « professeur », ainsi Eugène avait-il baptisé Émilienne, la femme d'un ouvrier qui se distinguait des autres parce qu'elle avait étudié dans un lycée à Tamatave.

J'ai crié joyeusement, sachant combien les femmes ici sont timides :

— Bonjour... Approchez ! Soyez la bienvenue !

La silhouette s'est décollée du mur, s'est avancée vers moi et m'a dit en français : « Bonjour patronne », mais je n'ai toujours pas pu voir son visage qu'elle gardait obstinément baissé.

Elle était terrorisée et, ce jour-là, tous mes efforts pour la mettre en confiance ont été vains. Je t'avoue que j'ai bien failli renoncer tant c'était pénible, sans doute pour elle, mais aussi pour moi.

Le lendemain pourtant, il y a eu un progrès : j'ai surpris un sourire fugitif avant que la peur ne renaisse dans ses yeux.

Enfin, un soir, elle est arrivée avec de petits gâteaux de manioc qu'elle avait confectionnés. J'ai goûté. Franchement, c'était particulier, très dense, cependant j'ai compris que je tenais là le prix à payer pour obtenir la confiance d'Émilienne : non seulement j'en ai avalé un, mais j'en ai redemandé !

Ma récompense a été de voir mon professeur rire d'un vrai rire !

Depuis, j'attends chaque jour avec impatience, aux environs de dix-sept heures, le cours qui clôture ma journée et je suis bien certaine qu'Émilienne aussi est ravie de partager ce moment avec moi.

Je progresse très lentement car le malgache est particulièrement difficile pour nous, Européens et tu te doutes bien qu'Émilienne ne sait pas trop comment s'y prendre, si bien que le cours consiste généralement en un échange de propos sur tout et n'importe quoi dans un sabir franco-malgache.

Mais, plus que la langue, j'apprends par Émilienne des multitudes de choses précieuses sur Madagascar, et plus précisément sur les relations entre vazaha et Malgaches, sur la façon dont nous sommes perçus. Chaque cours est une source d'étonnement, tant pour moi que pour elle.

J'ai eu la confirmation, au fil des jours et au fur et à mesure de mes expériences à la mine, que les Malgaches, du moins ceux de la campagne peu habitués à voir de nombreux vazaha, les considéraient à la fois avec terreur et avec admiration.

Le vazaha est d'essence supérieure tout simplement parce qu'il possède des objets qui témoignent d'une civilisation très élaborée. Qu'il s'agisse d'un gadget ou au contraire d'une machine perfectionnée, chaque fois que j'apporte un objet inhabituel à Berano les ouvriers s'exclament « Comme les vazaha sont intelligents ! » et un peu de cette intelligence rejaillit sur moi et aurait pu rejaillir sur n'importe quel vazaha, fût-ce le plus abruti.

Selon eux, je porte en moi un peu des gênes de ceux qui ont inventé les vaccins, les antibiotiques, les automobiles et les avions. Les vazaha ont quelque chose de spécial qui les place à la droite des dieux. « D'ailleurs ils sont tous riches », m'a dit Émilienne comme preuve irréfutable qu'ils étaient le peuple élu. J'ai essayé de la détromper, elle a fait semblant de me croire pour me faire plaisir mais j'ai bien vu qu'elle était sceptique.

[…] Je suis donc heureuse ici. C'est vrai que tu me manques, que mes amis me manquent… Et une bonne séance de cinéma, une librairie, une galerie marchande. Mais je t'assure que l'expérience que je vis est fabuleuse et que je ne laisserais ma place à personne.

J'ai un peu souffert de solitude au début, mais à présent je m'y suis habituée et, surtout, j'ai pu nouer des relations de bon voisinage avec l'un des deux fils Lourmel. Le passif des deux familles est tel qu'il est déjà presque miraculeux que ces relations-là soient possibles. Le grand-père Berthier était très probablement un escroc. Je te raconterai tout cela dans une prochaine lettre.

En attendant, le fait de savoir que je peux de temps à autre prendre un café avec quelqu'un qui partage ma culture, me procure un immense plaisir. Je ne vais à Tana que tous les quinze jours et quelquefois c'est long, même si ce que je fais me passionne.

Je t'embrasse
Hélène

Je vis Alain Lourmel à trois ou quatre reprises. Je le croisais sur la route, ou bien il m'apercevait sur la mine et s'arrêtait. Nous bavardions alors un moment. En général, nous parlions graphite ou alors nous échangions quelques banalités sur le temps qu'il faisait.

Il devait y avoir autour de moi un espionnage permanent car, dès que je rentrais chez moi, je voyais bien que Telo était déjà au courant de l'entrevue avec « l'ennemi », car il avait sa tête des mauvais jours et se répandait en claquements de langues et grommellements.

Un matin, alors que j'allais à la turbine, je vis la voiture de la SOGAL, toujours roulant à une allure excessive, surgir en klaxonnant. En quelques secondes, le véhicule fut à ma hauteur. Alain me salua et par la fenêtre me lança :

— Ça vous dirait de faire la connaissance de l'autre Lourmel ?

— Euh... oui, dis-je un peu abasourdie par l'entrée en matière.

— Bon ! Alors venez déjeuner demain à la case. Gérard sera là avec sa femme. Soyez là vers onze heures trente. Nous passons à table à midi précise.

Et sans attendre ma réponse, il repartit dans un nuage de poussière.

Quand je rentrai chez moi, je dis à Telo de prévenir Miangaly que je ne mangerais pas là le lendemain midi. Il n'y avait pas trente-six endroits où je pouvais aller déjeuner. Telo me fixa, les yeux pleins de reproches, et tourna le dos sans un mot.

Je fus reçue très cordialement chez Alain Lourmel. Il me présenta Gérard. Si Alain était grand et large d'épaules, son frère était de taille moyenne, mais frêle d'aspect ; l'un était brun et l'autre blond ; l'un était un ours bourru, l'autre appartenait manifestement au genre communicatif mais rusé. Il avait vécu plusieurs années en France, y avait rencontré sa femme, une authentique Parisienne bien décidée à ne pas s'enterrer en brousse. C'est la raison pour laquelle il ne participait que de loin, sur le plan comptable et administratif, à l'exploitation de la mine. En outre, sa femme avait monté à Tana un atelier de broderies destinées à l'exportation et il la secondait.

— Moi, le graphite, me dit-elle en fronçant le nez, je trouve cela bien joli de loin, mais je ne pourrais pas vivre ici. Je vous admire, vous qui avez toujours vécu en France...

— Ce n'est pas facile tous les jours ; quelquefois, je m'admire moi-même ! répondis-je, en éclatant de rire.

Nous nous installâmes dans le jardin des Lourmel qui, au contraire de la maison, était parfaitement entretenu. Une table avait été dressée à l'ombre d'une petite pergola sur laquelle grimpaient du lierre et une liane aurore. Le superbe ravenale que j'avais déjà remarqué dominait majestueusement ce jardin aux mille fleurs.

Au dessert, j'étais totalement détendue et il me semblait qu'Alain l'était également, bien qu'il laissât à son frère et à sa belle-sœur le soin d'alimenter la conversation.

Nous avions parlé d'orchidées pendant le déjeuner et j'avais avoué que je n'y connaissais rien. Tandis que nous buvions le café, je vis Alain faire un aparté avec un employé qui revint quelques minutes plus tard, portant une caissette ajourée dans laquelle se trouvait une orchidée à fleurs mauves.

— Tenez, me dit-il, trouvez-lui un endroit à l'ombre dans votre jardin.

Je le remerciai sincèrement. Il me semblait que brusquement le coin était devenu moins difficile. Certes nous ne deviendrions sans doute jamais de vrais amis – le passif était trop lourd entre les Lourmel et les Berthier – mais nous serions de bons voisins et nous pourrions nous rendre mutuellement des services. C'était terriblement rassurant.

— Alors, vous étiez professeur en France ? me demanda Gérard, tandis que j'avalais ma dernière gorgée de café.

Le ton me parut narquois.

— Eh oui, j'étais prof...

— De quoi ?

— D'histoire et géographie.

— Ce n'est pas vraiment un métier qui vous prépare au graphite !

— Oh, vous savez, je crois que votre grand-père, comme mon arrière-grand-oncle, lorsqu'ils ont débarqué ici, n'y connaissaient rien non plus. Ils ont appris sur le tas, et dans quelles conditions !

— C'est vrai, ils ne connaissaient rien au graphite, mais tous deux étaient des travailleurs manuels. Ils avaient de bonnes notions de mécanique, d'électricité, ils savaient imaginer des systèmes pour améliorer la flottation du graphite, ils savaient adapter une machine à une fonction pour laquelle elle n'était pas prévue au départ.

— Sans doute, je n'ai pas la prétention de les égaler mais justement l'essentiel du travail a été fait : il ne reste plus qu'à appliquer les recettes et à continuer ce qu'ils ont mis en place.

— Et ce n'est déjà pas évident, vous êtes bien d'accord ?

— Absolument ! Je ne cache pas les difficultés que j'ai pour apprendre ce métier seule, sur le tas. Les employés, si gentils soient-ils, n'ont aucune idée de la façon dont il faut s'y prendre pour transmettre leur savoir si bien que parfois ils me compliquent encore plus la tâche !

— Je ne vous le fais pas dire… Figurez-vous que je me doutais de vos difficultés. Je salue le courage dont vous avez fait preuve pour redémarrer l'exploitation mais, franchement, que faites-vous ici, dans ce trou ? Vous êtes jolie, gaie, intelligente. Je vous imagine mieux sur la Côte d'Azur qu'à Berano. Vous avez accompli un travail formidable et vous avez bien tenu le coup. On m'a dit que vous aviez obtenu un super contrat avec une entreprise basée en Écosse. Voilà qui donne de la valeur à la SGB. Vendezla nous ! Nous sommes prêts à vous l'acheter à un très bon prix. Que diriez-vous de...

— Monsieur Lourmel, le coupai-je d'une voix glacée, merci pour tous les compliments que vous m'adressez, mais la SGB n'est pas à vendre. Dans le cas contraire, vous auriez été le premier au courant. Si c'était pour en arriver là, vous auriez pu vous dispenser de m'inviter. Les orchidées non plus ne sont pas nécessaires pour me faire lâcher mon fromage, rajoutai-je en regardant Alain Lourmel qui devint cramoisi.

Et je tournai les talons.

Le lendemain, au réveil, je trouvai John devant ma porte.

— Patronne, il y a eu un éboulement cette nuit près du lac vert : la route est coupée pour un bon bout de temps.

— Allons-y !

La route en question longeait la propriété des Lourmel et nous permettait de nous rendre à la turbine ou à la carrière, ce qui nous arrivait maintes fois dans la journée.

Arrivée sur place, je contemplai l'étendue du désastre. Un morceau de colline avait dévalé sur la route. L'éboulement avait entraîné de grands arbres qui gisaient à présent sur le sol.

Il n'y avait rien d'irréparable, mais il faudrait envoyer le bulldozer ainsi qu'une équipe de manœuvres. Pendant ce temps le travail à la mine serait ralenti.

— Je me demande comment tout ça s'est effondré, fit John en fronçant les sourcils.

— La terre est détrempée...

— Pas tant que cela : il a plu bien davantage sans que jamais cette portion de route ne bouge.

— Allons voir !

John grimpa au sommet de l'éboulement avec l'habileté d'une chèvre. Je le suivis avec plus de difficultés, m'enfonçant jusqu'aux genoux dans la terre meuble. Il poussa un long sifflement.

— Qu'y a-t-il ? demandai-je.

— Venez voir, patronne... Oh ! Excusez-moi, dit-il en rebroussant chemin pour m'aider à m'extirper de la boue dans laquelle je m'enlisais.

Enfin, je vis la raison de sa stupéfaction : la terre n'était pas tombée accidentellement. Des traces de bulldozer très nettes montraient que c'était l'engin qui avait poussé la colline jusqu'à ce qu'elle s'effondre sur notre route.

Je pâlis de colère.

John soupira :

— Ça faisait trop longtemps qu'on était en paix. Ça ne pouvait pas durer !

Je ne prononçai pas un mot sur le chemin du retour.

Le soir, au dîner, Telo eut sa revanche. Évidemment il avait su avant même que je ne rentre à la maison – par télépathie sans doute – ce qui s'était passé. En me servant mon thé, il grommela comme s'il parlait à la tasse qu'il était en train de remplir.

— *Masiaka y* Lourmel *dahaolo,* ce qui signifiait : « Tous les Lourmel sont mauvais ». Il le répéta à trois ou quatre reprises puis, sûr que j'avais entendu et compris, regagna sa cuisine.

Trois jours plus tard, je croisai Alain Lourmel au volant de sa camionnette. Je marchais le long de la route. Il s'arrêta, et sans couper le moteur, il sortit sa tête par la fenêtre et me jeta :

— Je ne suis pour rien dans cet éboulement, ni mon frère d'ailleurs, qui est reparti quasiment en même temps que vous, l'autre jour. Et puis sachez aussi que je me fous complètement de votre exploitation : l'idée de vous acheter la mine vient de mon frère et je n'étais pas au courant. Quant à vous flatter en vous offrant une orchidée, c'est pas mon genre. Salut !

Et il redémarra.

— Si ce n'est pas vous, c'est qui ? hurlai-je. On sait qu'il y a des bulldozers tous les trente mètres dans cette région !

Il dut m'entendre, car je le vis hausser les épaules. Mais il accéléra et disparut.

La culpabilité des Lourmel ne faisait pour moi aucun doute. Peut-être l'un des frères était-il innocent dans le meilleur des cas, mais je n'y croyais pas vraiment. Cependant, je me refusais à entrer dans la spirale de la violence, à rendre coup pour coup.

Peut-être cet acte méprisable était-il un mouvement de mauvaise humeur provoqué par mon refus de vendre ? Peut-être le calme reviendrait-il ?

Chapitre 7

Aza mandeha singany toy ny kiraron' Ibeminahy.
N'allez pas seul dans la vie comme le soulier que portait Ibeminahy au pied.

Proverbe malgache.

(Ibeminahy était un esclave qui eut la permission exceptionnelle de porter un seul soulier puisqu'il avait mal à un pied : en effet les esclaves devaient aller pieds nus)

La semaine qui suivit, je décidai d'aller à Tana et d'y rester un peu plus de temps que d'habitude : j'avais besoin de m'aérer.

Une partie du travail se faisait dans la capitale, et ce n'était pas la plus facile. Il fallait courir à droite et à gauche pour acheter du matériel indispensable au bon fonctionnement de la mine et tenter de l'obtenir au meilleur prix. D'ailleurs, pendant les premières années de ma vie à Madagascar, il n'était même pas question de prix. Trouver des pièces détachées relevait du parcours du combattant et bien souvent nous partions d'une pièce prévue pour un certain usage et, grâce à l'ingéniosité de certains de mes ouvriers, nous la transformions pour un tout autre emploi.

J'ai écrit que nous fonctionnions en autarcie : ce n'était qu'à moitié vrai. Nous tournions nous-mêmes certaines pièces, nous en modifiions d'autres, nous améliorions nos machines pour un meilleur rendement, nous construisions des bâtiments, nous produisions l'énergie électrique mais il restait quand même certains outils et des matériaux de base indispensables qu'il fallait nous procurer.

J'avais donc besoin, tous les quinze jours environ, d'aller m'approvisionner à Tana. La route me fatiguait beaucoup, mais ces nécessaires séjours dans la capitale étaient aussi indispensables à ma santé mentale : j'étais, je suis une citadine et je le resterai toute ma vie. Berano me passionnait par tout ce que j'y apprenais mais, malgré mon amour des animaux, malgré mon admiration pour la végétation luxuriante de la région, malgré la beauté des paysages, la nature et les pièges qu'elle tendait aux non-initiés, me faisaient peur.

En outre, je souffrais bien plus de la solitude que je ne voulais l'admettre. Les rares amis qui passaient me voir étaient accueillis avec des transports de joie. Pourtant, je n'avais jamais été une grande mondaine et il m'arrivait en France de passer des jours et des jours sans sortir, heureuse d'être à la maison avec un bon bouquin ou un bon film mais je sentais la proximité de la rue foisonnante de monde : cela me rassurait et me suffisait. Si je le décidais, je pouvais être dehors en quelques minutes et y croiser des gens. Si j'avais un petit coup de blues, je pouvais téléphoner à une amie, bavarder. Évidemment, à Berano, je n'avais aucune de ces possibilités.

Là-bas, il ne m'est jamais arrivé de voir venir le soir sans un pincement de cœur. Au tout début, quand je m'étais installée, je n'avais pas voulu changer les habitudes instaurées par l'oncle : je voyais Telo et Miangaly le matin à 6 heures, puis ils disparaissaient jusqu'à 11 heures. Ils repartaient à 15 et revenaient à 18 heures, pour finalement rentrer chez eux aux environs de 20 heures. J'avais d'abord cru qu'ils demeuraient à cent mètres au plus de chez moi. Mais j'appris bientôt qu'ils habitaient loin, surtout Telo dont la maison se trouvait aux abords de la turbine. Je décidai donc de me passer de leurs services le soir si je n'avais pas d'invités. J'étais enchantée d'avoir pris cette décision car dîner seule à table a toujours été un supplice pour moi et je trouvais qu'il était bien suffisant de le subir une fois par jour, à midi. Je ne pouvais pas non plus abolir cet usage qui justifiait la présence de deux personnes, lesquelles au moment des repas se paraient d'importance, pensaient m'être indispensables et faisaient de leur mieux pour me satisfaire.

Je compris bien vite pourquoi l'oncle, que j'avais traité en moi-même d'affreux colonialiste, leur demandait de rester : il devait échanger quelques mots avec eux, plaisanter avec

Telo qui ne manquait pas d'humour ; en tous les cas, ils remplissaient la maison de leur présence. Quand ils ne vinrent plus le soir, je fus lourdement punie. Mon orgueil m'empêcha de revenir sur ma décision – j'avais tellement pensé fort qu'il était scandaleux d'obliger Telo et Miangaly à faire trois allers et retours dans la journée – mais je les regrettai amèrement.

Lorsque mon cours de malgache était fini, vers dix-huit heures, j'allais lire ou écrire, puis je mangeais sans appétit et je me mettais au lit sans désir de dormir.

Aller sur Tana était donc indispensable à mon équilibre. J'y rencontrais des gens avec lesquels je pouvais échanger des idées, des plaisanteries, parler de mes difficultés. Je voyais Fidy et sa femme, j'allais au restaurant, à l'Alliance Française et je me gavais du bruit des voitures le soir lorsque j'étais dans mon lit.

Cependant, sur le plan professionnel, mes débuts furent bien plus difficiles à Tana qu'à Berano. À la mine, je pouvais compter sur des gens qui connaissaient leur travail. À Tana j'étais seule : il y avait bien une secrétaire qui s'occupait du bureau, tapait nos lettres et faisait notre comptabilité, mais elle n'avait jamais mis les pieds à Berano, n'avait jamais vu un moteur de près, ni tenu un tournevis dans ses mains, ne savait pas à qui je devais m'adresser pour acheter tel ou tel matériel. Par les anciennes factures de la société, j'eus pas mal de renseignements et, au début du moins, je n'innovai guère, conservant les mêmes fournisseurs.

Mes incompétences mises à part, faire les courses pour Berano relevait du marathon. L'achat d'un clou déclenchait un extraordinaire système de factures auquel personne n'échappait, qu'il s'agisse de particuliers ou de sociétés.

L'endroit le plus crispant et le plus paperassier était sans conteste la société Grondin et fils qui vendait de l'outillage et des matériaux de construction. Son local, immense, avait été divisé en îlots : l'un était spécialisé dans les vis et les clous, l'autre dans le matériel électrique, le troisième dans la peinture, etc. Chaque îlot avait un responsable qui n'était d'ailleurs pas forcément à côté de sa marchandise. Au milieu de cet immense local, une estrade avait été dressée, et sur cette estrade, trônait un grand bureau.

Assis derrière ce bureau, le sieur Grondin, descendant à la troisième génération du premier Grondin qui fonda la société. Je ne sais pas trop à quoi lui servait l'estrade car je ne l'ai jamais vu lever les yeux de ses écritures, qui devaient être superbement tenues si j'en juge par l'application qu'il y mettait et le refus de se laisser distraire, y compris par les meilleurs clients. Je tentai une fois la chose, étant mécontente de l'un des employés qui m'avait vendu un article défectueux.

— Adressez-vous à mon responsable, monsieur Solo ! fit-il sans même poser les yeux sur mon humble personne.

Je me retirai presque honteuse d'avoir dérangé si grande personnalité.

Je me rendis compte par la suite que j'avais eu beaucoup de chance d'avoir obtenu une si longue phrase de sa part. Le seul mot que je l'entendis désormais prononcer, durant toutes mes années à Madagascar, fut « Planton ! »

Les plantons se succédèrent, vieillirent, mais pas lui : inchangé et sans une ride, car il économisait ses mots et ses émotions, il traversait le temps.

— Planton !

Un petit bonhomme sortait de quelque mystérieux recoin ; il lui donnait un papier à porter dans un endroit convenu. Parfois l'ordre nécessitait une explication et on pouvait voir le sieur Grondin lui murmurer à voix très basse quelque chose.

— Planton !

Quelquefois, par désœuvrement, je comptais les « Planton ! » en chronométrant le temps entre deux appels. Je pus constater qu'il n'y avait jamais plus de dix minutes entre chaque « planton ».

On se divertissait comme on le pouvait chez Grondin, pendant les temps d'attente interminables. En effet, il fallait déjà mettre la main sur un vendeur car ils couraient partout, même les jours où il n'y avait pas de clients. Dès qu'on en tenait un, il devait aller chercher son carnet de factures. Alors – s'il ne s'était pas perdu en route – il était obligatoire de décliner son identité, d'épeler nom et adresse ; ensuite, très méticuleusement, le vendeur intercalait entre chaque page trois carbones, puisque la facture serait en quatre exemplaires, et mettait un carton rigide derrière la dernière page pour éviter les marques et faciliter l'écriture qui était toujours fort belle, probablement l'une des conditions d'embauche.

Enfin, il vous demandait ce que vous désiriez et répercutait votre commande à l'aide d'un antique interphone qui le mettait en contact avec le stock. Le bourdonnement de l'engin, qui datait de la colonisation, obligeait le vendeur à répéter plusieurs fois sa requête.

Et l'on cherchait ensuite le responsable de la peinture ou de l'outillage ou des clous auquel il fallait transmettre le précieux carnet de factures.

Au bout de huit articles environ, la page était remplie. On recommençait donc tout le cirque : une page, un carbone, une page, un carbone jusqu'au troisième et au carton de clôture.

Il fallait respirer à fond et ne pas perdre son calme.

Dans l'ensemble les employés chez Grondin étaient nonchalants mais gentils. La paperasse n'était évidemment pas leur initiative. Je me consolais en me disant que l'héritier des Grondin devait certainement être volé comme tout le monde et que la multiplication des papiers n'y changeait rien.

Le dernier vendeur à avoir le carnet en main établissait un sous-total de chaque page, puis un total global qu'il inscrivait après avoir, à l'aide d'une jolie règle, tracé sous le dernier article un trait horizontal, puis un autre diagonal.

Enfin, il fallait passer à la caisse. Là, quel que soit le mode de paiement, la caissière refaisait les sous-totaux, puis le total général, auquel elle ajoutait les taxes. Si on payait en espèces, elle collait un timbre de cinquante centimes au bas de la dernière feuille. Ainsi, je le répète, même le bricoleur du dimanche venu acheter deux clous à béton devait en passer par là, décliner son identité afin qu'elle soit inscrite sur la facture et avoir son timbre. Pas question pour lui de dire : « Je n'ai pas besoin de vos papiers ». On ne lui laissait pas le choix.

En récompense de toute cette attente, vous aviez droit à quatre ou cinq jolis tampons sur le papier qui vous était remis, sésame indispensable pour pouvoir prendre la marchandise.

Quand on sortait de chez Grondin, on avait besoin de vacances : la matinée était perdue, et bien sûr son calme...

Mais, Grondin n'était pas le seul à vous mettre en boule. Chez beaucoup de fournisseurs, la facture était établie par un vendeur qui la remettait au patron, lequel la regardait avec méfiance, la reniflait presque, puis vous la rendait en vous demandant d'aller régler à la caisse. Là, bien sûr, après la cérémonie du timbre et des tampons, on vous donnait un bon de livraison à présenter à un autre vendeur qui allait chercher la marchandise dans les limbes, quelque part. Lorsqu'enfin ce que vous aviez demandé arrivait, ce n'était pas ce que vous espériez. L'ampoule était à vis et non pas à baïonnette, le vert jardin de la peinture était du vert émeraude et il fallait discuter avec le patron pour obtenir un échange ou un remboursement...

Le pire était les boutiques, fort nombreuses, où les vendeurs étaient ravis de ne pas avoir ce que vous cherchiez. Je n'ai jamais su si leur attitude était du sadisme pur, ou une manière de consoler le client :

— Je voudrais des fers à béton de six millimètres de diamètre.

— Il n'y en a pas, répondait le vendeur avec un léger sourire.

— Du huit millimètres, alors ?

— N'y a pas ! et le sourire s'accentuait.

— Qu'avez-vous comme diamètre ?

— Niapa ! répétait-il, cette fois triomphalement.

Je me promettais alors de lui faire subir des tortures encore plus effroyables que celles que la reine Ranavalona I * infligeait à ceux qui la contrariaient. Je respirais à fond, rayais les fers à béton de ma liste et je passais au reste :

— Je voudrais un globe étanche pour l'extérieur, s'il vous plaît.

En moi-même, je pensais : « S'il me répond *niapa*, je le pulvérise ! » À mon grand soulagement il changeait de disque et je m'en voulais presque de mon précédent mouvement d'humeur. Pauvre vendeur ! Il n'était pas responsable de l'absence de certains produits et tentait simplement de me consoler par son sourire ! J'étais sur le point d'implorer son pardon...

— Petit ou grand, le globe ? Diamètre 20 ou 25 cm ?

Je méditais un moment :

— Le petit suffira...

Alors le visage du vendeur était transfiguré par une lumière intérieure :

— Il n'y a que des grands modèles !

J'avais raté mon examen : j'avais coché la mauvaise réponse !

À Tana, si la journée était consacrée à mes courses, à partir de quatre ou cinq heures de l'après-midi et jusque fort tard dans la nuit, mon temps était réservé à mes connaissances et mes amis. J'en avais vraiment besoin, après mes séjours à Berano.

Il y avait d'abord Fidy, sa femme et ses enfants : je goûtais chez eux la sérénité. Côté malgache, je n'avais qu'eux comme amis. J'allais m'apercevoir que derrière l'apparente facilité des contacts avec les Malgaches des hauts plateaux, souriants et aimables en général, se cachait une grande méfiance vis-à-vis des étrangers.

Côté vazaha, les relations ne furent guère plus faciles, au début du moins. Les Français étaient divisés en deux groupes bien distincts : les zanatany nés à Madagascar (sous-groupes : en zanatany des villes et le zanatany des champs, ou du moins de la brousse) et les

Français de passage, représentés essentiellement par les coopérants (à l'époque de mon arrivée, n'étaient pas encore apparus deux sous groupes de cette race-là : les nouveaux investisseurs et les représentants de diverses organisations mondiales).

Ces deux sortes de vazaha ne se ressemblaient en rien. D'abord, leurs intérêts différaient car, gagnant leur vie en devises, les coopérants étaient les nouveaux privilégiés, tandis que les zanatany souffraient de la pénurie et gagnaient de l'argent en monnaie de singe puisque le franc malgache n'était alors pas une monnaie convertible. Ensuite, l'histoire des uns et des autres était radicalement différente et leurs rapports avec les Malgaches absolument opposés.

Racistes, les zanatany l'étaient certainement. Aucun d'entre eux n'aurait eu l'idée d'épouser une jeune fille malgache et aucune jeune fille malgache de bonne famille n'aurait d'ailleurs voulu d'un étranger. En revanche, la population pauvre était une grande pourvoyeuse de candidates au dépucelage des jeunes zanatany mâles ainsi que de consolatrices de maris las des exigences d'épouses vazaha jamais satisfaites de leur maison, de leur personnel, de leur époux, du pays dans lequel elles vivaient. Mais le rôle de ces filles était strictement hygiénique, et le restait.

Les rapports entre mâles français et malgaches de bonne famille étaient en général plus simples. C'étaient des rapports d'estime mutuelle, voire de sincère amitié, car bien souvent les uns et les autres avaient usé leurs fonds de culotte sur les mêmes bancs d'école.

Apparemment moins racistes, les coopérants tenaient des discours égalitaires, remplis de bons sentiments et de mièvrerie. Les Malgaches méprisaient leur ignorance et leur faiblesse. Ces gens-là, à leurs yeux, mélangeaient tout avec un incroyable manque de discernement : les habitants des hauts plateaux, les descendants d'esclaves, les gens de la côte, les filles bien, les demi-prostituées (j'entends par là les étudiantes, les vendeuses, les secrétaires, etc. qui jamais n'auraient fait le trottoir mais se donnaient pour un repas, un jean ou un bijou bon marché). Ils mettaient tout le monde dans le même sac et ne comprenaient rien à rien. Ils méritaient qu'on les plume et beaucoup ne se gênaient pas quand l'occasion leur en était donnée.

Par le plus grand des hasards, je pus entrer dans le cercle fermé des zanatany de la capitale. Un jour que j'étais dans ma maison d'Antsahavola, j'entendis le gémissement désespéré d'un chien au milieu de la nuit. J'allai voir : un adorable coton* de Tuléar se collait aux barreaux de mon portail, terrorisé par deux chiens des rues aux allures inquiétantes. Je pris le petit chien tout tremblant dans mes bras et fermai la grille au nez des deux voyous mortifiés. Le petit coton portait un collier. À l'intérieur, il y avait un nom et un numéro de téléphone :

Mme R. de Merac 302 25. Il était très tard. Je ne savais pas quels rapports ces gens entretenaient avec leurs animaux et s'ils seraient ravis d'être réveillés en pleine nuit. Je décidai d'attendre le lendemain matin.

Quand j'appelai, je tombai sur madame de Mérac, désespérée à l'idée d'avoir perdu Bonnie, qui était la chienne de son petit-fils. Sa maison étant à deux pas de la mienne, je proposai de lui ramener l'animal immédiatement. Elle m'attendait dans le jardin, impatiente de retrouver la chienne qui lui fit mille fêtes.

— Je ne sais comment vous remercier ! Mon petit-fils François va être fou de joie en rentrant de l'école. Il habite ici en l'absence de ses parents. Je vous en prie, entrez donc prendre une tasse de café ou de thé.

J'avais un rendez-vous et je dus décliner l'invitation.

— Je comprends, dit-elle. Ce sera pour une autre fois. Le vendredi, plutôt. C'est mon jour et vous y êtes la bienvenue...

Cette femme devait avoir une soixantaine d'années, tout au plus, mais elle avait un jour, comme les personnages de Proust ou de Colette, bref comme les femmes du monde au début du XXe siècle ! J'étais amusée et tout à fait curieuse de me rendre au « jour » de madame de Mérac. La particule rajoutait encore à au sentiment de vivre à une autre époque.

Le vendredi, donc, je sonnai chez les Mérac. Une jeune bonne, impeccablement vêtue, m'ouvrit le portail et m'accompagna jusqu'à la porte d'entrée. Là, ce fut une autre domestique, très âgée celle-là, qui me pria de la suivre. Je pénétrai dans un immense salon, meublé confortablement mais sans ostentation. Quatre femmes d'un certain âge étaient installées dans des fauteuils bas en cuir autour de madame de Mérac. Cette dernière affirmait sa position de maitresse de maison en occupant un fauteuil en velours plus large et plus élevé.

Madame de Mérac se leva pour m'accueillir et me présenter à ses amies qui m'observaient avec curiosité. Je ne retins pas les noms, mais je photographiai mentalement chacune d'entre elles. La première était rousse, les cheveux très courts, le regard plein de malice et parlait avec un accent mauricien savoureux. La seconde était très âgée et ressemblait à la méchante sorcière des contes de fée avec son menton en galoche et son nez pointu. La troisième, blonde décolorée, paraissait aussi fade que ses cheveux. Enfin la dernière, très rondelette et couverte de bijoux, respirait la gentillesse.

— Mesdames, voici mademoiselle Deschamps, grâce à laquelle la petite chienne de François a été sauvée. Figurez-vous que le pauvre animal était poursuivi par une meute de chiens féroces...

Un murmure d'approbations unanimes s'éleva :

— Très bien !

— Très courageux...

— Vous auriez pu vous faire mordre par ces chiens !

— Beaucoup ont la rage !

— Il faudrait peut-être aller vous faire examiner à Pasteur !

— Le petit François a pleuré toute la nuit, paraît-il, en constatant que sa chienne avait disparu…

Je n'avais pas eu le temps de placer un mot. Déjà madame de Mérac avait repris la parole :

— Mademoiselle est la petite-nièce d'Émile Berthier. Elle est venue s'installer à Madagascar pour reprendre elle-même les affaires de son grand-oncle. N'est-ce pas infiniment courageux ?

Un grand silence s'abattit sur le salon. Je compris, en regardant les expressions des unes et des autres, que madame de Mérac avait marqué un point vis-à-vis de ses amies : c'est elle qui, ce jour-là, détenait la nouvelle la plus sensationnelle, la plus originale. Les fois précédentes, il avait fallu qu'elles se contentent du décès d'une vague connaissance ou et de l'adultère affiché de madame L.

La sorcière fut la première à réagir :

— Émile Berthier ! Avez-vous bien connu votre oncle, mademoiselle ?

— Euh, pas du tout, je ne l'ai jamais rencontré…

— Eh bien moi si, je l'ai bien connu, et je peux vous dire entre nous que c'était un ours !

— C'est vrai, approuva la gentille rondelette. Mais, au fond, il avait un cœur d'or. Je me souviens que…

Elle ne put terminer sa phrase, la décolorée estimant qu'elle n'avait pas encore eu son temps de parole :

— N'était-ce pas lui qui... vous savez ? Ce scandale avec... Enfin, vous voyez de qui je veux parler...

Madame de Mérac, d'un regard, la réduisit au silence.

— Vous devez confondre, ma chère Simone.

La « chère Simone » rougit et se tut, tandis que les trois autres me bombardaient de questions dont elles n'écoutaient absolument pas les réponses :

— Mais, ce doit être épouvantable pour une jeune femme comme vous d'être seule là-bas ?

— Votre fiancé va peut-être vous rejoindre bientôt ? s'enquit finement l'une d'elles, que ma situation matrimoniale intriguait au plus haut point.

— Comment faites-vous avec tous ces indigènes autour de vous ? fit la sorcière en baissant le ton et en s'assurant que la flopée de domestiques était hors de portée de voix. Euh, je veux dire avec tous ces Malgaches. Il faut vraiment que je m'habitue à ne plus dire « indigènes ». Feu mon époux disait toujours « Ces gens-là ne sont pas comme nous ! » Et il faut bien avouer, ma petite – vous permettez que je vous appelle ainsi, vous êtes tellement jeune – qu'il avait raison au moins sur ce point.

Je sus ensuite que le défunt époux de la sorcière l'avait abondamment trompée et, surtout, avait eu le mauvais goût de faire de très mauvais placements avant de la rendre veuve.

Le flot des questions fut interrompu par l'arrivée de trois domestiques vêtues de façon identique d'une blouse à motifs bleus et d'un petit tablier de soubrette blanc.

Chacune savait parfaitement ce qu'elle devait faire. D'appétissants biscuits furent déposés sur de petites tables basses individuelles et chacune d'entre nous eut droit à une ravissante assiette en porcelaine ainsi qu'une serviette brodée. On me demanda si je voulais du thé, un jus de fruit, du sirop ou un soda. Les autres étaient des habituées et on ne leur demanda rien. Elles furent servies d'une façon qui me parut admirable, ce qui n'empêcha pas madame de Mérac de reprendre sèchement la plus jeune des trois :

— Enfin, Astérie, voilà trois ans que vous travaillez chez moi et vous ne savez toujours pas que madame Morvan met un glaçon dans son sirop de menthe !

La petite bonne, consciente de la gravité de la faute qu'elle venait de commettre, partit précipitamment dans les cuisines pour aller réparer son oubli. Pendant ce temps, madame de Mérac hochait la tête avec désespoir et, s'adressant à ses invitées :

— Trois ans, mesdames ! Je suis désolée, ma pauvre Émilie. C'est la seconde fois qu'elle vous oublie ainsi. Il faut tout leur redire, tous les jours ! Remarquez, s'ils étaient différents, nous ne serions pas ici.

J'étais sidérée, émerveillée, horrifiée, enchantée. J'étais entrée dans les pages d'un livre écrit il y avait un ou deux siècles : Balzac, la comtesse de Ségur... Je me promis, chaque fois que je serais à Tana le vendredi, d'aller au « jour » de madame de Mérac.

Je pris congé de ces dames et, lorsque je traversai le jardin, je croisai un homme qui devait avoir dans les trente-cinq ans. Il se présenta : il était le neveu de madame de Mérac. Je le trouvai charmant, un peu cérémonieux mais le côté gentleman était très agréable.

Vingt minutes plus tard, nous étions toujours dans le jardin parlant de la pluie et du beau temps.

— Au fait, me dit-il, êtes-vous libre vendredi soir ? Vous ne devez pas connaître grand monde, et j'organise une petite soirée entre amis à la maison. Voudriez-vous vous joindre à nous ?

J'acceptai. J'étais persuadée que ce « nous » englobait une femme. Je me trompais. Gilles de Mérac était célibataire et presque dans la même situation que moi, puisqu'il était revenu à Madagascar une dizaine d'années plus tôt, afin d'y reprendre les affaires de son père. Il en était parti à l'âge de dix-huit ans pour faire ses études et « connaître le vaste monde ». Ce que j'ignorais aussi, c'est qu'être invité chez les Mérac, que ce soit pour un thé ou pour une soirée, était un privilège. Sauver Bonnie m'avait valu le thé. Quant à la soirée, je sus plus tard que, sans mon charme en guise de sésame, je n'y aurais certainement pas été conviée.

Une quarantaine de personnes avait envahi le vaste salon et le jardin de Gilles de Mérac. Je n'en connaissais aucune et j'étais loin de me douter que pour tous ces gens, j'étais un sujet de curiosité. Dans leur petit cercle, ils n'avaient pas l'habitude de voir de nouveaux visages fréquemment et surtout celui d'une femme célibataire.

Il y avait là une majorité de zanatany, mais aussi deux ou trois « coopérants », un couple d'Indiens et deux ou trois couples de Malgaches.

Après la solitude de Berano, cette soirée me semblait irréelle. Les rires, les bavardages, les regards des hommes, la musique, la danse, tout cela me saoula bien davantage que les deux petites coupes de champagne que je bus.

Je m'amusais. J'étais redevenue Hélène l'insouciante, Hélène la fille qui n'a à se préoccuper que de sa peau. Envolés les soucis, oubliées les nuits d'insomnie parce que le bulldozer donnait des signes de faiblesse ou parce que la production avait pris du retard. Je retrouvais ma jeunesse, mon rire, des gens qui parlaient la même langue que moi. Comme c'était bon !

À 2 heures du matin les invités commencèrent à partir. Je m'apprêtais à en faire autant, mais Gilles me persuada de rester encore un peu et m'assura qu'il n'était pas prudent que je rentre seule : « Je vous suivrai avec ma voiture », me dit-il d'un ton qui n'admettait pas de réplique.

Tana, le 25 mars

Bonjour Sylvie,

Pour une fois tu n'auras pas les oreilles rebattues d'histoires de graphite, d'ouvriers voleurs, de panne de bulldozer, etc.

J'ai rencontré un homme très séduisant, il y a une quinzaine de jours, et j'avoue que je pense à lui bien plus que je ne devrais. Rien ne s'est encore vraiment passé entre nous, sinon quelques sourires et échanges de regards.

C'est un drôle d'individu, sorti tout droit du siècle passé : bien élevé, galant, au courant de toutes les règles en usage dans le monde, je veux dire dans son monde. Il est ahurissant par maints côtés.

Il me « fait la cour ». Et je crois bien qu'aucun homme ne m'avait jamais fait la cour jusqu'à présent. On m'avait draguée, ce qui est bien différent. Celui-là – il s'appelle Gilles – me tient la porte de son carrosse pendant que j'y monte, me fait gentiment remarquer que l'étiquette prévoit qu'un homme entre toujours le premier dans un lieu public lorsqu'il m'invite au restaurant, m'offre des fleurs en nombre impair... et me raccompagne chez moi en ayant soin d'attendre que j'aie bien refermé la porte d'entrée avant de s'en aller.

Son court passage en France – deux ans – pour ses études ne l'a guère marqué. Il est le pur produit d'une race en voie d'extinction : les zanatany (tu te souviens qu'il s'agit des étrangers blancs nés à Madagascar ?). Rien à voir avec les Lourmel élevés en brousse. Celui-là est issu en droite ligne de la capitale, a fait ses études à St Michel (le lycée de garçons), a toujours eu chauffeur, neneny, cuisinier et serviteurs en gants blancs, a toujours mangé avec des couverts en argent, n'a jamais parlé malgache.*

Par son père, il est la troisième génération de sa famille à être née ici. Tu imagines donc tout ce qu'il peut trimballer d'a priori, par cette éducation qu'il a reçue. Sa vision de la Femme, et des relations entre les sexes, est tout simplement à hurler de rire. Bien évidemment, je dois être aussi une source d'étonnement permanent pour lui.

[...]

Je t'embrasse et te tiens au courant de la suite des événements. Tu auras cette lettre très vite puisque je connais quelqu'un qui part à Paris ce soir.

Hélène

Heureusement Sylvie n'a pas égaré la lettre suivante que je relis avec plaisir :

Tana, le 30 avril

Ma chère Cassandre,

J'ai reçu ton courrier assez vite... Trop tard cependant pour suivre tes conseils éclairés. Au moment où je t'écris, le « prince », ainsi que tu l'appelles, dort... dans mon lit. Tu me dis de faire attention, que nos univers sont trop dissemblables d'après ce que je t'ai écrit...

Je ne te savais pas si raisonnable, et surtout je ne t'avais jamais sentie si protectrice à mon égard.

Tu te fais du souci, dis-tu. Laisse cela à ma mère ! Je t'assure que tout va bien, et que tout va d'autant mieux que Gilles est dans ma vie.

Y restera-t-il deux mois, deux ans ou même plus, je n'en sais rien. Nous apprenons à nous connaître. J'apprécie ses attentions à mon égard, j'aime la façon dont il me regarde.

En général, il passe ses nuits chez moi plutôt que l'inverse, car j'ai du mal, dans sa grande maison, à m'habituer à la présence permanente de domestiques. Je ne peux pas dire qu'il ne les voit pas, qu'il considère que ces derniers font partie des meubles... Non, ce serait méchant et, de plus, faux. Simplement ils ne le gênent pas. Raketaka, sa vieille neneny, l'a vu naître et a changé ses couches. Elle est en adoration devant lui et se ferait hacher menu au sens propre comme au sens figuré pour lui. Mais elle est aussi un chien de garde attentif à éviter à son idole tout danger.

Je sens donc son regard m'étudier : elle veut savoir si je suis digne de l'intérêt que me porte Gilles. À mon avis, elle n'est pas loin de répondre par la négative. Bref, Raketaka est la version malgache – en maigre – de la « mamma » de Scarlett O'hara.

Il y a également chez lui une couturière qui me coule des regards emplis d'une curiosité sans borne, une petite bonne qui passe son temps à patiner sur le parquet, le pied droit chaussé d'une demi noix de coco – un exercice destiné à faire briller le bois et qui a l'air de la passionner –, un cuisinier comorien du même âge que Raketaka qui affiche un mépris souverain des femmes. Je ne parle pas des jardiniers, gardiens et du chauffeur qui, eux, n'entrent pas dans la maison. Toute cette armée est déployée pour un seul homme. Il m'a affirmé qu'il n'y avait vraiment personne d'inutile et qu'il ne saurait se passer d'un seul d'entre eux !

Voilà donc pourquoi je préfère que Gilles vienne chez moi, alors que mon studio d'Antsahavola, avec sa cuisine américaine et sa mini salle de bain, est lilliputien à côté de sa superbe maison.

Pour des raisons administratives, j'ai dû prolonger mon séjour dans la capitale et j'ai l'impression délicieuse d'être en vacances. [...]

Hélène

Chapitre 8

Fandrik'akanga nahavoa manditra,
ny vandan-tsy izy no voa.
Le piège à pintades attrapa un serpent,
c'est l'animal tacheté qui n'était pas le bon
qui a été pris.

Proverbe malgache

Lorsque je revins à Berano, il y eut pendant quelque temps une période d'accalmie, puis les sabotages reprirent de plus belle. Certains n'étaient pas très graves : un arbre coupé barrait une route, une conduite d'eau était percée. D'autres menaçaient vraiment la survie de la société. Il y eut notamment du sable dans l'un des moteurs de la turbine. Heureusement, nous avions toutes les pièces pour le remettre en route et une semaine après les dégâts étaient réparés.

Néanmoins, je me doutais bien que le saboteur n'en resterait pas là et je me demandais ce qu'il nous réservait. Il faudrait bien trouver une riposte. Jusqu'à présent, je n'avais pas bougé. Je me refusais à rendre la pareille à mon voisin sachant bien qu'à ce jeu de surenchère personne ne serait gagnant. Mais si les sabotages continuaient, je ne pourrais pas rester indéfiniment dans l'immobilisme.

J'étais toujours persuadée que les frères Lourmel étaient derrière ces actes méprisables car je ne voyais pas qui d'autre aurait eu intérêt à me mener la vie dure.

Le vendredi soir, je me couchai de bonne heure, déprimée par ma solitude, inquiète de ces histoires de sabotage. Dans mon lit, la tête entre les mains, je luttais de toutes mes forces contre l'envie de remplir un sac de voyage et de rentrer en France. Cet ennemi qui détruisait dans le noir mon travail me donnait envie de vomir et me décourageait totalement.

Je n'arrivais pas à penser à autre chose, à lire, à écrire ou à écouter de la musique. Je tournais et retournais donc ces sombres pensées dans ma tête lorsque j'entendis le moteur d'une voiture. Je regardai ma montre : 21 heures. Il n'était vraiment pas tard, mais à cette heure-là à Berano, une visite était un événement. Ce devait être Eugène ou John. « Pourvu qu'il n'y ait pas eu un autre sabotage » pensai-je. J'enfilai rapidement un jean et je me précipitai dehors.

C'était Gilles.

— Est-ce que je te dérange ? J'aurais peut-être dû prévenir ?

Je me jetai dans ses bras et je me serrai fort contre lui :

— Oh, quelle bonne idée tu as eue ! m'exclamai-je avec sincérité.

J'étais vraiment heureuse. Qu'il débarque au plus fort de ma crise de cafard me parut presque miraculeux. Une bonne fée me l'avait envoyé !

— Tu étais en train de dîner, je suppose ?

J'éclatai de rire :

— J'ai dû dîner vers dix-neuf heures et, cinq minutes plus tard, j'avais fini !

Je lui fis visiter ma case puis, comme une enfant, je voulus immédiatement qu'il voie l'usine à défaut de voir les mines dans l'obscurité.

— C'est une belle affaire, me dit-il. Je suis impressionné et plein d'admiration pour toi.

Il avait vraiment l'air de le penser. Du coup ces compliments me redonnèrent un peu de baume au cœur et je lui confiai à quel point j'étais découragée par les actes de malveillance qui se succédaient.

— Tu peux rester longtemps ? demandai-je.

— Jusqu'à ce que tu me jettes, sourit-il. Est-ce que je vais te peser si je pars mercredi matin ? Est-ce que cela te pose un problème vis-à-vis de tes employés qu'un homme dorme ici ?

— Bien sûr que je serai ravie que tu restes jusqu'à mercredi, si cela ne t'ennuie pas d'être abandonné le matin. J'ai du travail au moins jusqu'à onze heures mais ensuite, tu peux m'accompagner partout où j'irai. Je vais faire en sorte de me libérer pour qu'on puisse aller se balader. Quant à ta seconde question, je n'y réponds même pas ! Je ne vois pas pourquoi j'aurais à justifier ma vie privée vis-à-vis des employés de maison ou des ouvriers...

— Tu verras bien. Ce n'est pas aussi simple. Personne ne te fera de remarques naturellement, mais si tu perds l'estime des gens, ici, tu ne la retrouveras plus.

— Et leur estime dépend de la personne avec laquelle je passe mes nuits ?

— Bien sûr, et aussi de tes liens avec cette personne.

— Tu veux dire qu'on me regardera de travers parce que nous ne sommes pas mariés ?

— Ou au moins fiancés...

Je levai les yeux au ciel.

— Tu dois te tromper. Ici le christianisme n'a touché que 20 % de la population et personne n'est choqué que Rakoto ait trois maîtresses ou Raketaka quatre amants. Au niveau des enfants, c'est la pagaille la plus complète : ils ont deux mères et plusieurs pères, ils ne savent plus très bien qui les a engendrés et je suis persuadée que les mères elles-mêmes s'embrouillent. Alors ça m'étonnerait bien qu'ils trouvent ma vie immorale !

— Ils ne te jugent pas d'après leurs critères, mais d'après les critères que les autres vazaha, avant toi, ont mis en place...

— Bon, dis-je en riant, je suis tranquille. Les Lourmel et les Berthier ont bien préparé le terrain !

Il se mit aussi à rire :

— C'est vrai !

Le lendemain, nous partîmes déjeuner en forêt, accompagnés d'un ouvrier qui portait nos provisions mais surtout nous guidait. J'étais incapable de m'orienter dans ce fatras de fougères, de lianes, de bambous, d'arbres séculaires et de jeunes arbustes qui pointaient leurs petites branches au travers d'une épaisse couche de feuilles mortes. La végétation était si dense qu'il fallait avancer au coupe-coupe. Chaque fois que c'était possible, nous marchions dans le lit d'un ruisseau ou d'une rivière pour faciliter notre progression.

De temps à autre, un lémurien avertissait sa famille de notre passage et la famille lui répondait. Tout au contraire, les cigales géantes se taisaient en entendant nos voix.

Au début, dans cette forêt je ne voyais que des feuilles, que du vert. Avec le temps, j'appris à repérer l'extraordinaire faune qui la peuplait : le papillon déguisé en écorce d'arbre ; le lézard en tenue militaire camouflée vert et marron ; la grenouille d'un vert fluo qui cache sa jolie robe plastifiée derrière un rocher mais se trahit par un coassement ; le crabe d'eau douce aux couleurs des galets qui l'entourent ; le phasme si parfaitement semblable aux tiges vertes des herbes qu'il affectionne.

J'appris aussi à reconnaître les plantes : certaines étaient urticantes ; d'autres au contraire possédaient des vertus thérapeutiques précieuses ; d'autres enfin étaient tout simplement étonnantes, comme ces plantes carnivores en grand nombre dans les endroits marécageux, ou encore les sensitives qui se recroquevillaient au moindre frôlement d'un corps étranger.

Gilles, en zanatany des villes, ne connaissait pas grand-chose à la forêt primaire. Il admirait les arbres dont certains étaient aussi hauts qu'une cathédrale, il admirait les cascades qui parsemaient ça et là notre marche à travers les rivières sombres qui cheminaient sous la forêt. Cependant, je le voyais qui marchait dans l'eau précautionneusement, comme moi, regardant où il posait le pied et inspectant avec méfiance les lianes qui se croisaient au-dessus de sa tête.

— Tu as peur qu'un serpent venimeux ou une araignée mortelle ne te tombe dessus ?

— C'est un peu ça, reconnut-il en riant. Au milieu de cette jungle, je ne fais plus trop confiance aux livres qui disent qu'à Madagascar ces bestioles n'existent pas !

Il aurait pourtant dû savoir, en tant que zanatany, qu'à Madagascar les dangers ne sont jamais flagrants et immédiatement violents. Ils sont sournois et quelquefois presque aussi dangereux.

C'est le cas de l'araignée menavody, toute petite et bien jolie avec son derrière rouge : une petite piqûre presque imperceptible mais dix jours plus tard l'endroit autour de la piqûre se nécrose et si l'on n'y pend garde, c'est le tour du bras ou de la jambe tout entière. L'amputation devient alors inévitable.

C'est encore le cas du parasy lafrika, une autre araignée, microscopique celle-là, importée par les Sénégalais au début du XXe siècle. Le parasy adore le sable bien chaud, il s'y cache et quand il voit passer un pied nu à la peau bien tendre, il s'y introduit. En général, son endroit favori se situe entre l'ongle et la peau. Là, il pond. Au début, la présence du parasy se manifeste par une vague démangeaison, mais il faut rapidement se débarrasser des œufs avant qu'ils éclosent. Les Betsimisaraka sont experts : à l'aide d'une épingle, ils détachent de la peau devenue insensible le petit sac contenant les œufs incrusté dans le doigt de pied, puis ils le jettent sur la flamme d'une bougie afin d'être sûrs de le détruire totalement. Cependant, si par maladresse le sac est percé, les œufs se répandent dans le pied, éclosent et là il faut un véritable curetage sous peine d'une grave infection.

Les exemples foisonnent de ces petites bêtes qui vous rendent Madagascar invivable. Je pense en particulier aux plages paradisiaques qui, au bout de cinq minutes, se transforment en enfer car infestées de *mokafohy*, ces moucherons aux piqûres indolores sur le moment mais tellement urticantes durant les heures qui suivent, que rien ne peut vous empêcher de les gratter, pas même la menace d'affreux boutons qui laisseront des cicatrices indélébiles. Ne parlons pas des moustiques, porteurs de paludisme…

C'est ainsi que cet après-midi-là ne fit pas exception à la règle du paradis gâché. Il se mit à crachiner une pluie tiède, dont nous ne recevions que quelques gouttes, protégés par la végétation. Nous décidâmes donc d'ignorer superbement le temps et de poursuivre notre balade. C'était sans compter les sangsues que la pluie avait fait sortir de leurs repaires. Elles se collèrent à nos jambes, nos bras. L'une d'entre elles parvint même à se faufiler sous mon pantalon et je la sentis qui progressait vers le haut de ma cuisse. Tant pis pour l'ouvrier qui nous servait de guide : je baissai mon pantalon et j'approchai de l'espèce de créature informe le bout incandescent d'une cigarette. Je la vis se tortiller deux à trois secondes puis elle lâcha prise et retomba dans l'herbe gonflée de mon sang.

Finalement, nous rebroussâmes chemin et, tandis que dehors la pluie redoublait de vigueur, nous décidâmes en bons citadins que rien ne valait une maison et un bon lit !

Hélas, à la lisière de la forêt nous attendait Telo, porteur d'une mauvaise nouvelle : la cuisine avait explosé...

Sur le moment, je crus avoir mal compris, mais arrivée près de la maison, il fallut me rendre à l'évidence. La cuisine avait bel et bien disparu et des débris noircis et méconnaissables jonchaient le sol à l'endroit où jadis elle se trouvait. Cependant, les dégâts étaient moins graves qu'ils auraient pu l'être grâce à l'habitude à Madagascar, et spécialement en brousse, de construire les cuisines de manière à ce qu'elles soient tout à fait indépendantes des maisons d'habitation.

À Berano, la cuisine était donc une petite pièce carrée reliée à la maison principale par un passage couvert de trois à quatre mètres de longueur qui permettait aux domestiques de ne pas être mouillés pendant le service s'il pleuvait. Dans cette cuisine il y avait un réfrigérateur antique de la marque Frigidaire, une gazinière, un évier et un immense placard. J'y pénétrais rarement.

Sur le moment, je crus la catastrophe imputable à une négligence d'un employé ayant mal éteint l'un des feux de la gazinière. Il me fallut plusieurs semaines pour reconstituer l'histoire telle qu'elle s'était déroulée.

Avant de partir me promener avec Gilles, Miangaly, la cuisinière, m'avait avertie qu'il n'y avait plus de gaz, qu'il fallait changer la bouteille. Au lieu de m'en charger moi-même, prise de paresse, je lui dis d'appeler quelqu'un pour le faire. Elle eut l'excellente idée de s'adresser au gardien, lequel n'avait jamais vu de gazinière ni de bouteille de gaz de sa vie, mais était d'une bonne volonté sans borne. Il n'aurait jamais voulu que sa réputation d'homme serviable soit entachée d'un refus : il fit donc de son mieux, raccorda vaguement le tuyau à la bouteille et s'en alla heureux d'avoir été utile.

La cuisinière rentra chez elle, fermant à clef la porte de l'office, mais oubliant la fenêtre. Le jardinier, sachant que j'étais loin, car il nous avait vus partir avec deux éclaireurs qui portaient bouteilles et biscuits, attendit que le gardien soit de l'autre côté du jardin, puis d'un bond sauta par-dessus l'appui de la fenêtre. Il avait senti dans la matinée le délicieux fumet du poulet en sauce que Miangaly avait déjà fait cuire pour n'avoir plus qu'à le réchauffer le soir. Il ouvrit le placard : rien d'intéressant. Il jeta un coup d'œil autour de lui et devina que le mets convoité se trouvait dans le réfrigérateur. Comme c'était au fond un brave jardinier et plutôt un honnête garçon, il hésita quelques instants : il savait bien qu'une fois qu'il aurait vu le plat, sa gourmandise serait la plus forte et qu'il ne pourrait plus y résister. Il prit une bonne inspiration, fit taire la voix de sa conscience et souleva l'antique poignée jadis chromée du Frigidaire... Alors l'apocalypse se déchaîna, Dieu lui déchira les oreilles en faisant jaillir sa colère dans un éclat de voix aussi puissant que le bruit que fait la dynamite en sautant. Puis, pour parfaire la punition, Dieu souffla sur lui si violemment qu'il fut projeté par la fenêtre restée ouverte tandis que le toit de la cuisine et la porte volaient en éclats.

Lorsqu'il retrouva ses esprits, le jardinier était sur la pelouse du jardin et tenait encore la poignée du réfrigérateur dans ses mains. Lentement il se leva, fit quelques pas, s'aperçut qu'il était toujours vivant, qu'il pouvait marcher et même courir. Il détala comme si le diable était à ses trousses – ce dont il était persuadé

– et parcourut en un temps record les quatre kilomètres qui menaient chez lui.

Là, il resta prostré pendant plusieurs jours. Après quoi, il raconta à sa femme ce qu'il avait fait et comment Dieu l'avait châtié. Sa conversion au catholicisme était relativement récente – moins de cinq ans – et un peu fragile. L'explosion de la cuisine lui donna une foi si ardente qu'il se mit à prier à tout bout de champ et obligea sa famille à faire de même.

Pendant ce temps j'étais rentrée chez moi, j'avais constaté le désastre et je n'avais bien sûr pas fait la relation avec le jardinier. Trois ou quatre personnes l'avaient vu courir comme un possédé, mais tout le monde avait pensé qu'il avait eu peur de l'explosion.

Lorsqu'au bout de cinq ou six jours, je ne le vis toujours pas revenir, je m'inquiétai et je le fis convoquer. Il ne vint pas. On me fit dire qu'il n'était pas malade, mais qu'il ne voulait plus travailler chez moi.

Je laissai encore traîner l'affaire quelque temps, puis je me rendis chez lui. Lorsqu'il me vit, il joignit les mains et me demanda en malgache de lui pardonner pour sa très grande faute. J'eus beau lui dire qu'il n'était pour rien dans l'explosion, il ne voulut pas en démordre et en larmoyant, me répéta à plusieurs reprises qu'il était coupable, qu'il implorait mon pardon.

Perplexe, je tournai les talons. Un peu plus loin une grosse matrone me rattrapa :

— Il faut lui pardonner, patronne. Sinon il ne guérira pas...

C'était la femme du jardinier. Inquiète pour la santé mentale de son mari, elle me raconta tout. Je compris alors ce qui était arrivé et je ne pus m'empêcher d'éclater de rire.

Je revins sur mes pas, rappelai le jardinier gourmand et je lui expliquai, me sembla-t-il assez clairement en malgache, que Dieu n'avait rien à voir là-dedans, que l'ouverture du réfrigérateur avait causé une étincelle, à l'origine de l'explosion du gaz répandu dans la cuisine. Mais, à chacune de mes phrases, il secouait la tête et gémissait :

— Non, non ! C'est ma faute, j'ai volé... Et j'ai été puni !

— Écoutez-moi, ce n'est pas très bien de voler un poulet, mais vous n'êtes pas responsable de ce qui est arrivé. Si on cherche à tout prix un responsable, il faut plutôt s'en prendre au gardien. Allez, faites comme moi, oubliez cette histoire de vol et revenez travailler dès que vous serez mieux.

Il secoua la tête, conserva son air terrorisé, ne voulut rien comprendre à mes explications et s'obstina dans sa demande de pardon. Je fus bien obligée, pour lui rendre un peu de sérénité, de lui donner l'absolution. Il ne voulut plus jamais approcher de la maison et accepta simplement, quelques mois plus tard, un poste de manœuvre à l'usine.

L'histoire fit rapidement le tour des ouvriers. Je crus que chacun allait se moquer du jardinier et lui faire entrer dans le crâne qu'il avait été la victime d'un malheureux concours de circonstances. Nenni ! On me considéra désormais avec davantage de respect car j'avais manifestement signé un pacte avec les puissances occultes et il valait mieux se méfier de moi.

Les astrologues du coin, consultés, en rajoutèrent quelque peu. Du coup on me vola moins. Je ne peux malheureusement écrire qu'on ne me vola plus du tout : il subsista, hélas, quelques mécréants qui ne craignaient ni dieu ni diable !

L'anecdote eut aussi pour conséquence de me faire mesurer avec davantage d'acuité le poids des superstitions en brousse.

Gilles ne voulut pas m'abandonner alors que je n'avais plus de cuisine. Il réussit à joindre son imprimerie et fit prévenir que son absence se prolongerait de quelques jours. Ne plus avoir de cuisine était, pour cet amateur de petits plats raffinés, le comble de l'horreur. Moi, je m'en moquais mais en revanche j'étais ravie qu'il reste un peu plus longtemps à Berano.

Très vite, il fut apprécié de tous et particulièrement de Telo qui rayonnait à l'idée que je serais bientôt pourvue d'un *vady*, c'est-à-dire d'un mari, comme toute femme normale.

La cuisinière, enchantée elle aussi, se surpassa et réussit à nous faire des plats délicieux en utilisant simplement deux fatapera, qui avaient été installés dans le garage.

Une lettre à Sylvie témoigne de cette époque :

Berano, le 3 juin

Très chère Sylvie

Je profite du passage de Gilles à Berano pour t'écrire. Il postera ainsi la lettre après demain lorsqu'il retournera à Tana.

J'ai vraiment l'impression que notre liaison s'installe dans la durée. C'est terriblement bon de partager avec quelqu'un ses satisfactions et ses soucis. Même si Gilles ne peut me donner aucun conseil ni m'aider dans mes préoccupations professionnelles, il sait m'écouter et c'est déjà énorme.

Mon zanatany des villes m'amuse beaucoup. Tu l'avais appelé le « prince » dans l'une de tes lettres, moi je l'ai surnommé le « prince au petit pois ». Il a ouvert de grands yeux lorsque je le lui ai révélé.

— Mais pourquoi ? C'est parce que j'ai dit que l'odeur d'humidité des draps me gênait ?

— Oui ! C'est juste une plaisanterie sans intérêt...

Et j'ai parlé d'autre chose parce que je sentais que je le vexerais si j'énumérais ses réactions de prince au petit pois : le lit sent le moisi et le sommier n'est plus bon, la moindre tâche sur sa banane est soigneusement enlevée, le plus petit morceau de gras dans une viande est écarté, un faux pli de sa chemise le chagrine, etc.

Mais ce qui le fait surtout ressembler à la princesse du conte d'Andersen, c'est que, comme elle, il ne s'étonne pas vraiment qu'on empile sept matelas l'un sur l'autre pour son confort !

Côté mine, j'ai de gros soucis car il y a eu ces derniers temps plusieurs sabotages qui ne peuvent venir que d'Alain Lourmel : il est le seul à avoir intérêt à ce que je vende l'exploitation. J'en suis malade. Je ne sais que faire. Je n'en ai pas parlé à Gilles pour le moment. Je ne veux pas, alors que nous nous connaissons depuis peu, lui faire porter le poids de toutes mes angoisses. J'en ai déjà partagé quelques-unes avec lui et, c'est bien suffisant...

[...]

Je t'embrasse.

Hélène

PS. Au fait, depuis que Gilles est là, le saboteur ne s'est plus manifesté. Peut-être s'est-il lassé ?

Dans les bras de Gilles, j'avais donc retrouvé le sourire et ce séjour qu'il fit à Berano me rendit ma combativité et mon optimisme naturels. Puis Gilles rentra sur Tana.

À peine sa voiture avait-elle disparu au bout de l'allée que je vis arriver, à bout de souffle, le gardien de la turbine.

— Patronne, patronne !

Il avait tellement couru qu'il ne pouvait pas parler. Je pressentis une catastrophe grave.

— Patronne, la courroie de transmission de la turbine...

— Ne me dites pas qu'elle a lâché ?

— Non, patronne... quelqu'un l'a tranchée... à coups de hache... J'ai retrouvé la hache jetée juste derrière ma maison...

— Quoi ? Quand ?

— Il y a une heure à peu près !

— Et vous, où étiez-vous ?

— Vous savez bien, patronne, le lundi après-midi, je vais au village faire des courses avec monsieur Eugène qui me dépose en voiture. C'est mon fils qui surveille. Mais aujourd'hui, il est allé pêcher avec l'un de ses camarades et a chargé sa petite sœur de le remplacer. Bien sûr, patronne, il a eu tort... Mais qui aurait pu imaginer une chose pareille ?

Effondrée, je calculais déjà les conséquences de cet acte criminel : pratiquement deux mois d'arrêt de travail sur les mines. Je n'avais pas de courroie de rechange. Impossible cette fois de bricoler une adaptation quelconque. La seule, l'unique solution était de commander la courroie en Europe. Dans le meilleur des cas, je ne l'aurais que dans un mois et demi.

Nous avions déjà pris du retard sur la livraison prochaine et je ne voyais pas, avec cette catastrophe, comment je pourrais honorer mes engagements vis-à-vis de Mac Andrew.

La rage m'inondait. Je la sentais couler dans mes veines comme on sent le contenu d'une piqûre se diffuser dans l'organisme. Tous ces mois d'efforts ! Je perdrais tout, non pas à cause de mon incompétence, mais parce que deux odieux personnages, héritiers d'une haine lointaine mais tenace, voulaient ma peau ou plutôt celle de la société.

Je courus jusqu'à ma voiture, sourde aux appels conjugués d'Eugène et de John qui venaient d'arriver :

— Où allez-vous, patronne ?

Telo, qui avait déjà compris, criait :

— Calme-toi, patronne !

Je fonçai à la SOGAL. La voiture d'Alain était là. Je me garai directement au pied des escaliers de la maison d'habitation, ignorant l'espace couvert réservé aux véhicules qui se trouvait à cinquante mètres.

Dimanche vint à ma rencontre sur la varangue :

— Vous venez voir Monsieur ? Il n'est pas là. Il faut revenir.

— Quelle famille de menteurs et de lâches ! Monsieur est là et je veux le voir tout de suite !

— Monsieur a dit qu'il n'était pas là, donc il n'est pas là, répéta fermement Dimanche en appuyant sa déclaration d'un mouvement de menton appuyé. Madame doit revenir.

— Madame ne reviendra pas, martelai-je en haussant le ton. Allez le prévenir que je veux le voir tout de suite, sinon...

— C'est quoi tout ce vacarme ! fit la voix d'Alain qui retentit dans les entrailles de la maison. Fais entrer la duchesse, Dimanche. J'arrive.

J'aperçus alors la silhouette d'une très jeune femme, épaules et jambes nues, le reste du corps enveloppé d'un *lamba**, traverser le couloir. Quand elle réalisa que j'étais là, elle s'immobilisa et me fixa avec une expression que je ne pus définir : amusement, insolence mais aussi colère. Je la reconnus alors : c'était la jeune bonne que j'avais vue la première fois que j'étais venue chez les Lourmel.

Je compris alors qu'elle ne s'occupait pas que du ménage, mais la vie privée d'Alain Lourmel était le cadet de mes soucis ce jour-là. J'entrai dans le salon comme me le proposait, en me regardant avec rancœur, Dimanche. Je refusai en revanche de m'asseoir. Alain ne me fit pas attendre : pieds nus, vêtu d'un tee-shirt et d'un jean, les cheveux en bataille, il fit irruption dans la pièce l'air mauvais et les mâchoires crispées.

— Pour qui vous prenez-vous ? Ai-je bien entendu vos éclats de voix ? Qui traitez-vous de lâche et de menteur ? De quel droit osez-vous parler comme vous l'avez fait à l'un de mes employés ?

— Et vous, de quel droit sabotez-vous mon travail, ma turbine, ma société ?

— De quoi parlez-vous ?

— Ne faites pas l'innocent ! La route défoncée, le sable dans le moteur de la turbine, la conduite d'eau démolie, et aujourd'hui la courroie tranchée à coups de hache...

— Je peux comprendre que vous soyez exaspérée, mais pour accuser il faut des preuves. Vous débarquez ici comme une folle en affirmant que je suis coupable de trente-six méfaits dont j'ignore tout. Vous savez que ça s'appelle de la diffamation et que, si je voulais, je vous traînerais en justice pour affirmer des choses pareilles...

Il était calme, et sa froide colère me doucha. J'étais toujours persuadée de sa culpabilité, mais je me rendais compte à quel point il était stupide de ma part d'aller vociférer chez lui. Est-ce que je m'imaginais qu'il allait avouer en pleurant, qu'il s'excuserait et qu'il m'offrirait deux mois de sa production pour se faire pardonner ?

— Qui d'autre que vous aurait intérêt à commettre de pareils actes ?

— Aucune idée et c'est *votre* problème. Je n'ai qu'une chose à vous dire : je n'y suis pour rien et vous allez me foutre le camp tout de suite. Inutile de revenir même si votre usine tout entière est pulvérisée... Tu peux raccompagner la duchesse, lança-t-il à Dimanche, en me tournant le dos ostensiblement.

Tremblante de rage, de colère et d'humiliation, je m'en allai à grandes enjambées. Je remontai dans ma voiture et, aveuglée par les larmes, je conduisis jusqu'au lac vert. Là, je sortis de la voiture et sanglotai pendant au moins vingt minutes. C'était la première fois que je craquais depuis que j'étais arrivée, mais j'étais si désespérée à ce moment précis que j'avais envie de mourir. Tant d'efforts pour rien ! Je ne pourrais pas tenir mes engagements et Mac Andrew avait été clair : un retard de ma part équivalait à dénoncer nos accords.

Finalement, après avoir larmoyé, je me redressai en me disant que j'allais au moins me faire le plaisir, avant de déposer le bilan, de démasquer le coupable, de le prendre en flagrant délit.

Je retournai chez moi et je convoquai John et Eugène :

— Nous allons tourner avec les deux groupes, dis-je.

— C'est insuffisant, objecta Eugène. Nous parvenons à peine à la moitié de la puissance de la turbine avec le groupe de 60 KVA et celui de 40...

— Eh bien, nous louerons ou nous achèterons un troisième groupe. Le travail reprend aujourd'hui même. Recrutez des journaliers, John. Nous augmenterons le nombre de manœuvres en attendant que je trouve le troisième groupe. Et j'ai besoin d'une vingtaine d'hommes parmi les plus sûrs que nous ayons. Choisissez parmi les anciens.

John me regarda d'un air interrogateur.

— Je veux qu'il y ait des hommes qui fassent semblant de travailler mais qui en fait soient des espions. Je veux qu'ils regardent partout, qu'ils écoutent les conversations, qu'ils se cachent dans les fourrés. Bref, je veux que le coupable soit pris sur le fait.

La semaine qui suivit fut une semaine de folie. Je me fis prêter un groupe à Tamatave. Avec ses 40 KVA, il était loin de suffire à nos besoins. Tout ce qui pouvait être fait à la main l'était donc, et je mis en route trois équipes qui faisaient les trois huit.

J'espérais que mes espions allaient démasquer Alain Lourmel et me le ramèneraient tenant encore dans sa main l'arme du crime. J'imaginais ce que je lui dirais : « Alors, monsieur Lourmel, vous êtes bien moins arrogant aujourd'hui, dirait-on ! Sans doute avez-vous cette hache à la main pour vous couper un peu de bois de chauffage dans la forêt ? »

Mais les choses se passent rarement comme on les prévoit. Une dizaine de jours après l'affaire de la courroie, un camion de la SOGAL pénétra vers neuf heures du matin dans la cour de l'usine. En descendirent trois hommes. Deux d'entre eux tenaient fermement par les bras le dénommé Édouard Lamotte.

Celui qui était le chef du personnel de la SOGAL et que je connaissais de vue, s'avança et me tendit une enveloppe avec un gros paquet.

— De la part du patron, me dit-il.

J'ouvris l'enveloppe.

Madame,

J'ai horreur d'être accusé à tort. J'ai donc cherché et trouvé votre saboteur. Il s'agit d'Édouard Lamotte. Il a été pris sur le fait, ce matin, alors qu'il allait dynamiter votre pont à l'entrée de Berano. Il vous donnera lui-même son mobile. Dans la mesure où il s'agit de l'un de mes employés, je me sens en partie responsable. Je vous envoie donc une courroie neuve que j'avais en stock et que vous voudrez bien me rendre dès que vous aurez reçu celle que vous avez certainement dû commander. Je vous demande absolument d'éviter de venir me voir sous prétexte d'excuses ou de remerciements.

Je pense que ceci clôt nos relations.

Alain Lourmel

Je fis entrer Lamotte dans mon bureau.

— Pourquoi ? dis-je seulement.

Il haussa les épaules et regarda ses chaussures.

— Pourquoi ? répétai-je avec cette fois une menace dans la voix.

— Parce que je voulais racheter la SGB à bas prix.

— Même à bas prix, comment auriez-vous fait ?

— Si vous voulez dire que j'avais un trop mauvais salaire pour pouvoir faire des économies, c'est bien vrai. Mais j'ai eu un petit héritage de ma tante et puis mon beau-frère est directeur de banque à Tamatave depuis six mois. J'aurais eu un prêt grâce à lui.

— Croyez-vous que, si la SGB était à vendre, les Lourmel vous auraient laissé l'acheter ?

— D'après ce qu'on m'a dit, le vieux ne voulait pas que ce soit les Lourmel qui achètent et il avait laissé des instructions pour ça.

— « On » vous a bien renseigné à ce que je vois. Je voudrais savoir qui est ce « on ».

— Clément Raveloson.

— Je ne connais personne de ce nom.

— Si, vous le connaissez ! C'est le clerc qui vous a accompagnée la première fois que vous êtes venue à Berano. C'est un cousin de ma femme...

— Je comprends !

Je restai silencieuse un moment. Lamotte formula tout haut la question que je me posais en moi-même :

— Qu'est-ce que vous allez faire maintenant ?

— Croyez-vous vous en tirer avec une leçon de morale ? Je vais évidemment porter plainte et vous faire mettre sous les verrous quelque temps.

— Écoutez, j'ai eu tort, c'est vrai, mais si vous ne portez pas plainte, je pars aujourd'hui même avec ma femme et mes enfants, et je vais m'installer à Tana.

— Et sinon ?

— Sinon je purge ma peine qui ne devrait pas être très longue et je reviens ici.

— Et vous semez la zizanie par pure vengeance ?

— Je n'ai pas dit cela...

— Non, vous ne l'avez pas dit mais je vous ai entendu penser...

Il baissa la tête. Je réfléchis rapidement. Avec ses appuis et la possibilité qu'il ait encore un cousin ou un beau-frère magistrat, il risquait de ne pas passer beaucoup de temps en prison. Peut-être même bénéficierait-il d'un sursis. Autant éloigner ce personnage sans scrupules.

— Je vous donne quatre jours, pas un de plus, pour rassembler vos affaires et quitter la région. Que je ne vous aperçoive plus par ici, ni vous, ni votre femme.

L'affaire des sabotages était désormais élucidée. L'avenir de l'usine n'était plus en péril, du moins dans l'immédiat. Tout se terminait comme dans les films que j'affectionnais : le gentil – moi – était sauvé *in extremis*. Le méchant – Lamotte – était démasqué et puni. Cependant, ce jour-là, je n'éprouvai pas la moindre envie de fêter ces bonnes nouvelles, ni de me réjouir sincèrement. Je montrai à mes ouvriers une joie factice, faisant semblant d'être sur la même longueur d'ondes qu'eux.

À vrai dire, je brûlais de honte en me remémorant mon comportement vis-à-vis d'Alain Lourmel : mes accusations, mon irruption chez lui, mon manque de sang-froid.

Je ne pouvais même pas me débarrasser du poids de ma culpabilité en le suppliant de me pardonner. Pire que tout, il m'offrait la courroie sans me permettre de le remercier.

Je crus trouver la parade en lui écrivant. Je fis porter le message par l'un de mes ouvriers qui revint en m'assurant qu'il avait vu Alain Lourmel lui-même : ce dernier avait refusé de prendre la lettre sans le moindre commentaire.

Je baissai la tête et ravalai ma honte : il faudrait bien que je vive avec ce poids sur l'estomac. La vie venait de me donner une sacrée leçon, une de plus, et celle-là je n'étais pas prête de l'oublier. Pour un bon moment, j'étais guérie de mon impulsivité.

Chapitre 9

Aza midera vady mandihy,
fa ao ny sandriny milaza azy.
Ne vous extasiez pas sur votre femme
qui danse car ses bras qu'elle agite
montrent assez ce qu'elle sait faire.

Proverbe malgache

Après la découverte du saboteur, une certaine routine s'installa dans ma vie. Le travail était fait correctement. Il n'y eut pas de catastrophes majeures. Ma production était toujours identique car je manquais de moyens pour développer les infrastructures nécessaires à l'exploitation, mais au moins je parvenais sans trop de difficultés à honorer mes engagements. Mac Andrew était satisfait.

Je sentais aussi que le temps jouait pour moi dans les rapports que j'entretenais avec mes ouvriers : ils me connaissaient, prévoyaient mes réactions, s'étaient habitués à la blondeur de mes cheveux, à ma grande taille. Tout ce qui leur paraissait excentrique en moi s'expliquait facilement selon eux : j'étais une vazaha, inutile de chercher plus loin.

Ce qui m'éclaira complètement sur la façon dont les vazaha étaient perçus en brousse fut l'anecdote relative à Jo, que je relate dans une lettre à ma mère. Jo était un caneton que j'avais récupéré chez un ami à Tana alors qu'il venait tout juste de sortir de l'œuf. Je l'avais nourri, cajolé, fait dormir la nuit dans un carton rempli de chiffons et placé près de mon lit. En grandissant, il s'était attaché à mes pas au moins aussi fort que mon ombre. Lorsque je ne voulais pas qu'il me suive, j'étais obligée de l'enfermer. Les ouvriers prirent donc l'habitude, qui dura jusqu'à ce que Jo meure un jour vers l'âge de huit ans, de me voir aller et venir avec un canard sur les talons.

Berano, le 8 janvier

Ma chère maman,

Tout se passe très bien à la mine pour le moment. Je souffle un peu, les périodes comme celles-ci étant rares. [...]

Il faut que je te raconte une histoire édifiante relative à Jo. Avant-hier, Émilienne est venue comme d'habitude me donner mon cours de conversation malgache. Elle a pris une bonne inspiration, comme elle le fait chaque fois qu'elle veut me questionner sur un point précis, mais qu'elle craint de paraître indiscrète, et elle m'a lancé :

— Jo est un canard vazaha, n'est-ce pas ?

— Mais non, lui ai-je répondu, abasourdie. Il vient de Tana ! Pourquoi ?

— Il vous suit tout le temps et il comprend ce que vous lui dites, il est intelligent, alors nous avons pensé qu'il était vazaha.

— Nous ?

— Oui, les ouvriers et tout le monde ici. Enfin la majorité pense que Jo est un canard vazaha et les autres pensent que vous avez des dons de sorcellerie avec les animaux.

Je me suis demandée ce que je préférais être : une sorcière ou l'heureuse propriétaire d'un canard surdoué ?

J'ai tenté, mais en vain, de lui prouver qu'elle obtiendrait le même résultat en s'occupant de l'un de ses volatiles – elle possède des poules, des canards et des oies – mais elle a secoué la tête en me disant qu'elle connaissait bien ces animaux et qu'il était impossible de les comparer à Jo.

Cher Jo ! Il ne se doute pas qu'il est à ce point admiré. Moi non plus d'ailleurs, je ne pouvais pas l'imaginer.

Ces questions d'Émilienne me confirment ce que je pensais déjà : le vazaha bénéficie d'un extraordinaire a priori favorable, a priori qui m'a été bien utile.

Que je sois une femme avait posé un problème à Alain Lourmel (je t'ai raconté notre première entrevue !) mais apparemment, cela n'en a posé à aucun de mes employés. Car, avant d'être une femme, je suis une vazaha, c'est-à-dire un être d'une autre essence, imprévisible par nature, extraordinaire dans sa façon de voir les choses.

Il faut, du moins dans ces coins reculés, (car cela me parait bien moins vrai en ville), en faire beaucoup pour perdre son auréole. Même Alain Lourmel, qui boit souvent plus que de raison, et fait n'importe quoi dans ces moments-là, est obéi.

Cependant cette admiration béate pour le vazaha est assortie d'une grande peur. Le vazaha est puissant : le mécontenter peut avoir des conséquences terribles. Cette peur du vazaha est sans doute fortement liée à la colonisation, mais perpétuée par les gens eux-mêmes qui se servent de cette légende comme on se servait, au siècle dernier en France, du croque-mitaine pour calmer les enfants turbulents.

Les résultats dépassent tout ce qu'on peut imaginer. Les enfants me fuient comme la peste et les adultes – en dehors des ouvriers qui me connaissent – ne sont guère plus rassurés. On sent qu'ils prendraient volontiers leurs jambes à leur cou, comme leur progéniture, quand je les regarde.

Cette terreur pousse les uns et les autres au mensonge ou à l'embrouille. Lorsqu'une situation doit être éclaircie, je n'ai jamais vu pareils champions pour la rendre ténébreuse. De confuse qu'elle est au départ, elle devient tout simplement inextricable et absolument inénarrable à l'arrivée.

J'ai cru un bon moment avoir un problème de langue, mais à présent que je maîtrise à peu prés le malgache, je m'aperçois que le problème n'est pas là.

À cette peur du vazaha, détenteur de pouvoirs « surnaturels », s'ajoute la frayeur vis-à-vis du vazaha maître. Car ils ont été pendant longtemps les maîtres à double titre : en tant que représentants de la puissance coloniale, et en tant que patrons de telle ou telle exploitation. Il en reste des traces indélébiles, d'autant que la relation de l'esclave vis-à-vis du maître est bien connue, bien entretenue et d'autant que la plupart de ceux qui travaillent à l'usine sont d'origine servile. Depuis la nuit des temps, on a exigé d'eux obéissance et bassesse : ils ne peuvent imaginer d'autres rapports humains.

Pas plus tard que le mois dernier, j'ai surpris un ouvrier, qui s'appelle Ralbera, en train de dormir profondément, allongé sur un tas de graphite. Comme ce n'était pas la première fois que j'avais à m'en plaindre, j'ai décidé de le renvoyer. Quand je le lui ai annoncé, avant que j'aie eu le temps de faire un mouvement, il s'est jeté à mes pieds qu'il voulait embrasser. Je portais des tongs (appelées ici kapakapa). J'ai fait un effort désespéré pour me dégager. Les kapakapa sont restés à terre tandis que j'accomplissais un saut impressionnant en arrière. La scène devait être comique vue de l'extérieur : Ralbera persuadé que plus il me baiserait les pieds, plus il mériterait mon pardon et moi, horrifiée par son attitude, qui ne savais que répéter en reculant : « Arrêtez, mais arrêtez ! ».

Le lendemain j'ai réuni tous les ouvriers et fait un grand discours dans lequel je me suis évertuée à expliquer à tous qu'ils étaient des hommes, que j'attendais d'eux qu'ils aient la tête haute, que j'interdisais à quiconque de se prosterner ou d'embrasser mes pieds, quelle que soit la faute commise.

Surpris, ils se sont regardés puis ont hoché la tête lentement.

Depuis je n'ai plus eu de baise-pieds, mais bien entendu les attitudes serviles n'ont pas disparu d'un coup. Je dois te dire que je suis à peu près persuadée qu'ils pensent que mon discours est une nouvelle lubie de vazaha. À leurs yeux, les « maîtres » se succèdent, identiques mais avec des marottes différentes. La mienne est de refuser le baise-pieds. Ils m'obéiront, si cela doit me faire plaisir à ce point !

J'ai été révoltée par bien des attitudes à mon arrivée mais je dois reconnaître que certaines d'entre elles m'ont bien facilité la tâche.

S'il n'y avait pas eu cette admiration béate pour le vazaha, aurais-je pu commander à tous ces hommes alors que je ne savais rien du graphite ? Certes j'ai appris vite mais dans bien des pays on ne m'aurait pas même laissé faire une tentative.

[...]

Je t'embrasse

Hélène

La terreur qu'inspirait le vazaha se mesurait aussi à la grossièreté des mensonges débités, du moins était-ce la conclusion à laquelle j'en étais arrivée. Chaque jour quasiment, je fus en bute à ce problème : les machines tombaient en panne simplement parce que l'utilisateur les avait regardées ; le travail était mal fait alors que tout le processus avait été scrupuleusement respecté – un vrai mystère – ; le marteau avait disparu sans doute parce que c'était un méchant marteau qui avait voulu mettre les ouvriers qui l'utilisaient dans l'embarras alors qu'il avait bien été reposé à sa place habituelle ; quant au tournevis de la meilleure qualité qui soit, il était retrouvé avec le bout émoussé alors qu'on s'en était simplement servi pour dévisser deux vis à peine serrées…

Les mensonges les plus énormes étaient mon quotidien. Au début, je cherchais à les démasquer. J'y parvenais quelquefois, mais le plus souvent je m'y cassais les dents. Même lorsque je les avais percés, j'étais manifestement perdante car j'avais dépensé une telle énergie à la découverte de la vérité que j'avais dû bâcler des centaines de choses bien plus importantes dont il fallait que je m'occupe.

Je mis du temps à découvrir qu'il fallait refuser de s'embarquer dans la galère de la vérité. Je simplifiai les choses : une machine tombée en panne privait son utilisateur de sa prime, à lui de se débrouiller avec les puissances mystérieuses qui détraquaient ses instruments de travail ; une tâche mal faite devait être recommencée ; quant à chaque outil, il avait désormais un responsable qui veillait sur lui comme une mère veille sur son enfant.

J'essayais de penser à tout et de rendre inopérants tous les mensonges. Pourtant, il y avait toujours quelqu'un pour trouver la faille et s'y glisser avec délectation. Avec le temps néanmoins, j'appris à colmater les failles et je pus souffler davantage.

Je ne suis pas peu fière des réflexes dont je fis preuve face à la mauvaise foi de l'un de mes gardiens. Cette histoire-là se produisit deux ans environ après mon arrivée à Berano. J'avais engagé un gardien antandroy, c'est-à-dire originaire du sud de Madagascar. Les Antandroy* sont connus pour leur bravoure et leur dextérité à manier la sagaie.

Cet Antandroy se présenta donc un jour, sa sagaie à la main, impressionnant avec son air farouche et sûr de lui. Nous négociâmes son salaire et surtout les tâches qu'il aurait à accomplir. Il me prévint avec une fierté hautaine qu'il ne saurait faire autre chose que garder : couper l'herbe, balayer les feuilles mortes ou ranger les meubles de jardin était indigne d'un guerrier et il s'y refusait. Je réfléchis un moment et je me dis qu'après tout il fallait bien mettre un prix à la bravoure. J'acceptai ses conditions.

À peine une semaine plus tard, à l'occasion de l'une de mes visites nocturnes à l'usine, je cherchai l'Antandroy pour voir s'il faisait correctement son travail. Je l'appelai... pas de réponse. Je criai plus fort... toujours rien. Finalement, je trébuchai sur ce que je crus être une branche d'arbre et qui était en fait sa sagaie. Tout près, allongé dans l'herbe, le valeureux guerrier dormait profondément. Je m'apprêtais à le secouer, mais je m'arrêtai net en me souvenant de deux gardiens réveillés de cette manière qui m'avaient déjà soutenu, en me regardant dans les yeux d'un air indigné, qu'ils ne dormaient pas.

J'allai donc chercher tout le personnel qui travaillait de nuit. Je leur fis signe de me suivre. À deux mètres de l'Antandroy, je leur ordonnai de s'immobiliser. Tranquillement, j'enlevai au dormeur la couverture qu'il avait douillettement disposée sur lui et rabattue sur son visage de peur d'être dérangé. Il ne bougea pas d'un pouce. Je ramassai aussi sa sagaie sous les yeux goguenards et les rires silencieux des ouvriers. Puis nous nous retirâmes, le laissant poursuivre ses rêves.

Le lendemain matin, l'Antandroy demanda à me parler :

— Patronne, dit-il avec aplomb, cette nuit je suis allé aux toilettes et, en quelques minutes à peine, un voleur s'est emparé de ma couverture et de ma sagaie !

— Ce n'était pas un voleur, répliquai-je, c'était moi ! Vous dormiez si profondément que vous n'avez même pas bougé lorsque j'ai tiré la couverture. Inutile de vous dire que je n'ai plus besoin de vos services !

Et j'ouvris le placard dans lequel j'avais rangé la couverture et la sagaie que je lui rendis.

Il me fixa alors avec une indignation tellement bien jouée que je faillis applaudir et lui suggérer d'abandonner le métier de gardien pour se lancer dans celui d'acteur :

— C'est vous qui m'avez volé mes affaires pour pouvoir me renvoyer !

— Et pourquoi aurais-je fait cela ? demandai-je calmement et presque aimablement.

— Parce que vous ne m'aimez pas et vous cherchez comment vous débarrasser de moi.

Je ne répondis pas. J'appelai simplement John en lui disant d'aller me chercher immédiatement mes témoins de la nuit, lesquels à ma demande attendaient non loin. Ils entrèrent dans mon bureau.

— Voilà, fis-je à l'Antandroy qui me fixait toujours avec morgue, voilà quelques témoins qui peuvent attester que vous dormiez à poings fermés et qui m'ont vue vous prendre la couverture et la sagaie. Mais sans doute, direz-vous maintenant que j'ai payé tous ces gens pour qu'ils témoignent contre vous, simplement parce que je ne vous aime pas ?

Les yeux de l'Antandroy jetèrent quelques éclairs de haine et je me demandai un instant si j'avais été prudente de lui rendre si rapidement sa sagaie. Mais, après quelques secondes d'hésitation, sans un mot, il nous tourna le dos et partit.

Toutes ces années à Berano furent émaillées d'anecdotes exaspérantes sur mes rapports avec les ouvriers. Toutes celles qui me viennent à l'esprit racontent toujours la même histoire sous différentes formes : c'est le récit de la rencontre de deux mondes avec de tragiques incompréhensions et des quiproquos comiques.

Dans ce quotidien qui s'installait petit à petit, mais ne sombrait jamais dans la routine, Gilles tenait une grande place. Il venait me voir régulièrement à Berano et souvent nous nous rendions au bord de l'océan. Il n'était vraiment pas loin de là à vol d'oiseau, cependant en raison de l'état des routes, il fallait selon les saisons entre deux et trois heures pour s'y rendre. Pour la Méditerranéenne que je suis, la mer était importante et j'avais besoin de la voir, de m'y immerger, de la goûter. J'avais besoin du soleil sur ma peau.

L'océan indien, surtout sur la côte est de Madagascar, est bien différent de ma Méditerranée. Je craignais les gros rouleaux, je me méfiais des requins mais j'avais en contrepartie ce que la Méditerranée ne peut plus offrir depuis des années : des espaces vierges, des plages qui se perdent à l'horizon.

Chaque fois que j'arrivais dans ces coins-là, j'avais le sentiment que la terre venait d'être créée et que j'étais la première créature humaine à la contempler. Je me sentais microscopique au milieu de tant d'immensités : celle de la mer, celle de la plage et celle du ciel.

Quelquefois Gilles venait à Andevorante* avec Fred, l'un de ses amis pilote, dans un Cessna. Nous nous donnions rendez-vous sur la plage à une heure précise. J'arrivais à l'avance, je débarrassais la plage de tout ce qui pouvait constituer un danger : tronc d'arbre échoué, noix de coco, etc. et le petit avion se posait directement sur le sable.

J'ai vécu là-bas des moments simples mais inoubliables de beauté, de rire, de tendresse et de camaraderie. Quelquefois Fred emmenait des amis car il restait à l'arrière du Cessna deux places disponibles et nous organisions un pique-nique sur la plage.

Désormais lorsque je me rendais à Tana, je passais toutes mes nuits avec Gilles et j'étais toujours heureuse de le retrouver. Nous avions bâti une relation tendre et sereine.

Ce fut à Tana d'ailleurs que Gilles et moi nous croisâmes un jour Alain Lourmel. Bien entendu, Gilles avait su toute l'histoire des sabotages, mais je m'étais bien gardée de lui raconter comment j'avais accusé injustement Alain. J'avais trop honte de moi. Je m'étais contentée de lui dire que les relations avec mon voisin étaient distantes, ce qui n'avait pas eu l'air de l'étonner car la brouille entre les Lourmel et les Berthier était de notoriété publique. Puis les jours et les semaines s'étaient écoulés sans que nous ayons eu l'occasion de reparler de cela ou d'apercevoir Alain dans les environs de Berano.

On aurait dit que chacun d'entre nous savait où se trouvait l'autre et s'arrangeait pour ne jamais croiser sa route.

Cependant notre vigilance s'étant endormie, notre radar secret tomba en panne à Tana et, un jour que Gilles m'accompagnait chez Grondin et fils, je vis Alain Lourmel en train de choisir des clous. Nos trajectoires allaient forcément se croiser. Gilles, le plus naturellement du monde, continua son chemin tandis que je tournai les talons comme si j'avais oublié quelque chose et me précipitai fébrilement au rayon électricité. Bien entendu, Alain Lourmel m'avait déjà vue et savait que je le savais.

Je disparus derrière un présentoir perforé auquel étaient accrochés des pinceaux de toutes les tailles. Les petits trous me permirent de voir Gilles et Alain se saluer – je savais qu'ils se connaissaient – mais aussi à ma grande surprise de constater qu'ils entamaient une conversation qui avait l'air de dépasser les simples formules de courtoisie.

Un vendeur vint m'offrir son aide pour le choix d'un pinceau. Je le renvoyai sèchement en lui disant que j'hésitais encore et je regardai les deux hommes qui se racontaient Dieu sait quoi avec de grands gestes.

Ils se séparèrent enfin avec une bonne poignée de mains et une plaisanterie, car je les vis éclater de rire.

Quand nous fûmes dans la rue, je fis part de mon étonnement à Gilles.

— Je ne savais pas que tu connaissais si bien Alain.

— Je le connais à la fois bien et mal. Nos familles sont alliées mais nous ne nous sommes jamais beaucoup fréquentés : l'éloignement géographique et des préoccupations professionnelles très dissemblables en sont la raison. Une vision différente de ce pays, aussi. Pour reprendre les propos que tu m'as tenus un jour, il y a le zanatany des champs et le zanatany des villes.

Je ris :

— Comment vos familles sont elles alliées ?

— Eh bien, la sœur de Sarah...

— Sarah, c'est-à-dire la mère d'Alain ?

— Oui, il n'y a eu qu'une Sarah dans tout Madagascar, la belle et dangereuse Sarah ! Donc la sœur de Sarah a épousé le cousin germain de ma mère.

— Mais alors tu vas pouvoir me raconter ce qui s'est vraiment passé entre les Berthier et les Lourmel ! Quand je pense que nous nous connaissons depuis presque un an à présent et que tu ne m'as jamais rien dit...

— Tu ne m'as rien demandé.

— J'avoue que je n'y ai pas pensé mais toi, tu es incroyable. Quand je t'ai raconté mes problèmes avec les Lourmel, il ne t'est pas venu à l'idée de m'éclairer sur les relations entre les deux familles ?

— Non... D'une part ces histoires font partie du passé. D'autre part, je sais finalement peu de choses contrairement à ce que tu sembles croire. Enfin je risquais de mettre de l'huile sur le feu.

— Si tu ne me racontes pas tout immédiatement, tu t'en repentiras ! dis-je, l'air faussement féroce.

— Je crains le pire, répliqua-t-il en riant. Je vais donc tout te révéler, promis, juré ! Du moins ce qui est parvenu à mes oreilles. Allons chez *Blanche Neige* prendre une tasse de thé. Nous serons tout de même mieux qu'au milieu de la rue.

Nous nous installâmes à une petite table au fond du salon de thé et, une fois que nous fûmes servis et bien tranquilles, Gilles commença son récit.

— Comme tu le sais, ce sont de vieilles histoires qui ont eu lieu bien avant ma naissance. C'est grâce aux bribes glanées auprès de mes parents et de diverses autres personnes que je peux à peu près reconstituer l'affaire Lourmel-Berthier telle que je vais te la raconter. Disons plutôt les affaires d'ailleurs...

Sagement j'attendis la suite. Gilles avala une gorgée de café brûlant puis reprit son récit :

— D'après ce qu'on m'a dit, il est presque certain que le père d'Émile Berthier – j'ai oublié son nom...

— Charles.

— Ah oui, tu as raison. Il est donc pratiquement certain que Charles Berthier a escroqué Anatole Lourmel en lui rachetant à bas prix une parcelle de son terrain, alors qu'il connaissait pertinemment la valeur du sous-sol à cet endroit-là. Cette parcelle s'est avérée plus productive que toutes les terres que possédait Lourmel. Ensuite l'irrésistible Charles aurait séduit la femme d'Anatole, et Anatole serait mort de chagrin. Tu vois, en ce qui concerne les premiers Berthier et Lourmel, ma science ne va pas bien loin…

— Cette partie-là, je la connais, enfin, on me l'a déjà racontée. Ce que je cherche à savoir, c'est ce qui concerne Sarah Lourmel.

— Elle était magnifique. Mes parents ont pas mal de photos d'elle dans leur album familial. Il faudra que je te les montre : elle avait des cheveux blonds roux qui couvraient entièrement ses épaules lorsqu'elle les lâchait, des yeux noirs admirables dans un visage d'ange. Les mauvaises langues disaient que derrière cette mine angélique se cachait un vrai démon, qu'elle se moquait de tout et de tous. Elle n'en faisait qu'à sa tête et son sport favori était de rendre les hommes fous d'elle. À commencer par son mari. Il l'aimait passionnément, paraît-il. Tout ce qu'elle faisait était bien, tout ce qu'elle disait parfait.

Mais il n'était pas le seul à l'admirer. Émile Berthier est tombé amoureux au premier coup d'œil, dit-on. Pendant longtemps, elle ne l'a pas regardé. Après la naissance de son premier enfant, Gérard, elle a séduit le général Demazier, qui a failli se suicider lorsqu'elle a mis un terme à leur liaison, puis le patron d'une féculerie qui se trouvait à une vingtaine de kilomètres de Tanimainty, et enfin l'excentrique Andrianome dont tu as sûrement entendu parler.

— Non, de qui s'agissait-il ?

— De l'une des plus grosses fortunes de Madagascar, à l'époque. Un type charmant mais très original, absolument hors norme, d'une désinvolture incroyable, ne manquant pas une occasion de dire aux Français ce qu'il pensait d'eux...

— Elle avait bien choisi !

— Tu peux le dire. Les gens n'étaient pas certains qu'il y ait quelque chose entre eux mais le simple fait de les voir fréquemment ensemble suscitait le scandale. Andrianome possédait, parmi beaucoup d'autres affaires, une scierie non loin de Tanimainty et n'y avait jamais mis les pieds pendant des années. Lorsqu'il fit la connaissance de Sarah, il passa désormais presque tout son temps dans sa scierie. Un jour, il lui offrit un magnifique cheval. Ils partaient se promener seuls tous les deux. Les langues allaient bon train : imagine, une vazaha et un Malgache dans la forêt, à cheval, à cette époque-là !

— Et le mari, pendant ce temps ?

— Il travaillait, je suppose...

— Il n'était pas jaloux ?

— Comme je te l'ai dit, elle l'avait totalement subjugué. Il croyait tout ce qu'elle lui disait et lui faisait une confiance absolue. Bref, quand elle a eu brûlé le cœur de tous les mâles acceptables de la région, elle s'est tournée vers ce pauvre Émile. Je suppose qu'il y avait aussi l'attrait du fruit défendu. Les deux familles se saluaient à peine. L'affaire Charles était encore très fraîche et les Lourmel ne l'avaient toujours pas digérée, d'autant que depuis, la société des Berthier rapportait bien davantage que celle des Lourmel.

Je ne sais pas comment Sarah s'y prit, cependant elle réussit à persuader son mari, Laurent, qu'il fallait oublier le passé. Laurent accepta d'adresser la parole à Émile. Cela n'allait jamais au-delà de quelques mots, mais c'était déjà énorme qu'elle ait pu parvenir à ce résultat.

Donc un beau matin – c'est moi qui suppose que cela s'est passé ainsi – Sarah a décidé qu'Émile lui plaisait : un regard, un sourire et lui, qui était déjà très attiré par elle, devint absolument fou. Pour te montrer jusqu'où alla sa folie, il lui offrit une émeraude montée en bague qui valait une fortune et se transmettait dans la famille Berthier depuis plusieurs générations.

— Mais comment réagissaient le mari de Sarah et la femme d'Émile ?

— Émile n'était pas marié à ce moment-là. Quant à Laurent Lourmel, il ne se doutait absolument pas des infidélités de sa femme. Il fut bien obligé de les apprendre au moment de la rébellion.

Gilles termina sa tasse de café, en commanda une autre et éclata de rire :

— Si tu te voyais ! Jamais personne n'a été suspendu à mes lèvres de la sorte...

— Je vis à Berano ! Ces gens dont tu me parles sont des fantômes qui hantent les endroits que je fréquente quotidiennement. J'ai tellement envie d'en savoir plus sur eux ! Je n'osais pas interroger mon personnel et à Tana les gens que je connais ignorent tout de cette histoire, sauf le notaire qui n'a rien voulu dire. Allez, ne me fais pas languir, s'il te plaît, continue !

— Je parlais donc de la rébellion qui a éclaté en 1947 et a été particulièrement violente dans cette région. Je suppose que tu le sais.

— Oui, je sais que les Malgaches ont réclamé leur indépendance, se sont soulevés et que les Français ont réprimé sauvagement cette révolte. Mais c'est à peu près tout...

— En mars 1947, Laurent Lourmel quitta Tanimainty pour quelques jours, croyait-il. Il avait décidé de montrer son fils Gérard, qui avait quatre ou cinq ans, à un spécialiste à Tana car le petit avait souvent mal au ventre. Il avait emmené avec lui la neneny de l'enfant. Sarah avait décrété qu'il n'était pas utile qu'elle vienne, qu'elle n'aimait pas Tana et qu'elle ne se sentait pas en état de faire la route. Évidemment, elle avait envie d'être seule et de profiter d'Émile. Des bruits inquiétants circulaient concernant un complot, un soulèvement. Laurent n'était pas tranquille, mais il eut beau insister, Sarah lui dit de partir et de ne pas se faire de souci pour elle.

Le lendemain, un samedi, elle alla à l'usine qu'elle trouva déserte. C'était étrange car d'habitude il y avait au moins deux ou trois ouvriers qui assuraient une permanence. Elle appela les gardiens : personne. Elle appela le cuisinier, la bonne : toujours personne. Elle comprit que quelque chose de grave se passait, courut aux écuries, ne prit même pas le temps de seller son cheval. Elle lui passa rapidement les rênes, jeta une couverture sur son dos et galopa jusqu'à Berano où Émile, comme les autres colons de la région, était en train de faire la même découverte étonnante : tout le monde s'était volatilisé. Il savait seulement que le sang avait coulé à Moramanga par un message qu'il venait de trouver sous sa porte, écrit d'une main malhabile – émanant probablement d'un ouvrier qui l'aimait bien – disant « Sauve-toi vite, patron, on va venir te tuer. Il y a déjà beaucoup de morts à Moramanga ».

Du temps de sa liaison avec Andrianome, Sarah avait fait aménager dans un arbre de la forêt, une petite cabane où se retrouvaient les amants. Elle proposa à Émile qu'ils aillent s'y réfugier. « La forêt est loin d'être une cache sûre, objecta Émile, mais au moins si nous sommes attaqués nous pourrons nous défendre du haut de ton perchoir. Tiens, prends ça. » et il tendit à Sarah un revolver, tandis que lui s'emparait de son fusil de chasse. Ils partirent à cheval avec quelques provisions rassemblées à la hâte. Puis, arrivés près de l'arbre, ils renvoyèrent les chevaux qui auraient pu les trahir d'une tape vigoureuse...

J'éclatai de rire :

— On croirait que tu as assisté à la scène !

— Presque ! Sarah a plus tard raconté très exactement à ma mère ce qu'elle avait vécu ce jour-là. C'était longtemps après, et elle n'avait plus rien à cacher puisque aussi bien tout le monde a su… Et ma mère m'a tant de fois répété ce récit que j'ai parfois le sentiment que c'est de Sarah elle-même que je le tiens !

— Pardon de t'avoir interrompu, continue !

— Ils se sont donc cachés dans l'arbre. J'ignore combien de temps ils sont restés dans la forêt. N'ayant aucun contact, ils ne savaient pas ce qui s'était ou non passé, ni comment les choses avaient tourné pour les uns et les autres. De son côté Laurent était persuadé que Sarah était morte, qu'elle avait été violée puis égorgée et que son corps gisait quelque part dans la forêt. Quant à Émile on ne le cherchait même pas car sa maison avait été incendiée et on pensait qu'il avait brûlé avec.

Mais Sarah et Émile ne pouvaient pas rester indéfiniment dans leur cabane. Ils ne savaient que décider lorsqu'ils furent surpris par un gamin de douze à treize ans qui ramassait du miel. Émile lui offrit de l'argent en échange de son silence et de son aide. Le gamin refusa et répliqua que son miel lui rapportait largement de quoi vivre, qu'il n'avait pas besoin de cadeau pour les aider s'il pouvait.

— Merci d'être si gentil avec nous, dit Émile en malgache.

— Je suis gentil avec toi, rétorqua le gamin, pas avec elle.

— Je t'ai fait quelque chose ? interrogea Sarah.

Le gamin ne la regarda même pas. Il se tourna vers Émile :

— Il y a quelques mois, mon petit frère s'est fait mal à la jambe. Tu te promenais dans la forêt et quand tu as vu qu'il boitait, tu l'as fait monter sur ton cheval et tu l'as déposé devant notre maison et, elle, dit-il en désignant du menton Sarah, elle s'est plainte en disant qu'il pouvait bien rentrer à pied et que vous n'auriez plus le temps d'aller à la cascade à présent. Mon frère et moi nous ne parlons pas le français mais nous le comprenons.

Émile s'approcha du gamin et lui mit la main sur l'épaule :

— Elle ne savait pas que ton frère avait si mal, tu ne dois pas lui en vouloir. Mais, dis-moi, que se passe-t-il dans la région ? Y a-t-il encore des combats ? Est-il dangereux de nous montrer ?

— Je ne sais rien sauf que c'est dangereux pour tout le monde et partout. Il y a eu beaucoup de morts. Les Français ont tué plein de gens.

Ils ne purent en savoir davantage.

— Nous voulons regagner Tana ; as-tu une idée ? questionna Émile.

— Oui, répondit-il, j'en ai une. Il n'y a plus de train de voyageurs mais en revanche le train de marchandises qui passe tous les soirs vers dix-neuf heures a été maintenu et c'est mon père qui le conduit. Si je le lui demande, il ralentira exactement là où je le lui dirai et il laissera ouvert le wagon transportant le charbon. Vous grimperez et vous vous cacherez dedans. Mon père ne me posera même pas de questions : j'ai souvent des copains qui veulent aller faire un tour dans la capitale et on fait comme ça. Mais si tu veux un conseil, n'amène pas cette femme avec toi, elle ne te portera pas chance, ajouta-t-il en regardant Sarah avec rancune.

Émile sourit et répliqua que le mari de Sarah la lui avait confiée et qu'il ne pouvait pas l'abandonner...

C'est ainsi que Sarah et Émile resurgirent un beau jour à Tana, sales et affamés. Ils ne savaient pas que la révolte avait été matée en quarante-huit heures et étaient restés enfermés dans leur wagon de marchandises jusqu'à l'arrivée dans la capitale. Pendant le trajet, Émile avait essayé de persuader Sarah de venir vivre avec lui, mais elle avait refusé : « Je n'abandonnerai pas mon fils » avait-elle assuré.

À cette époque-là, commenta Gilles, tu le sais bien, la femme adultère n'avait aucun droit. Sarah, si elle avait voulu suivre Émile, aurait dû renoncer à son fils Gérard. Émile comprit son refus et ils mirent au point le récit qu'ils devraient faire à Laurent d'abord, à la ville entière ensuite. Ils décidèrent de raconter, ce qui était en grande partie vrai, que Sarah avait pris peur lorsqu'elle avait appris le soulèvement de Moramanga, qu'elle était allée demander de l'aide à son plus proche voisin et qu'ils avaient fui dans la forêt.

Laurent regarda Émile d'un œil soupçonneux. Tout ce temps passé en tête à tête avec sa très jolie femme dans la forêt ne lui disait rien qui vaille. Puis il s'en voulut certainement d'avoir eu des pensées si mesquines. Émile avait sauvé sa femme. Il fit taire ses soupçons et le remercia chaleureusement. Beaucoup de ceux qui connaissaient Sarah et son tempérament volcanique rirent sous cape, mais les apparences étaient sauves.

Malheureusement pour Sarah et Émile, peu de temps après, Andrianome fut arrêté par les Français et traduit devant un tribunal militaire. On l'accusait d'être l'un des chefs de la rébellion et d'avoir fait assassiner plusieurs Français qui vivaient non loin de sa scierie.

Andrianome ne nia pas sa participation à la rébellion. Il aurait eu du mal à le faire : on avait perquisitionné chez lui et trouvé des tracts. Il haussa les épaules :

— Tous ceux qui me connaissent savent ce que je pense de la présence française à Madagascar. Je ne me suis jamais gêné pour critiquer la colonisation. Et quand j'ai eu l'occasion d'aider mes compatriotes dans leur lutte, je n'ai pas hésité. Cependant, je ne suis pas un chef, cela ne correspond pas à mon caractère, et je ne suis pas non plus un meurtrier. Vous m'accusez des assassinats qui ont eu lieu dans la région et je vous réponds qu'au contraire, j'ai pu en empêcher deux.

Le juge demanda alors des précisions et Andrianome, très à l'aise, très désinvolte et très sûr de lui, les donna.

— Voyez-vous, je savais qu'un soulèvement allait avoir lieu de façon imminente mais je ne savais pas exactement quand. Dès que le sang a coulé à Moramanga, on est venu me prévenir. Les gens étaient excités comme c'est toujours le cas lorsqu'il y a des émeutes. J'ai vu des groupes partir en hurlant : « J'aurai leur peau ! ». Je ne savais même pas de qui ils parlaient et il m'était impossible de contenir cette foule désordonnée et hurlante. Je n'ai même pas essayé. Ces pauvres gens étaient au comble de l'exaspération : voilà plus de cinquante ans qu'ils supportent la présence de maîtres étrangers sur leur sol. Puis j'ai entendu quelqu'un s'exclamer : « Il faut aller du côté de Tanimainty et Berano ! Qui m'accompagne ? ». Alors j'ai crié : « Qui va à Tanimainty ? ». Quelques-uns se sont approchés et je leur ai dit : « Je vous supplie de ne pas toucher aux Lourmel. Prenez leurs biens, démolissez leur usine si vous voulez, mais n'attentez pas à leur vie, ils me sont chers ! ». Ils m'ont obéi.

Le juge s'étonna :

— Pourquoi vouliez-vous qu'ils soient épargnés de préférence à tous les autres que vous connaissiez, car vous connaissez tout le monde dans la région, n'est-ce pas ?

— Parce que j'ai aimé madame Lourmel et qu'elle m'a aimé, répondit tranquillement

Andrianome. Et j'ai toujours beaucoup d'affection pour elle.

Il parait qu'il y a eu un joli tumulte parmi les officiers présents. Andrianome savait qu'il n'avait plus rien à perdre. La présence de tracts chez lui était bien suffisante pour le faire condamner à mort. Qu'il eût sauvé deux Français ne changeait rien à l'affaire. Il s'offrit donc le luxe de se moquer de tout le monde et de dire ce qu'il avait sur le cœur.

— Et qui d'autre avez-vous encore sauvé, monsieur Andrianome ? demanda le juge d'un ton sarcastique. Vous nous avez bien dit deux personnes ?

— J'ai sauvé également l'amant de Sarah Lourmel, monsieur Émile Berthier.

Le vacarme dans la salle d'audience était devenu indescriptible. La plupart des officiers français présents étaient rouges de colère et ne voulaient pas croire Andrianome. Pourtant, il suffisait de le regarder, avec son air calme et ironique, et de l'entendre pour comprendre qu'il disait la vérité.

— Dois-je continuer, mon colonel ? s'enquit Andrianome en s'adressant à l'officier qui menait la séance.

Le colonel en question ne put que hocher la tête affirmativement.

Andrianome reprit son récit :

— Émile Berthier a eu la vie sauve parce qu'il se trouvait avec Sarah. Ils étaient allés se réfugier dans une cabane en forêt, une cabane que je connais bien d'ailleurs, dit-il d'un air entendu qui révélait, plus qu'un long discours, comment il la connaissait. Ils avaient été repérés immédiatement. Cette forêt n'est grande que pour les étrangers. Les gens de la région en connaissent chaque arbre, chaque orchidée, chaque cachette possible, chaque ruisseau. Ils avaient vu Sarah telle que je l'avais décrite, avec ses longs cheveux blonds roux dans les bras d'un homme qu'ils ont cru être son mari. Ainsi que je les en avais priés, ils ne leur ont pas fait de mal. En réalité, ils ne se sont même pas montrés. Je suis certain que Sarah Lourmel et Émile Berthier ignorent aujourd'hui encore qu'on les observait et qu'ils me doivent la vie.

— Andrianome a été gracié, n'est-ce pas ? demandai-je d'un ton suppliant à Gilles.

— Je suis désolé de te décevoir mais il a été fusillé quelques jours plus tard. On dit que la belle Sarah, pourtant montrée du doigt par toute la ville, traitée comme une pestiférée parce qu'elle avait couché avec un Malgache, et un rebelle en outre, a essayé d'obtenir sa grâce, en vain.

Je soupirai :

— Et comment Laurent Lourmel a-t-il réagi ?

— Très mal ! Il voulait la tuer de ses mains... Puis il s'est calmé et a demandé le divorce, mais la procédure n'a jamais abouti. Sarah savait s'y prendre avec les hommes. Elle l'a à nouveau ligoté dans ses filets et quelques mois plus tard, il parait qu'il était plus amoureux que jamais et avait tout pardonné. Bien évidemment, la haine entre Lourmel et Berthier était repartie de plus belle. Pour clore définitivement leur brouille, Sarah fit un deuxième enfant à Laurent. Il s'agit d'Alain. Elle est morte un an plus tard. Depuis la naissance de son deuxième enfant, elle avait des problèmes de santé. Elle accepta de se faire opérer. Elle ne se réveilla jamais.

— Eh bien, quel mauvais roman ! Ces Lourmel n'avaient pas de chance avec leurs épouses et les Berthier n'étaient pas étouffés par les principes !

— Oh, tu sais, on recrute ses amants ou ses maîtresses dans le milieu que l'on fréquente. Les relations des Lourmel et des Berthier à cette époque-là n'étaient pas très variées : deux ou trois dirigeants de féculerie, l'administrateur de la province, trois ou quatre officiers de gendarmerie... J'imagine que les dames Lourmel, jeunes et belles, devaient s'ennuyer considérablement. Quant aux mâles Berthier, ils étaient certainement repus de petites paysannes locales et rêvaient à la fois de peau blanche et de conversations avec une femme de leur milieu. Je ne veux pas être bêtement solidaire de la gent masculine mais les Berthier ont des circonstances atténuantes. Et quand tu auras vu des photos de Sarah tu comprendras mieux !

Ce que je comprenais mieux, c'était la haine qui s'était installée entre les deux familles et avait gagné la région entière, n'épargnant personne. On était pro Lourmel ou pro Berthier. Pas question d'être neutre.

Beaucoup d'ouvriers ne connaissaient que quelques bribes de l'histoire de Sarah et d'Émile. Certains n'en savaient absolument rien. Et bien entendu, la plupart n'avaient jamais entendu parler de Charles et d'Éléonore. Mais tous, dès la naissance, savaient à quel clan ils appartenaient. Les enfants des ouvriers des Berthier ne jouaient pas avec ceux des ouvriers des Lourmel et réciproquement. Quelques mariages avaient lieu entre filles et garçons des deux clans, mais ces Roméo et Juliette devaient s'attendre à des oppositions familiales et à des marques de réprobation sociale. Il y avait aussi ceux qui, parmi les ouvriers, trouvaient dans la brouille entre les vazaha un excellent moyen de se mettre en valeur : « Vous savez, chez les autres là-bas, on m'a proposé un très bon poste, payé presque le double d'ici... Mais vous me connaissez : j'ai refusé, bien sûr ». D'autres, renvoyés parce qu'ils avaient commis une faute grave, se réjouissaient du manque de communication entre les deux sociétés et allaient proposer leurs services au concurrent en feignant d'être mécontents de leur employeur actuel.

Quatre ou cinq ans après mon arrivée, et donc après le décès d'Émile Berthier, les tensions commençaient à peine à se relâcher. Mais je sentais qu'un rien pouvait faire redémarrer l'incendie.

Chapitre 10

Ny nambolena tsy naniry,
ny nasosoka maty maso.
Ce qu'on avait planté n'a pas poussé,
ce qu'on a repiqué a séché.

Proverbe malgache

Pendant un bon moment, la survie de l'usine fut ma préoccupation principale. J'avais un millier de choses à apprendre et autant de problèmes à résoudre. Je ne songeais qu'à maintenir la tête hors de l'eau. Il me fallut être à peu près certaine d'avoir évité la noyade, c'est-à-dire pratiquement deux ans après mon arrivée à Berano, pour regarder autour de moi.

Ce qui m'affola sans doute le plus, c'est d'avoir pu ignorer si longtemps ce que je voyais. Je compris alors que la bonté – la mienne en tous les cas – était un luxe que je n'avais pas pu m'offrir jusque-là.

Je me souviens bien du moment précis où mon regard se posa véritablement sur les gens.

C'était un matin gris et pluvieux. Il ne faisait pas froid – à peine un peu frais au plus fort de l'hiver – mais l'humidité pénétrait jusqu'au cœur des os.

Les ouvriers étaient rassemblés pour l'appel dans la cour. Je ne sais pourquoi ce jour-là particulièrement, j'avais le cœur serré alors que j'assistais tous les matins à la distribution des tâches.

Immobiles sous la pluie fine, les ouvriers semblaient sortis tout droit d'une photographie ancienne à cause des couleurs dans lesquelles ils baignaient : le ciel était gris, l'usine en arrière-plan avait la couleur du graphite ainsi que la terre saupoudrée régulièrement par les camions qui déchargeaient le débourbé. Les ouvriers eux-mêmes étaient couleur sépia.

Presque tous étaient pieds nus, exceptés trois ou quatre d'entre eux chaussés de bottes noires en caoutchouc que la société leur remettait au moment de l'embauche et renouvelait de temps à autre. Presque tous portaient par dessus leurs longues chemises généralement à carreaux qui s'arrêtaient au-dessus du genou, de grands sacs noirs en polyéthylène qui avaient été percés pour laisser passer la tête et les bras. Ces sacs, qui servent en France de sac poubelle, étaient utilisés chez nous comme doublure des sacs en polypropylène tressé, dont la trame n'était pas assez serrée et auraient sans cela laissé perdre une grande quantité de minerai. Il y en avait donc à profusion dans l'usine et rares étaient les ouvriers qui portaient l'imperméable transparent, avec capuche, fourni par la société.

Un autre matin, j'aurais fulminé sur la perte – ou la vente – des bottes et des imperméables distribués à chacun, mais ce jour-là je n'y songeais même pas. Je ne voyais que ces pieds nus dans la boue teintée de noir par le graphite. Je ne voyais que ces bras couleur de café, que la pluie faisait briller, et que ces cheveux crépus sur lesquels se déposaient des gouttelettes rondes comme de petites billes de cristal de roche qui subsistaient un bon moment avant d'être absorbées. Certains portaient un petit chapeau de paille tout rond sans bord, protection dérisoire contre les intempéries.

Tous fouillaient régulièrement dans leurs poches et en sortaient de petits scarabées vivants, couleur bronze qu'ils avaient ramassés sur des buissons le long du chemin. Ils leur arrachaient prestement les ailes et les pattes et les croquaient.

Je m'étais aperçue de cela en arrivant à Berano, non pas en observant les ouvriers, mais en voyant à terre au même endroit chaque jour des ailes et des pattes. Naïvement j'avais demandé quel était cet insecte qui muait. Lorsque j'avais compris de quoi il s'agissait, je n'avais éprouvé que répulsion à l'égard des mangeurs d'insectes. Cependant, je voyais les choses autrement en ce gris matin d'août. Ces scarabées étaient presque l'unique source de protéines de ces hommes. De quel droit, moi, l'enfant gâtée qui mangeait de tout à volonté, me permettais-je de froncer le nez avec mépris et dégoût ?

Au fur et à mesure que les tâches étaient distribuées, les hommes allaient chercher un petit panier cylindrique en raphia qu'ils avaient la plupart du temps déposé sur un petit muret en arrivant. Ils enfilaient l'anse du panier sur un long bâton qu'ils posaient sur leur épaule puis s'éloignaient, suivis presque toujours par un minuscule chien à poil ras. Ce petit panier contenait leur repas de midi.

Je pensai une fois de plus à *Germinal* et je me vis dans la peau de l'un de ces affreux capitalistes qui voulait payer le boisage des mines à part pour gagner trois sous sur le dos des travailleurs… Je rentrai donc à la maison bourrelée de remords et débordante de bonnes intentions. C'est sans doute ce jour-là ou peu après que j'écrivis ces lignes à ma mère :

Berano, le 15 juin

Maman,

L'usine tourne à présent correctement et l'argent commence à rentrer. La réfection du four et la réparation du plus vieux bulldozer sont payées et, à moins de catastrophes inattendues, nous aurons une assez bonne année sur le plan financier.

J'ai donc décidé de m'occuper d'améliorer les conditions de vie des ouvriers : ils ont besoin de nouveaux logements, de toilettes, de douches. Je n'ai que trop attendu.

J'ai aussi le projet de faire agrandir l'infirmerie, de commander des médicaments, d'acheter des vêtements en gros, de les distribuer. Il faudrait également que je fasse venir des gens qui donneraient des conférences sur les règles de base de l'hygiène. [...]

Je t'embrasse. À bientôt. J'ai hâte que tu arrives.

Hélène

Je rêvais tout haut. Je me voyais déjà en patron modèle, bénie par une foule d'ouvriers propres et bien portants. Ils se tenaient sur le seuil de leurs coquettes petites maisons, me saluant lorsque je passais avec une expression touchante de reconnaissance dans les yeux, une vraie image d'Épinal !

La réalité fut bien différente et, selon les jours, je souris ou je m'attriste encore de tous mes déboires.

Gilles, aussi bien que Fidy, m'avaient pourtant mis en garde contre mes rêves de réformes sociales, mais je n'avais pas voulu les entendre. Il y avait à peu prés deux ans que j'étais à Berano et l'affaire tournait. Je n'étais toujours pas bien riche car je réinvestissais pratiquement tous mes bénéfices, mais je considérais que j'avais réussi mon défi.

C'était en partie vrai seulement : j'oubliais que j'avais bénéficié de circonstances économiques favorables qui m'avaient bien aidée – le graphite de Madagascar se vendait bien – et d'un facteur chance – l'offre de la RIVAX. Je me mis à faire la roue comme un paon et à me féliciter intérieurement de mes dispositions de chef d'entreprise. Je crus qu'il me suffirait désormais de vouloir quelque chose pour l'obtenir.

Je ris presque au nez de Fidy qui me conseilla d'avancer à tous petits pas si je voulais m'attaquer aux coutumes ancestrales, et je haussai les épaules lorsque Gilles me raconta ses déboires avec ses ouvriers de Tana.

Je m'attaquai d'abord aux logements. Ils étaient vétustes et en nombre insuffisant. Beaucoup de ceux construits par le grand père Berthier avaient disparu lors de cyclones, et Émile ne s'était pas préoccupé de les remplacer. Je dessinai donc, aidée par John et Eugène, trois plans types de maisons très simples, plus ou moins spacieuses en fonction du nombre d'enfants de la famille. J'étais très fière de moi.

Les travaux avancèrent vite. Je convoquai donc John pour savoir qui habiterait ces maisons. Allions-nous reloger en priorité les ouvriers les plus anciens ? Il me semblait que c'était le plus logique. Mais John me fit remarquer que certains ouvriers se moquaient éperdument de l'endroit dans lequel ils vivaient tandis que d'autres, au contraire, prenaient soin de leur maison. Je fis donc un discours dans lequel je déclarai que les premiers logements terminés seraient attribués aux ouvriers les plus anciens, mais que je ferais une visite de contrôle un an plus tard. Si ces maisons étaient sales et délabrées, les occupants regagneraient leurs anciennes habitations et un essai serait refait avec une autre famille, etc.

J'étais très satisfaite de mon idée pleine de bon sens et justice. Je m'apprêtais à m'envoyer quelques fleurs, quand je réalisai un jour que les nouvelles maisons étaient toujours inoccupées. J'appelai John.

— Dites-moi, les nouveaux logements sont-ils totalement achevés ?

— Oui, patronne.

— Y compris les peintures intérieures ?

— Oui, patronne.

— Alors, pourquoi sont-ils vides ?

John baissa la tête. Je m'impatientai :

— Où est le problème ?

John se gratta la tête loin en arrière, signe d'un embarras total. Il finit par cracher le morceau :

— C'est à cause de votre discours, patronne...

— Eh bien quoi, mon discours ?

— Vous avez dit que les ouvriers qui logeraient là devaient être propres...

— Oui, je l'ai dit !

— Euh... Alors personne ne veut habiter les nouvelles petites maisons. Ils ont peur de les salir et que vous les grondiez !

Malgré ce premier échec cuisant de mes bonnes intentions, je m'entêtai et je décidai cette fois de m'attaquer à un redoutable problème : celui des toilettes. Les Betsimisaraka, comme plusieurs autres peuples de Madagascar, creusent un trou dans la terre lorsqu'ils font leurs besoins, puis le rebouchent. Bien entendu, on ne partage pas son trou avec quelqu'un d'autre, c'est *fady**, c'est-à-dire tabou.

Quand j'avais fait construire les petites maisons, John m'avait bien prévenue qu'il était inutile de prévoir des W.-C. communs à proximité. Néanmoins, devant la recrudescence des maladies diarrhéiques, je décidai de m'attaquer au problème. Je fis venir de Tana une petite équipe médicale d'infirmiers et de médecins très sympathiques qui, munis d'une petite télé, d'une vidéo, de craies de couleurs, montrèrent aux ouvriers et à leurs familles comment les maladies se propageaient et comment les excréments, lorsqu'il pleuvait, allaient rejoindre la rivière. C'est là qu'était installée la pompe fournissant l'eau potable, qui de ce fait, ne l'était plus.

Les analyses de l'institut Pasteur furent décryptées de telle façon que même un enfant de quatre ans aurait compris ce qu'elles révélaient. Pour frapper encore davantage leur auditoire, les infirmiers imbibèrent le sol à différents endroits avec de l'eau teintée de rouge. Quelques heures plus tard, des nuages écarlates s'épanouissaient dans la rivière, preuve irréfutable du cheminement de l'eau. Des exclamations enthousiastes accueillirent le phénomène ainsi que des rires : ces gens de Tana décidément étaient forts et bien savants !

Ils répétèrent plusieurs fois l'expérience, recommencèrent leurs conférences à l'intention aussi bien des enfants que des adultes. Je demandai aux uns et aux autres :

— Avez-vous bien compris ce qu'ils racontent ? Est-ce clair ?

— Oui, répondirent-ils d'un air pénétré. C'est très clair, nous comprenons bien.

— Pensez-vous que tout le monde ait saisi l'importance de vos discours et de vos expériences ? demandai-je également aux conférenciers.

— Ils ont posé les bonnes questions et ont écouté attentivement, affirmèrent ces derniers.

Cette fois j'avais fait entrer la région entière dans l'ère du progrès, je n'en doutais pas un seul instant. Et je voyais les habitants de Berano parlant avec les habitants de la campagne avoisinante, leur faisant part de leurs connaissances. Dans ma bêtise et ma prétention, c'est tout juste si je ne voyais pas tout l'est de Madagascar révolutionné par mes initiatives.

Je fis donc procéder à la construction de plusieurs W.-C. à la turque un peu à l'écart des maisons. Ils étaient par groupe de quatre et de l'extérieur avaient l'allure de petites cases traditionnelles.

Dans mon élan réformateur, je fis également construire, cette fois à proximité des habitations, des douches équipées d'eau chaude, en utilisant une partie de la chaleur dégagée par le four rotatif grâce à un ingénieux système de tuyaux. Là encore, j'étais assez fière de mes idées et je roucoulais.

Mais les roucoulades ne durèrent pas longtemps. Bien qu'ayant eu l'extrême prudence de ne pas parler de propreté, les lieux restèrent immaculés... pour la simple raison que personne ne voulut les utiliser. Je tentai d'en connaître les raisons :

— Oui, oui, on a bien compris pour les maladies, mais quand même on ne peut pas utiliser ces petites cases : c'est pour les vazaha.

— Mais pourquoi ne pouvez-vous pas le faire ? Pensez-vous que les ancêtres vont être mécontents ? Croyez-vous que cela vous portera malheur ?

— Non, non, pas du tout, répondirent-ils poliment. Mais nos parents, nos grands-parents et nos arrière-grands-parents n'ont jamais utilisé ces endroits que vous avez construits et nous n'en avons pas l'habitude.

« Nous n'en avons pas l'habitude ». Voilà qui mettait un point final à ma belle tentative.

— Et les douches ? La tradition s'oppose-t-elle à ce que vous les utilisiez ?

— Non, non ! Et quand nous serons sales nous serons bien contents de nous en servir. D'avance nous vous remercions chaleureusement, patronne.

Cependant, personne jamais ne fut sale et les douches comme les W.-C. n'eurent qu'une seule fonction : abriter les liaisons adultères qui dans le passé étaient moins fréquentes car les lieux clos où l'on pouvait être en tête-à-tête étaient extrêmement rares – la forêt avait des yeux et des oreilles ; quant aux maisons, elles abritaient toutes une nombreuse famille. Les maris ou les femmes trompés commencèrent donc à montrer du poing ces lieux de débauche. Un jaloux enferma même son épouse et l'amant de celle-ci en clouant solidement la porte de l'extérieur.

Un matin John me conseilla vivement de faire démolir ces installations pernicieuses. Ce qui fut accompli.

Ces anecdotes pourraient paraître amusantes par certains côtés mais elles n'étaient que tragiques. La méconnaissance des règles les plus élémentaires d'hygiène, le refus de les apprendre, étaient à l'origine de nombreux drames : des enfants mouraient stupidement ; les parents étaient effondrés mais ne changeaient rien à leur manière de vivre. « C'était son destin » disaient-ils en pleurs.

La rage m'étouffait dans ces moments-là. Ce n'était bien entendu que dans les cas désespérés qu'on faisait appel à la médecine vazaha. Souvent il était bien trop tard et du coup les gens étaient confortés dans l'idée que cette médecine n'était pas meilleure que les incantations du sorcier du coin.

Je décidai aussi de faire construire une salle d'accouchement à Berano. L'infirmerie était minuscule. On y accola donc une pièce toute simple avec un lit. Les femmes étaient censées venir y pondre leur bébé puis repartir après quelques heures de repos à peine. Une sage-femme les aiderait, laverait le bébé, vérifierait qu'elles étaient en bonne santé.

Les premiers temps je n'eus pas beaucoup d'adeptes mais, au fil des mois, le bouche à oreille fonctionnant parfaitement, les femmes, contentes des soins qui étaient prodigués tant à elles-mêmes qu'à leur enfant, vinrent de plus en plus nombreuses.

J'étais enchantée. C'était, en matière d'action sociale, la première fois que je n'essuyais pas un échec. Ma fierté n'avait pas de bornes. J'étais la bienfaitrice de la région et toutes les femmes avaient à présent compris les bienfaits de l'hygiène et l'intérêt d'accoucher sur des draps propres dans une pièce propre.

La salle d'accouchement était en activité depuis six mois environ, lorsque la femme d'un employé y arriva un matin pour mettre au monde son enfant. Au même moment je chargeais ma voiture pour partir à Tana. Je ne revins à Berano que la semaine suivante. J'appris alors que l'accouchement ne s'était pas très bien passé : la mère devait encore rester quelques jours alitée pour se remettre ; on ne lui avait pas permis de rentrer chez elle. J'approuvai hautement ces excellentes initiatives et je décidai d'aller rendre visite à la jeune femme et à son bébé.

En ouvrant la porte, l'odeur âcre du fatapera me sauta à la gorge. Les volets étaient mi-clos et la pièce baignait dans la pénombre. J'allumai donc le plafonnier : dans le lit, couverte de draps d'une propreté plus que douteuse, était allongée la femme qui venait d'accoucher ; dans ses bras le bébé ; par terre, enveloppés dans des couvertures dont ils étaient en train de s'extraire, un homme, certainement le mari, une femme, sans doute une sœur, une belle-sœur ou une cousine et un enfant de cinq ans environ. Chaque mètre carré de la petite chambre me paraissait occupé. C'était sans compter le dessous du lit qui laissait encore une belle place qu'il aurait été stupide de négliger. J'en vis sortir une adolescente d'environ quatorze à quinze ans. Tout ce petit monde me regardait avec des yeux ronds. Au milieu de la pièce un fatapera fumait. Une marmite de riz cuisait et l'eau qui soulevait de temps à autre le couvercle allait mourir sur les braises dans un soupir bien caractéristique. Des écuelles étaient posées çà et là à même le sol constellé de grains de riz. Les murs, qui dans un passé tout proche avaient été blancs, étaient à présent couverts d'une pellicule de suie, et des traces de mains noirâtres étaient imprimées partout.

Le mari, revenu de la surprise que lui avait causée mon arrivée, s'était levé et commençait à se répandre en remerciements.

D'un geste, je l'arrêtai et je laissai éclater ma colère. J'appelai en hurlant la sage-femme qui avait laissé faire et tout le monde dut subir mes éclats de voix et mon indignation. Quand j'eus fini, le mari tête baissée et très timidement dit : « Mais comment aurions-nous pu faire autrement puisqu'elle ne devait pas quitter ce lit ? ».

Muette, je tournai les talons.

L'infirmerie fut repeinte mais les femmes de Berano me punirent en n'y remettant plus les pieds pendant près de deux ans.

Cette série d'échecs plus cuisants les uns que les autres eut cependant une conséquence positive : celle de me rendre un peu d'humilité.

Mais pour abattre totalement l'orgueil qui me restait encore et bien me faire comprendre que rien en ce bas monde et spécialement à Madagascar n'était jamais acquis, survint quelques mois après toutes ces déconvenues, ma première confrontation avec un cyclone.

Cela arriva heureusement un week-end pendant lequel Gilles était venu me rejoindre et sa présence me fut précieuse pendant le cyclone mais surtout après, quand, face à l'étendue des dégâts je voulus tout abandonner. La très courte lettre que j'adressai à ma mère minimise beaucoup la catastrophe.

Berano, le 21 mars

Ma chère maman,

Je ne sais même pas si en France vous avez entendu parler du cyclone Honorine qui vient de nous frapper mais, si c'est le cas, j'espère que tu ne t'inquiètes pas trop.

En fait le cyclone n'est pas passé exactement au-dessus de Berano, nous n'avons dû subir que sa queue, et crois-moi c'était bien suffisant.

Nous avons, Gilles et moi, passé une nuit terrible à tenter de sauver tout ce qui pouvait l'être de l'inondation, car nous avons bien moins souffert du vent que de l'eau. La rivière est sortie de son lit et a envahi les hangars de stockage du graphite, les garages et même la maison.

Beaucoup de choses sont abîmées, mais on va reconstruire. Ne t'en fais pas. De pareilles catastrophes sont à prévoir, d'après Gilles, tous les dix ans. Espérons qu'à présent, je sois effectivement tranquille pour un bon moment...

Je t'embrasse.

Hélène

La relation que j'en fis à Sylvie diffère sensiblement.

Berano, le 22 mars

Bonjour Sylvie,

Je suis absolument effondrée. Un cyclone nommé Honorine vient de passer sur Tamatave. J'ai entendu dire que la ville était détruite à 90 %, que des containers qui se trouvaient sur le port avaient été jetés sur les plages comme de vulgaires cageots, que des toitures s'étaient envolées à plusieurs kilomètres et qu'il n'y avait plus un seul cocotier debout dans la ville : ils auraient été vrillés et décapités comme de simples fleurs...

Nous avons, ici à Berano, bien moins souffert du vent car seule la queue du cyclone nous a touchés. Quelques tuiles ont été arrachées du toit de l'usine et de celui de la maison, mais ce n'est pas grand-chose. Il y a eu également toutes les vitres du dernier étage de la tour de l'usine qui ont été pulvérisées. Mais là aussi, rien de dramatique. Nous, nous avons surtout souffert des inondations.

Dans ma maison, l'eau est montée jusqu'à ma taille à peu près. Avec Gilles, lorsque nous avons compris qu'un cyclone arrivait – très tard car aucune info n'a été communiquée par radio – nous avons empilé tous les meubles, mis les vêtements dans des cartons en hauteur. Nous pensions, dans le pire des cas, que l'eau entrerait dans la maison jusqu'aux chevilles.

Cependant, au crépuscule, l'eau, telle une bête malfaisante, est passée sous les portes avec de gros bouillonnements et nous avons pressenti que son niveau pourrait bien dépasser nos prévisions les plus pessimistes. En constatant que nous ne pouvions rien faire pour la maîtriser, nous avons enfilé nos bottes pour aller à l'usine voir ce qui s'y passait.

Nous n'avions pas fait trois pas que déjà nos bottes emplies d'eau nous empêchaient d'avancer. Il a fallu les ôter. Et tandis que j'étais en train de retirer le second pied, appuyée à l'un des piliers de la varangue, j'ai cru avoir pendant une ou deux secondes un vertige, des hallucinations : en effet, ma voiture, garée devant la case, dansait. Mes yeux ne me jouaient pas un vilain tour. L'eau l'avait soulevée et elle s'en allait avec le courant. Impossible à Gilles et à moi de la retenir. Nous avons dû appeler des ouvriers qui, à l'aide de cordes, ont pu l'amarrer.

Après le sauvetage in extremis de la voiture, nous nous sommes enfin rendus à l'usine. J'oubliais de te dire que nous portions des lampes frontales parce que, bien entendu, depuis plusieurs heures, la turbine avait été mise hors d'état de fonctionner par toutes les branches, tronc d'arbres, racines que la rivière charriait et qui passaient pardessus ou au travers des grilles de protection.

Donc, arrivés devant l'usine, la pluie violente et la faible lueur que produisaient nos lampes ne nous ont pas permis de voir grand-chose, sinon de constater, une fois de plus, que ce niveau de crue n'avait jamais été atteint lors des cyclones précédents. En effet, depuis la création de l'usine, il est d'usage de peindre en rouge sur le mur extérieur du bâtiment principal, un trait marquant le niveau de l'inondation provoquée par chaque cyclone avec son nom et la date inscrits à côté. J'étais devant le fameux mur, et déjà, tous les traits existants avaient disparu, noyés sous l'eau qui montait toujours.

J'apercevais, tels des fantômes de cyclopes, des ombres noires dont l'œil unique m'éblouissait quelquefois, qui passaient, portant des objets difficilement identifiables.

En pénétrant dans le hangar, je suis restée sans voix : les ouvriers, en un temps record, avaient fabriqué une sorte d'immense mezzanine qui semblait fort solide, et hissé dessus un nombre incroyable de pièces, de machines, de moteurs. Moi qui les avais toujours crus indolents et peu respectueux de la valeur des outils qu'ils utilisaient, j'ai pu constater qu'en pareille circonstance il n'en était rien : ils ont fait preuve d'une énergie incroyable et d'un courage peu commun. J'en ai vus qui avançaient sans la moindre hésitation dans l'eau sale qui bouillonnait autour de leurs cuisses, maintenant fermement de leurs mains levées de lourdes charges posées sur leur tête.

Gilles a pris ma main :

— Allez, ne reste pas là ! Le courant risque de t'emporter et tu ne peux guère les aider. Allons dans ton bureau. Il y a probablement des papiers à mettre en sécurité.

Heureusement qu'il y avait pensé. Un grand nombre de documents étaient très importants et leur disparition aurait pu avoir des conséquences désastreuses. Une bonne partie des papiers était dans des armoires en fer, plutôt en hauteur, mais l'eau baignait déjà les étagères du bas et la pièce, petite, allait bientôt ressembler à une piscine.

Nous avons pris des sacs poubelles que nous avons doublés et nous avons passé deux heures à transporter tous les documents, toutes les archives de la société jusqu'à la maison.

Dans ma chambre, les domestiques, aussi galvanisés que les ouvriers de l'usine, avaient dressé une sorte d'échafaudage avec des planches et nous avons tout entreposé sur cette estrade improvisée.

Ne me demande pas combien de temps tout cela a duré. Je suis incapable de te le dire. Il me semblait parfois que j'étais au milieu de ce cauchemar de boue, de pluie, de vent depuis toujours. Pourtant lorsque le cyclone a faibli, presque au moment où les premières lueurs de l'aube apparaissaient, je n'ai ressenti aucune fatigue, juste une sorte d'étonnement à apprendre que c'était fini : Honorine était partie agoniser à intérieur des terres.

Gilles et moi nous avons bu un café, puis nous sommes allés nous laver et nous passer des vêtements propres et surtout secs. Mais tout ce qui sortait des armoires semblait avoir épongé la pluie, si bien que j'ai dû demander à Ernestine de nous repasser à l'aide d'un fer à charbon nos affaires.

Dans le silence étonnant qui suit un cyclone, dans la lueur blafarde du jour grisâtre qui se levait, j'ai pu mesurer l'ampleur des dégâts. Je ne peux pas te les décrire car leur évocation me rend malade et je n'ai pas les mots pour peindre ce spectacle de désolation. D'ailleurs, dans la mesure où tu ne connais pas les lieux, ce que je te raconterais resterait abstrait.

Si je te dis que j'avais devant moi une vaste décharge, peut-être auras-tu une vague idée de la catastrophe. Alors je me suis assise sur un tronc d'arbre déraciné qui bar-

rait la route, et je me suis mise à pleurer. Tous ces mois de travail, tous ces efforts anéantis ! J'avais tellement donné de moi. Gilles a passé son bras autour de mes épaules pour me réconforter.

— Tout est fichu, ai-je hoqueté. Tout a été englouti au propre comme au figuré. Si les Lourmel veulent encore de la mine, je la leur brade volontiers.

Gilles, qui trouve que ma vie professionnelle l'éloigne trop de lui et ne rêve que de me voir vendre Berano, m'a regardée sévèrement :

— Je ne te connaissais pas si peu combative. Au premier cyclone qui passe, tu baisses les bras ?

— Je sais qu'il y a régulièrement des cyclones, mais regarde les traits de niveau. Aucun jusque-là n'avait fait autant de ravages. Et je n'ai plus d'argent. Avec quoi veux-tu qu'on reconstruise, qu'on répare tout ce qui a été détruit ?

Je me suis mise à gémir sur mon travail perdu. Gilles s'est mis en colère :

— Arrête de t'apitoyer sur toi-même. Lève les yeux et regarde !

Je lui ai obéi.

À une vingtaine de mètres de là, un bon nombre d'ouvriers s'étaient rassemblés silencieusement et nous observaient.

— Ils dépendent de toi et ils le savent. Qui est le plus à plaindre aujourd'hui ? Toi ? Je ne crois pas... Allons ! Ne te laisse pas aller.

Les dégâts sont moins impressionnants qu'il n'y parait. Tes ouvriers ont sauvé l'essentiel. Il y a surtout un énorme travail de nettoyage et la route à refaire bien entendu, les arbres à dégager, les ponts à reconstruire. Rien d'impossible ni sur le plan humain, ni sur le plan financier.

Je suis restée un bon moment muette. Mes larmes coulaient toujours sans que je puisse les arrêter, mais j'ai serré très fort la main de Gilles et je l'ai embrassé sur la joue. Ensuite, après un moment de recueillement, je me suis avancée vers les ouvriers toujours immobiles et silencieux. Je les ai remerciés pour le courage dont ils avaient fait preuve pendant le cyclone et pour leurs efforts acharnés qui avaient permis de sauver une bonne partie du matériel.

— Vous êtes comme moi, épuisés. Allez prendre un peu de repos. Dès demain un énorme travail nous attend. Je compte sur vous tous !

Sur les traits tirés de chacun, j'ai vu réapparaître le sourire et un murmure de satisfaction a couru sur toutes les lèvres. Un très vieil homme était parmi eux et j'ai vu que chacun le poussait vers moi. C'était un ouvrier à la retraite depuis longtemps, le plus vieil ouvrier encore vivant. Il s'appelait Dadasolo. Âgé de quatre-vingt-dix ans, il avait travaillé pour Charles Berthier à partir de 1920.

Je connaissais son existence, mais c'était la première fois que je le voyais : il était presque aveugle et sortait rarement de chez lui. Il parlait bien le français et, malgré sa voix chevrotante, rien de ce qu'il a dit ne m'a échappé. Moi qui habituellement déteste les discours, j'ai vraiment apprécié celui-ci.

Il a évoqué les plus graves cyclones qu'il avait connus et les dégâts matériels qu'ils avaient provoqués, à chaque fois. Il a rappelé le courage de Charles, puis d'Émile Berthier en pareilles circonstances et assuré que j'étais bien leur digne héritière car je n'avais pas voulu, malgré l'étendue de la catastrophe, m'avouer vaincue. Et tous savaient que c'était avant tout parce que je me considérais vraiment comme « leur père et leur mère » que je me battais. J'aurais ma récompense selon lui : l'exploitation dans peu de temps aurait repris son aspect habituel et on ne verrait même plus les cicatrices...

Je ne sais pas s'il a raison et si financièrement la société parviendra à surmonter ce coup dur, mais j'ai eu honte d'avoir voulu tout laisser tomber sans même faire une tentative pour sauver l'exploitation. C'est à Gilles que je dois de n'avoir pas cédé au découragement.

Je t'embrasse

Hélène

Chapitre 11

Entin-tsy zaka, avela tsy foy.
Pour emporter c'est trop lourd,
mais le laisser fait trop de peine.

Proverbe malgache

Lentement, avec beaucoup de soucis financiers, d'acrobaties, l'exploitation revint à la vie. Dadasolo avait eu raison. Sur le terrain, les cicatrices laissées par le cyclone s'effacèrent peu à peu : les arbres morts furent enlevés, ceux qui avaient été décapités, grâce à la moiteur permanente de la région, repoussèrent et reverdirent à une allure vertigineuse. Les ponts furent reconstruits, les toits réparés, la route refaite.

Sans le trait de niveau qui rappelait l'importance d'Honorine, on aurait pu croire qu'il ne s'était rien passé. Cependant, moi j'avais changé : je savais désormais que la réussite de l'exploitation dépendait aussi des éléments, et je n'avais aucune prise sur ceux-ci. Que se passerait-il si un autre cyclone survenait alors que la société n'était pas encore remise financièrement du précédent ?

Toutefois, dans les années qui suivirent immédiatement Honorine, il n'y eut pas d'autres grands cyclones. Le temps filait sans que je n'y prenne garde. Ce qui le scandait, c'était le voyage annuel que je faisais en Europe pour y voir Mac Andrew, et surtout ma mère.

Je lis en diagonale les lettres de cette époque-là. Elles disent toutes à peu prés la même chose. Sur le plan professionnel, je rabâche mes craintes de ne pas parvenir à produire les quantités de graphite commandées ou celles de voir le plus vieux de mes bulldozers rendre l'âme. Sur le plan de ma vie privée, tout semble se passer pour le mieux et chaque fois que nous le pouvons, Gilles et moi nous partons passer quelques jours dans le sud de Madagascar, ou sur la côte ouest que j'aime particulièrement.

Il y a dans le paquet de lettres écrites à ma mère de nombreuses cartes postales qui témoignent de ces années au cours desquelles je découvris Madagascar, ses immenses étendues quasi désertes et la variété de ses climats et de ses paysages.

À l'époque dont je parle – je devais être à Madagascar depuis trois ou quatre ans – ma mère était déjà venue à deux ou trois reprises me rendre visite, mais elle préférait de loin me voir en France. Son opinion, comme je l'avais pressenti, était que Berano était un endroit effrayant perdu au fin fond de Madagascar, lui-même pays perdu au bout du monde.

Elle avait été horrifiée par la vie que j'y menais, et m'avait assuré que si elle avait pu imaginer le dixième simplement de ce qu'était cette exploitation de graphite, elle ne m'aurait jamais permis de m'y installer.

— Et tu ne t'ennuies pas quand tu es seule ici ?

— Mais non, maman, je t'assure. Mon travail me passionne...

Bien sûr j'omettais de parler de mes soirées solitaires qui pesaient quelquefois fort lourd.

— Qu'est-ce qui peut bien te passionner dans ce travail ? Chaque jour tu as des soucis, tu ne sais pas si tu vas pouvoir produire les quantités de graphite qu'on t'a demandées ; un de tes deux bulldozers est en panne ; il faut changer le carburateur de ton camion... Bref, ça n'en finit jamais. Je voudrais comprendre...

J'essayais de lui expliquer que le défi que représentait cette aventure avait été déterminant. Je lui parlais aussi de ma joie le matin au réveil à l'idée d'une journée qui ne serait jamais comme la précédente et jamais comme la suivante.

— Vois-tu, maman, je ne pourrais plus jamais enseigner à présent.

Mais je constatais, chaque fois que nous avions ce genre de conversation, que je la peinais beaucoup, alors je finissais toujours par parler d'autre chose, ne parvenant pas à lui faire comprendre ce que j'aimais dans cette vie.

Il faut dire que toutes les raisons que j'avançais étaient de vraies raisons, mais il existait autre chose qui m'attachait à Berano, autre chose qui défiait l'analyse et qui aujourd'hui encore m'échappe. Lorsqu'on a un coup de foudre pour un homme, on peut toujours énumérer à son entourage ses nombreuses qualités, mais cela ne donnera ni à soi ni aux autres la clef de l'alchimie compliquée qui a provoqué le coup de foudre. Et il en était de même pour Berano.

Comment pouvais-je expliquer à ma mère que j'aimais marcher au milieu de la plaie béante faite à la montagne par le bulldozer et découvrir les stries noirâtres du graphite, comment lui dire que j'aimais le cliquetis des broyeurs la nuit, comment lui parler de ce que j'éprouvais en regardant tourner la turbine...

Ma mère restait donc dans l'incompréhension totale du mode de vie que j'avais choisi, dans la crainte qu'il ne m'arrive quelque chose et dans la certitude que, si cela se produisait, elle en serait responsable. Elle ne voulait pas croire que j'aimais la vie que je menais là-bas et ne le crut jamais. Je suppose qu'elle imaginait que j'étais masochiste.

À deux ou trois reprises, lorsqu'elle vint à Berano et que nous partîmes nous balader en forêt, nous croisâmes la voiture d'Alain Lourmel. Il roulait tellement vite qu'elle ne put jamais savoir à quoi il ressemblait. Chaque fois je lui fis un signe de la main auquel il répondit courtoisement.

— Et vos relations se limitent à ce bref salut ? s'étonna-t-elle.

— C'est déjà bien, je trouve.

— Vous pourriez échanger quelques mots, tout de même !

Ma mère, à laquelle j'avais raconté comment j'avais injustement accusé Alain de sabotage quelques années auparavant, trouva malgré tout invraisemblable que deux vazaha perdus au bout du monde ne fument pas le calumet de la paix.

— C'est toi qui l'as blessé, me dit-elle. Tu devrais refaire une tentative de rapprochement.

— Mais il me l'a formellement interdit et a refusé de lire la lettre que je lui avais écrite !

— C'était il y a longtemps. J'espère tout de même que sa colère est tombée. Je t'assure, essaie ! Il est bon, dans un endroit pareil, de savoir que tu peux compter sur un Français. On ne sait pas ce qui peut arriver : des ennuis avec les autorités locales, un accident... Je serais rassurée de te savoir en bons termes avec le seul Européen du coin, fût-ce Alain Lourmel.

— Écoute, maman, s'il m'arrive quoi que ce soit, je peux compter sur Gilles.

— Sans doute, mais il n'est pas souvent à Berano...

D'ailleurs, Gilles était le seul aspect de mon existence qui lui plut. Il représentait le gendre idéal : beau, sympathique, très poli et manifestement amoureux. Il avait une belle affaire d'imprimerie à Tana. Ce n'était pas forcément un bon point aux yeux de ma mère, mais en tous les cas, cela valait mieux qu'une mine de graphite au milieu de la forêt tropicale.

Entre Gilles et moi une tendre complicité s'était installée. Nous étions bien ensemble. Il était devenu le prince consort à Berano et était reçu comme tel par tous les ouvriers. Telo le choyait tant que quelquefois cela m'agaçait. À Tana, Fidy et lui étaient devenus de grands amis. Gilles savait toujours se comporter de façon parfaite quelles que soient les circonstances et quels que soient les gens auxquels il avait affaire. Il accordait son attention à chacun, disait un mot aimable aux ouvriers qu'il croisait. Cultivé, il veillait à ne pas étaler sa culture de peur de blesser. Enfin, il s'obligeait à paraître toujours d'humeur égale. Personne ne pouvait deviner qu'il était soucieux ou préoccupé, sinon moi qui avais appris à détecter des signes presque imperceptibles. Je me moquais gentiment de sa particule et de sa parfaite éducation. Je l'appelais « monsieur de » en lui disant qu'on ne rencontrait que dans les livres un pareil échantillon de gentilhomme !

J'étais certaine que notre liaison durerait toujours. Quand je passais quelque temps à Tana, ce qui m'arrivait fréquemment, je vivais désormais chez lui. Nous allions au restaurant. Nous sortions avec ses amis qu'il m'avait présentés et que j'appréciais.

Ma vie à Berano et ma vie à Tana n'avaient rien de comparable. Au début j'avais le sentiment d'être schizophrène, puis je m'étais habituée, au bout d'un moment, à ces deux existences. La solitude d'un côté, la vie mondaine de l'autre. Le jean et les bottes à Berano, les jupes et talons hauts à Tana. La brousse et la ville. Quelquefois nous étions invités tous deux à des soirées qui se prolongeaient fort tard. Nous aimions danser et, quand nous rentrions, je regardais l'heure – trois ou quatre heures du matin le plus souvent – et je songeais à mon existence spartiate de Berano où chaque matin je me levais à 5 heures.

La vie dans la capitale m'était indispensable même si je me passionnais pour l'exploitation. Si j'avais dû habiter en permanence en brousse, je n'aurais pas tenu le coup. J'avais besoin d'une vie sociale.

Dans la journée, quand Fidy était libre, il m'emmenait découvrir Tana. Il me parlait de son pays, m'en racontait l'histoire qu'il connaissait bien. Le *rova**, c'est-à-dire l'enceinte royale à l'intérieur de laquelle les souverains de Madagascar avaient fait bâtir leurs palais, situé sur le point culminant de la ville, était à deux pas de chez lui.

Cet endroit, dont tous les magnifiques bâtiments de bois ont à jamais disparu, dévorés par les flammes, était notre lieu favori de promenade. Chaque fois que nous y allions, Fidy avait une anecdote à me raconter.

— Tu vois, là, la reine Ranavalona Ière organisait des combats de taureaux. Elle adorait voir ces animaux s'affronter et elle en possédait un, nommé Ikambo, qui était quasiment invincible. Cette reine, d'une cruauté sans bornes, pleura comme un enfant quand son cher Ikambo mourut et elle le fit enterrer avec tous les honneurs dus à un noble.

— Où est-il enterré ?

— À Analakely, là où se trouvent les pavillons aujourd'hui. Je te montrerai. Et ici, dans la cour, j'imagine toujours Ida Pfeiffer, une journaliste allemande venue ici en 1855, en train de jouer du piano juste à cet endroit, pendant que la reine l'observait du premier étage de son palais.

— Pourquoi la reine s'installait-elle si loin de l'instrument ?

— Elle méprisait les étrangers et s'en méfiait. Elle ne voulait pas qu'Ida Pfeiffer la voie de trop près ! Là, dans cet angle, surplombant l'immense plaine, se dressait un minuscule pavillon qui s'appelait le *Kelisoa*. Les murs intérieurs étaient tapissés de riches soieries et la dernière reine, Ranavalona III, venait souvent y pleurer.

— Elle était malheureuse ?

— Elle avait un vieux mari jaloux, le premier ministre, que la tradition l'avait obligée à épouser. En outre, elle voyait bien que son royaume était en danger car les Français cherchaient à s'approprier Madagascar.

Au fur et à mesure que je connaissais mieux son Histoire, je m'attachais davantage au pays. Je comprenais mieux ses peurs, ses aspirations et ses contradictions. Et, bien que tout à fait consciente de n'être qu'une figurante anonyme, un grain de poussière au milieu d'une gigantesque fresque, je me sentais partie prenante de cette Histoire qui avait poussé l'un de mes ancêtres à s'y installer.

J'aimais la capitale parce qu'elle était le théâtre principal où s'étaient joués les grands évènements qui avaient marqué Madagascar. Chaque rue, chaque bâtiment racontait quelque chose. J'aimais aussi les marchés de Tana et particulièrement celui du vendredi, le *zoma,* qui envahissait toute l'avenue de l'Indépendance. J'y passais des heures parfois à déambuler au milieu des étalages, pas simplement pour les marchandises hétéroclites qu'on pouvait y trouver, mais aussi pour observer les gens, vendeurs ou clients. Rien ne racontait mieux la vie dans la ville que ce marché.

En fin d'après-midi, j'allais de temps à autre faire un tour du côté du bar de l'hôtel Colbert, boire un jus de fruit et observer la faune, bien différente de celle de la rue, qui s'y trouvait. Quelques hommes vazaha ou malgaches y avaient des rendez-vous d'affaires. On n'y voyait jamais de femmes malgaches convenables. Si ces dernières avaient des rendez-vous à fixer, elles s'arrangeaient pour trouver d'autres endroits de peur d'être prises pour des semi-prostituées à l'affût. En effet, beaucoup de ces dernières se trouvaient là, à l'heure de l'apéritif, pour à la recherche du riche étranger de leurs rêves.

Quelques-unes avaient déjà réussi à faire tomber dans leurs filets quatre ou cinq vieux zanatany célibataires, habitués du Colbert et je me divertissais beaucoup à les observer.

Les hommes restaient au bar, généralement en s'envoyant un whisky après l'autre sans qu'il y paraisse, preuve d'une longue habitude. Leurs compagnes du moment formaient une sorte de club qui se protégeait d'autres agressions externes en s'installant à une table toute proche et en surveillant que leurs consœurs moins chanceuses n'aillent pas tourner autour de leurs proies.

Jolies la plupart du temps, petites et minces, le cheveu raide et la bouche tartinée, les yeux insolents, elles étaient silencieuses et dociles dès qu'elles étaient en présence de « leur » vazaha. On aurait juré qu'elles étaient timides et pudiques. Quand elles se retrouvaient entre elle, en revanche, elles bavardaient à perdre haleine, s'échangeant des adresses de couturière et des recettes de produits de beauté, ricanant à perdre haleine des exploits sexuels de leurs victimes et les comparant.

Ces vazaha au bar, tous des hommes d'âge mûr, étaient pourtant d'une naïveté déconcertante. Bien sûr, ils n'avaient pas ramassé ces filles sur le trottoir : ce type de prostitution existe à Madagascar mais n'est pas le plus fréquent. Ils les avaient rencontrées en boîte de nuit ou dans un bar ; quelquefois elles étaient secrétaires ou vendeuses et ils savaient bien que, pour ces filles-là, le vazaha était l'unique chance de sortir de la médiocrité dans laquelle elles vivaient. Néanmoins, systématiquement, ils considéraient que celle qu'ils venaient de rencontrer échappait à cette règle, était différente et les aimait d'un amour pur et sincère...

Je me souviens encore d'un gros chauve bedonnant, redoutable homme d'affaires qui, devant rentrer en France définitivement, s'inquiétait du sort de sa dulcinée.

— Tu comprends, me dit-il sans soupçonner le moins du monde son ridicule, lorsqu'elle a appris mon départ, elle a fait une tentative de suicide. Elle m'aime, hélas, et je ne sais vraiment que faire...

Réprimant un fou rire, je n'osai lui conseiller d'assurer pendant quelques mois la subsistance de la pauvre fille, le temps qu'elle lui trouve un remplaçant.

Mais je crois qu'elle sut toute seule le lui faire comprendre. Je l'aperçus d'ailleurs par la suite de temps à autre, flanquée d'un vieillard vazaha gâteux, ayant finalement survécu à son grand chagrin d'amour.

Il y avait aussi quantité d'hommes mariés qui avaient des petites amies malgaches, mais bien entendu ceux-là ne s'exhibaient pas en public avec elles. Ces filles étaient la terreur des épouses vazaha car bon nombre d'entre elles réussissaient à séduire leurs maris au point qu'ils demandaient le divorce et se comportaient de manière tout à fait déraisonnable, comme s'ils étaient sous l'emprise d'un philtre d'amour.

Ils oubliaient qu'ils avaient des enfants de leur épouse ; ils couvraient de cadeaux leur maîtresse ; ils gobaient tout ce qu'elle leur disait ; ils achetaient des biens qu'ils mettaient à son nom ; ils envisageaient de se reproduire avec elle, y compris ceux qui avaient plus de soixante ans et étaient déjà grands-pères depuis longtemps.

Quelquefois la fille objet de leur passion n'était même pas jolie. Elle n'avait pas la moindre culture, et certaines étaient carrément analphabètes. Les épouses vazaha n'y comprenait rien. Humiliées d'avoir été trompées, puis abandonnées, pour « ça », elles puisaient un certain réconfort à l'idée que leurs maris avaient été *fanafodés**.

Le fanafody à Madagascar, c'est le remède mais c'est aussi le charme et c'est également le poison. Les Malgaches possèdent une excellente connaissance des plantes, aussi bien de celles qui guérissent que de celles qui tuent. Nul doute qu'ils en usent mais, à mon avis, les jeunes femmes dont je parle n'en avaient guère besoin pour rendre leur vazaha complètement dépendants d'elles. Il leur suffisait de sourire et d'approuver sans réserve tout ce que disait l'homme. Le mâle vazaha n'a plus l'habitude d'être écouté avec adoration, n'a plus l'habitude d'être admiré, n'a plus l'habitude d'être obéi. Sa femelle parle trop, rit fort, a une opinion sur tout, est cultivée, a un métier qui l'intéresse. Bref, elle est épuisante et terriblement exigeante. Elle trouve que sa chemise n'est pas assortie à sa cravate ; elle n'aime pas sa coupe de cheveux ; elle ne supporte pas qu'il exprime des opinions contraires aux siennes ; elle s'étonne qu'il n'ait jamais rien lu de Sartre ; elle est jalouse si elle le surprend en train d'admirer une autre fille.

Et lui ne rêve que de retour aux sources, au temps béni de la préhistoire où il assurait la subsistance de sa famille, où les siens le regardaient revenir de la chasse avec gratitude et adoration parce qu'il rapportait un superbe quartier de mammouth. Au temps béni où la pilule contraceptive n'existait pas et où la femelle assumait pleinement son rôle. Au temps béni où elle dépendait complètement de lui.

Les femmes malgaches en quête des faveurs des Européens, rouées et intelligentes, l'avaient vite compris et distribuaient largement adoration et gratitude. Leurs yeux en amande disaient : « Je suis faible et petite, je suis pauvre et je ne sais rien... protège-moi, toi l'homme fort ; nourris-moi, toi l'homme riche ; apprends-moi ce que tu sais, toi l'homme savant ».

Ému au dernier degré, grisé d'être pour la première fois de son existence un homme fort, riche et savant, le vazaha passait comme Alice au pays des merveilles, de l'autre côté du miroir, se déconnectant de toute réalité.

Le Colbert, ses sirènes et les fanafody m'ont entraînée loin du récit initial de mes loisirs tananariviens. En dehors de mes promenades, dans cette ville où il y avait toujours quelque surprenante maison à découvrir, quelque magnifique temple à admirer, en dehors des études pseudo sociologiques que je menais au Colbert, Tana était le lieu où je rencontrais mes amis. « Amis » n'est d'ailleurs peut-être pas le mot qui convient car, passant la majorité de mon temps à Berano, il m'était difficile d'avoir des relations suivies avec quiconque. Mais, par Gilles et par Fidy, je fis connaissance d'une multitude de gens très divers. Nous étions souvent invités à des dîners ou à des soirées lorsque j'arrivais dans la capitale.

Je me retrouvai ainsi chez des Indiens richissimes dont la maison était si grande qu'il aurait fallu des rollers pour la traverser. Quel que soit l'objet sur lequel mes yeux tombaient, il coûtait une petite fortune : les petites cuillères étaient en argent et laque de chine, les lustres en cristal, les tapis en pure laine, la cage du hamster était tapissée de pierres semi-précieuses !

Une autre fois ce fut une soirée invraisemblable chez Paul Andriamanambola, un Malgache issu de la noblesse. Le portail d'entrée de sa demeure m'aurait largement payé le train de roulement de mon bulldozer. C'était une copie à peine plus modeste de la grille de Versailles. Quant à la maison elle-même, vue de l'extérieur, elle était inspirée d'*Autant en emporte le vent* avec ses majestueuses colonnes. Il y eut ce soir-là un feu d'artifice, un récital de piano à queue puis tout le monde dansa au son d'un orchestre d'une dizaine de musiciens.

Quelques dîners chez des vazaha me restent également en mémoire à cause de leur recherche ahurissante en matière de décoration ou de gastronomie. Lors d'une soirée par exemple, on nous servit une nourriture entièrement blanche dans des plats dorés (boudin blanc, poulet à la crème, blanquette de veau, riz, glace vanille, flan au coco, etc.) puisque le thème de la soirée était blanc et or. Tous les meubles avaient été recouverts de tissus de l'une ou l'autre des deux couleurs permises ; même le personnel avait des blouses ou des tabliers blancs ornés de galons dorés. Seuls les visages sombres déparaient un peu et je suis bien persuadée que si elle l'avait pu, la maîtresse de maison, comme dans *Goldfinger*, les aurait passés à la bombe dorée.

Et que dire de cette soirée orientale qui eut lieu sous une tente dressée dans le jardin de nos hôtes ? Il y avait des tapis partout, des tentures aux tons chauds, des plateaux en cuivre disposés sur des trépieds, et des petites bougies colorées parachevaient le décor.

Par contraste avec ma vie en brousse, ces soirées me paraissaient encore plus irréelles mais cette double vie très solitaire à Berano et très mondaine à Tana me convenait et m'amusait.

Ma relation avec Gilles, je l'ai dit, s'installait dans la durée. Tout comme lui, qui occupait une place quasi officielle lorsqu'il me rendait visite à Berano, moi, à Tana, vis-à-vis de son personnel de maison ou des ouvriers de son imprimerie, j'étais devenue « madame Hélène, la femme du patron ». J'allais, dès que je le pouvais, passer un petit moment à l'imprimerie. Je trouvais grisante l'odeur du papier et de l'encre et j'étais fascinée par les machines : les unes encraient, les autres découpaient. des presses compactaient le surplus de papier et le réduisait en blocs. J'admirais la qualité du travail produit.

Gilles aimait son métier ; il aimait son entreprise comme j'aimais la mienne. Hélas, il avait un frère – Frédéric – de dix ans son aîné avec lequel il partageait la gestion de l'imprimerie. Et bien entendu, cela se passait mal. Sous prétexte de droit d'aînesse, Frédéric ne voulait en faire qu'à sa tête, contredisait les ordres donnés par Gilles. À chacune de mes visites à l'imprimerie, je pouvais constater à maints détails que le fossé s'élargissait entre les deux frères. Je me demandais combien de temps pareille situation allait pouvoir durer.

Un jour de semaine, alors que j'étais à Berano, j'eus la surprise de voir débarquer Gilles. Il était souriant, mais je devinai immédiatement que quelque chose clochait.

— Que se passe-t-il, Gilles ? Tu as des ennuis ?

— Non, ne t'inquiète pas. Termine ton boulot. Je voulais juste te parler d'un projet. Nous en discuterons pendant le déjeuner...

En attendant, il m'accompagna dans ma tournée des divers points de la mine, à l'usine, à l'ensachage. Il me regardait d'une façon étrange, comme si c'était la première fois qu'il me voyait évoluer dans ces activités qui m'étaient à présent devenues familières.

Midi arriva. Nous nous installâmes sur la varangue. Une pluie fine et tiède arrosait le jardin. À ma gauche, le magnifique ravenale déployait son éventail sombre sur le ciel gris. Gilles attendit que Telo ait fini de nous servir les hors-d'œuvre.

— Voilà, mon frère a emprunté de l'argent à la banque et il me rachète mes parts de la société...

— Mais c'est une excellente nouvelle ! C'est ce que tu souhaitais, n'est-ce pas ?

— Oui, bien sûr, c'est ce que je souhaitais.

Il s'interrompit et je l'observai, surprise :

— Tu n'as pas l'air enchanté, pourtant.

— Si, si... J'en suis ravi, je t'assure, mais tu penses bien qu'avec cet argent, je ne vais pas créer une nouvelle imprimerie à Tana et lui faire concurrence.

— Naturellement !

Il garda le silence pendant quelques instants encore, puis se lança :

— On me propose un projet très intéressant à Ottawa : une maison d'édition à relancer. Avec ce que j'amènerai, je serai l'actionnaire majoritaire. C'est exactement ce dont je rêve depuis des années.

À mon tour je ne dis mot. Il fallait que mon cerveau enregistre les données qu'il me fournissait et en tire toutes les conséquences. Mais, rien à faire, il s'y refusait et pédalait dans le vide. Ma bouche s'ouvrait pour dire quelque chose puis se refermait ne trouvant rien. Je devais ressembler à un poisson dans son bocal.

Il me prit une main qu'il serra entre les siennes :

— Ne crois pas que je t'ai oubliée dans mes projets. Tu en es même le centre. Veux-tu partir avec moi au Canada ? Veux-tu être ma femme ?

Peu à peu mon cerveau se remettait à fonctionner et je liais les événements, j'en mesurais les implications. Je compris alors que je ne le suivrais pas au Canada, que ma mine de graphite était bien plus importante que lui. Ou qu'il n'était pas aussi important que ma mine. Ce qui n'est pas exactement la même chose.

Je sus du même coup qu'inévitablement, j'allais le blesser et cela d'autant plus que je voulais le ménager. Au lieu d'être claire, sèche et concise, j'avais tellement peur de la souffrance que j'allais lui infliger que je cherchais une réponse diplomatique.

Je m'embourbai dans des remerciements et des mauvaises excuses du genre « J'aurais tant aimé, mais le devoir m'appelle ». Dans un premier temps, il se raccrocha à mes pitoyables mensonges pour ne pas sombrer dans le désespoir. Et il se livra lui aussi à la pratique du mensonge, du pire des mensonges : celui que l'on se fait à soi-même. Il parla de m'attendre, le temps que je remette tout sur les rails à Berano. Il parla des vacances que nous passerions ensemble régulièrement. Les mâchoires crispées, le cœur serré, je le laissai divaguer sans un mot.

Il devait s'installer à Ottawa six mois plus tard. Inutile de préciser qu'après la discussion que nous venions d'avoir, nos relations devinrent invivables. J'étais triste et je me sentais coupable de lui avoir laissé croire que je l'aimais par-dessus tout. Il avait de la rancœur à mon égard mais par fierté ne voulait pas le laisser voir. Le résultat fut que nous nous disputions à tout propos alors qu'auparavant je n'avais jamais eu avec un homme des rapports aussi exempts d'agressivité.

Au fil des semaines Gilles changea. Il cessa de divaguer, de se mentir. Il comprit de quelle façon je l'aimais. il comprit que rien ne pourrait jamais changer cela.

J'ai raconté à Sylvie l'une de nos dernières soirées, et j'ai mauvaise conscience aujourd'hui encore, en revivant la scène.

Tana, le 20 avril

Sylvie,

[...] Cette fois, entre lui et moi, c'est bien fini. J'en suis profondément malheureuse. Je ne veux pas abandonner l'exploitation, mais je crois que depuis qu'il m'a annoncé qu'il partirait six mois plus tard, j'ai refusé de regarder les choses en face. J'ai espéré simplement que quelque chose se passe et me dispense de prendre une décision.

Je voulais en fait que les choses continuent comme par le passé.

Hier soir, à Tana, alors que nous regardions une cassette vidéo qu'il avait louée, il s'est emparé de la télécommande et a mis le film sur « pause ». C'était Docteur Jivago, et le merveilleux visage de Lara s'est figé.

— Je voulais te dire... Je ne pars plus comme prévu dans quatre mois, je pars la semaine prochaine, enfin dans dix jours.

— Mais pourquoi ? ai-je demandé bêtement.

— Parce que c'est mieux ainsi... Pour moi, pour toi, pour mon boulot, pour avoir le temps de chercher à me loger. Et, comme disent les enfants, « parce que », c'est tout.

Il a redémarré le film. J'avais froid tout à coup. Je frissonnais.

— C'est la Sibérie qui te fait cet effet-là ? a dit Gilles en riant d'un rire qui sonnait comme un glas.

— Oui ! Ce n'est pas un pays pour moi ! ai-je répliqué d'une voix qui devait sonner aussi faux que son rire.

Nous savions bien tous les deux que la vision des paysages glacés du film n'y était pour rien. Je songeais à tout ce que nous avions vécu tous les deux. Je me suis appuyée sur Gilles bien plus que je ne me le suis avouée. J'ai été malade et il est venu immédiatement à Berano me dorloter. J'ai eu des difficultés dans mon travail et il m'a écoutée. Le cyclone a ravagé l'exploitation et il m'a sauvée du découragement. Nous avons partagé des rires, des moments de tendresse et de plaisir. Nous avons découvert ensemble des plages, des cascades, des forêts...

Je n'ai même pas pu lui dire combien j'étais malheureuse de son départ. Après le film, il a fait semblant de découvrir l'expression bouleversée de mon visage :

— C'est Jivago qui te met dans des états pareils ?

J'ai haussé les épaules sans pouvoir prononcer un mot.

— Ne me dis pas que c'est mon départ qui te chamboule, parce que je crois que ça me mettrait très en colère...

— Et alors, si c'était ton départ ? On n'a pas le droit de ne pas vouloir accompagner quelqu'un à l'autre bout du monde mais d'être triste quand même qu'il s'en aille ? C'est défendu ? ai-je crié.

— Oui, a-t-il répondu avec une violence que je n'avais jamais encore perçue dans sa voix, oui, c'est interdit. La décence l'interdit !

J'ai pris mes clefs de voiture et je suis rentrée chez moi en larmes.

[...]

Bises. À bientôt.

Hélène

Je n'ai plus qu'un souvenir très vague de nos adieux, quelques jours plus tard. Trop pénibles, je débarrassai ma mémoire de ces moments-là.

Mais, je le sais, aujourd'hui : je l'ai aimé. Rien à voir avec ma passion pour Fabrice, mais il y a d'autres façons d'aimer qu'avec des larmes et des battements de cœur. J'aimais ses caresses, j'aimais sa présence, j'aimais son admiration pour moi et j'aimais sa vision optimiste du monde. C'était une liaison tendre et apaisante et nous avions un profond respect l'un pour l'autre.

Je ne l'aimais peut-être pas suffisamment pour me battre contre le destin qui nous séparait, pour lui sacrifier Berano, mais je suis persuadée que s'il était resté à Madagascar nous serions encore ensemble aujourd'hui. À moins qu'une fois de plus, je ne me raconte des histoires. J'ai toujours adoré la difficulté et, quand la vie m'a apporté des cadeaux sur un plateau d'argent, je les ai dédaignés pour désirer d'autres choses bien moins attirantes mais hors de ma portée. N'aurais-je pas tourné le dos à Gilles un jour ou l'autre pour aller vers la difficulté, la souffrance et les ennuis ?

Et la vie à Berano reprit. Ma solitude fut telle à cette époque-là que j'étais parfois sur le point de tout laisser tomber. Gilles me manquait bien plus que je ne l'aurais imaginé.

En outre, j'avais des soucis côté graphite. L'un des deux bulldozers était sur le point d'expirer, l'usine devait être modernisée : les clients ne voulaient plus que le minerai leur soit livré en sacs de cinquante kilos mais en *big bags*. Il fallait s'équiper d'élévateurs. J'avais besoin d'un autre camion. Les marges bénéficiaires du graphite étaient très faibles car nous – c'est-à-dire le syndicat des graphiteux de

Madagascar, soit cinq sociétés – avions dû baisser nos prix à cause de la concurrence chinoise.

Après la mort de son fils, Émile avait laissé la société s'étioler. Elle avait continué à fonctionner, vivant sur ses acquis mais sans doute cela n'aurait-il pas pu durer longtemps.

Malgré mes efforts acharnés, je ne sortais pas vraiment de l'ornière. Il est vrai que je ne m'y enfonçais pas non plus, mais j'étais épuisée d'avoir à jongler chaque fois qu'un événement inattendu me tombait dessus. Une pompe lâchait, un moteur grillait, le train de roulement du bulldozer était à l'agonie et je me retrouvais dans le rouge, obligée de négocier avec les banques, ce que je ne savais pas faire et que je n'ai jamais pu apprendre.

Quand la concurrence chinoise nous obligea à diminuer sérieusement nos marges bénéficiaires, je me posai la question de savoir si je devais m'entêter. J'étais bien consciente de la fragilité financière de la société. Je redoutais tous les matins d'apprendre qu'il y avait un problème grave à la turbine ou que le four rotatif avait rendu l'âme.

De plus, les choses changeaient à Madagascar sur le plan économique. Nous n'étions plus en régime de pénurie. Le président Ratsiraka avait décidé de favoriser enfin les importations et d'abandonner son rêve communiste qui avait mené le pays à la catastrophe. Un retour à l'économie libérale s'amorçait. C'était le moment ou jamais d'investir avant que les concurrents ne le fassent. Mais investir avec quoi ? Le compte en banque de la société était presque vide.

C'est alors qu'il m'arriva ce qui n'advient que dans les contes de fée : un coup de baguette magique me délivra de mes angoisses.

Un après-midi, assise dans le salon, mon regard se porta sur le plafond et pour la centième fois, je me dis que le supprimer de manière à ce que la structure en palissandre du toit soit visible serait une excellente idée.

Je fis venir une échelle et j'ouvris la trappe qui donnait accès aux combles afin de mieux me rendre compte de la hauteur de plafond que cela donnerait et des travaux à effectuer. Ma lampe électrique fit surgir des ténèbres de magnifiques poutres : décidément, c'était bien dommage de ne pas les mettre en valeur.

Au moment où j'allais redescendre, une sorte de paquet coincé entre deux poutres attira mon attention. Je m'approchai. C'était bien un paquet enveloppé dans du papier d'emballage et soigneusement ficelé. Surprise, je descendis avec ma trouvaille et je sectionnai la ficelle. Un joli coffret en bois sculpté, muni d'une serrure, apparut.

J'essayai d'abord vainement quelques clefs que j'avais repérées dans le tiroir d'une commode, mais aucune ne convenait. Je finis par aller chercher un marteau et un tournevis. Quelque chose m'empêchait de faire appel au menuisier. Tant pis si le joli coffret était saccagé, mais s'il avait été caché c'était sans doute que son contenu était confidentiel. Il s'agissait probablement de bijoux. Inutile, si c'était le cas, de mettre en branle une légende et de voir se transformer, par le biais du bouche-à-oreille, quelques colliers ou bracelets en trésor des *Mille et une nuits*.

Le bois autour de la serrure vola en éclats et le contenu du coffret apparut : pas le moindre bijou mais des relevés de comptes et une grosse enveloppe remplie de lettres manuscrites, toutes de la même écriture penchée.

Je demandai une tasse de thé à Telo, j'allumai une cigarette puis j'allai m'asseoir dans le salon avec ma trouvaille. Je commençai par les relevés de compte. Il ne me fallut que dix minutes pour comprendre que j'avais là les relevés bancaires et les numéros d'un compte en Suisse. Le montant était tout simplement vertigineux. Je brûlais d'appeler ma mère pour lui annoncer la nouvelle et lui demander de se renseigner. Nul doute qu'en tant qu'héritière d'Émile Berthier cet argent lui revenait et, même avec les droits de succession, il resterait toujours une belle somme. Je ne doutais pas une seconde que ma mère m'attribuerait cet argent, si on pouvait le récupérer. C'était logique : il avait été généré par l'exploitation et l'exploitation en avait aujourd'hui besoin. En outre, il me semblait que j'avais fait mes preuves en matière de gestion. Je décidai de me rendre à Tana dès le lendemain pour pouvoir téléphoner.

Enfin, je sortis de la grosse enveloppe les lettres et je regardai la signature. C'étaient les lettres de Sarah à Émile. J'eus un long moment d'hésitation. Ces lettres ne m'étaient pas destinées et je n'avais aucun droit de les lire. Mais la curiosité fut plus forte que tout le reste et je fis taire mes scrupules en me disant qu'ils étaient morts tous les deux et que je les faisais en quelque sorte revivre, en songeant à eux.

Tanimainty, le 18 octobre 1945

Mon amour,

Je n'ai pas pu te voir depuis trois jours et ces trois jours m'ont paru trois siècles. Heureusement je peux t'écrire.

[...]

Je t'attends, je pense à toi.

Sarah

C'étaient les mots que tous les amoureux du monde emploient, ces mots aussi usés, aussi polis par l'usage que les galets par la mer et pourtant si neufs pour les amants. Sarah les avait pensés et écrits avec passion, Émile les avait lus avec émotion.

Quand on parcourait ces lettres on ne pouvait plus soupçonner Sarah d'avoir séduit Émile par jeu ou par ennui. Elle l'avait aimé, cela semblait évident.

Il y avait plusieurs petits billets tous libellés à peu près de la même façon :

Tanimainty, le 12 septembre 1945

Émile, mon amour,

Rendez-vous demain dans notre nid d'amour. Je peux me libérer vers trois

heures. Je ne pense qu'au moment où nous allons nous retrouver.
Je t'aime.
Sarah

Ou encore :

Tanimainty, le 28 novembre 1945
Mon chéri,
Je me suis débrouillée pour devoir aller à Moramanga demain après-midi. Je terminerai mes courses en un temps record de manière à pouvoir passer un moment avec toi à partir de quatre heures à l'endroit habituel.
Je t'embrasse encore et encore...
Sarah

Mais il y avait aussi de longues lettres dans lesquelles Sarah revenait toujours à son sentiment de culpabilité à l'égard de son mari et de son fils puisqu'à cette date, Alain n'était pas encore né. Plusieurs lettres avaient été écrites de Paris au cours d'un séjour qui avait dû durer, voyage en bateau compris, environ quatre mois.

Paris, le 25 décembre 1945
Mon amour,
En cette période de Noël à Paris, je suis encore plus mélancolique. L'éloignement géographique, loin de me guérir de toi, n'a eu qu'une conséquence, celle de me démontrer de façon certaine que je ne peux pas

vivre sans toi et que jamais je n'aurai le courage de te quitter.

Pourquoi faut-il que nous nous soyons rencontrés si tard ? C'est auprès de toi que j'aurais aimé me réveiller chaque matin. C'est auprès de toi que j'aurais aimé m'endormir chaque soir. Mais je me dois à mon fils et aussi à un mari auquel je n'ai rien à reprocher. Souvent je me dis que je dois mettre un terme à notre liaison, que je suis une mauvaise épouse, une mauvaise mère et qu'en outre je te fais souffrir parce que je ne peux te donner que si peu de choses. Je prends de bonnes résolutions et puis, épuisée, je m'endors. Le lendemain matin, à l'idée d'une journée sans te voir ou sans t'écrire, mon cœur défaille et je remets à plus tard la décision de tout arrêter entre nous. Je t'aime.

Sarah

Paris, le 1er janvier 1946

Émile chéri,

Puissions-nous nous aimer toujours comme aujourd'hui : voilà ce que je nous souhaite pour cette année qui commence. Il nous est interdit, hélas, de désirer autre chose...

À bientôt, mon amour. Dans quinze jours, je serai sur le bateau du retour. Je t'embrasse passionnément.

Sarah

L'une de ces lettres m'intéressa plus particulièrement :

Tanimainty, le 13 mars 1946

Mon amour,

Je ne pourrai pas venir demain mais je ferai l'impossible pour que nous puissions passer un moment ensemble vendredi.[...]

Comment se porte ton ravenale ? Le mien a bien pris. Il m'est venu un remords ce matin en pensant à ces arbres que nous avons sortis de terre lors de notre balade : ils poussaient côte à côte et nous les avons éloignés l'un de l'autre. Maintenant nos deux ravenales sont chacun devant nos maisons et, comme nous, séparés à jamais.[...]

Je t'aime.

Sarah

Ainsi le grand ravenale qui poussait à gauche de l'entrée de ma case avait été planté par Émile, et son jumeau était celui que j'avais vu dans le jardin des Lourmel.

Une autre lettre me prouva qu'ils ne se voyaient pas seulement à Tanimainty, car il était question d'une maison sur la côte.

Tanimainty, le 2 mai 1946

Mon amour,

Je suis restée longtemps après ton départ allongée, immobile sur le lit. J'écoutais le bruit de la mer et je revivais les moments que nous venions de passer. Ces moments volés, ces moments si brefs, combien ils me sont précieux. Tu n'imagines pas à quel point ils m'aident à supporter mon quotidien. C'est comme un phare dans le lointain qui éclaire la grisaille. [...]

Je t'aime.

Sarah

Les lettres étaient datées et rangées dans l'ordre chronologique. Je les lus toutes : elles se ressemblaient beaucoup, sauf les deux dernières.

Tanimainty, le 21 juin 1947

Mon amour,

Ceci est ma dernière lettre. Je ne te verrai plus, je ne t'écrirai plus. Laurent a fini par me pardonner mais à quel prix ! Il ne me laisse jamais seule. Il exige que je ne sorte plus des limites du jardin lorsque nous retournerons à Tanimainty, et nous y viendrons de plus en plus rarement car il va chercher un gérant. Nous résiderons à Tana. La vie m'est devenue insupportable, mais mon fils ne doit pas payer le prix de mes erreurs.

Fais en sorte de ne pas croiser Laurent. Il me fait peur lorsqu'il parle de toi.

Je t'aime. Je t'aimerai toujours. Adieu.

Sarah

Je faillis pleurer en lisant cette lettre. Mon cœur de midinette s'indignait à la pensée d'un si grand amour contrarié.

Il restait une lettre mais celle-ci était dans une enveloppe postée de Paris. Contrairement aux autres, elle n'était pas datée et l'oblitération du timbre était illisible. Quoi qu'étant rangée après toutes les autres elle n'était certainement pas la dernière chronologiquement puisque leur rupture n'avait pas eu lieu. Elle devait avoir été écrite sur le bateau qui amena Sarah en France en 1946.

Mon amour,

Je n'aurais pas cru ce bonheur encore possible. Le souvenir de tes étreintes m'accompagne à chaque instant dans mon voyage. Allongée sur une chaise longue sur le pont du Jean Laborde, munie d'un livre que je ne lis pas, mais qui décourage les bavards qui voudraient me parler, je ne te quitte pas.

Je laisse Rasoa s'occuper entièrement de Gérard. Tu sais pourtant combien je tiens à déléguer le moins possible mes devoirs de mère. Mais je suis réellement bouleversée.

Je t'aime encore et toujours, plus que jamais.

Sarah

J'imaginais si bien Sarah sur le bateau des Messageries Maritimes, entourée de bellâtres moustachus qui lui faisaient la cour. Je la voyais mélancolique, appuyée au bastingage, regardant les côtes malgaches s'éloigner.

Pauvre Sarah, si belle et si seule...

Chapitre 12

Isika roa lahy toy ny vato falia sy ny vanja :
ka isaky ny mihaona mitselatra ihany.
Nous deux sommes comme la pierre
à fusil et la poudre : chaque fois que
nous nous rencontrons, le feu jaillit.

Proverbe malgache

L'argent du compte suisse ne put être débloqué qu'après de multiples démarches qu'effectua un avocat désigné par ma mère. Malgré les frais de succession, importants, la somme restante était plus que confortable. Comme je le prévoyais, ma mère ne fit pas de difficulté pour la mettre à ma disposition et j'en fis revenir une bonne partie à Madagascar. J'entrai à ce moment-là dans une nouvelle ère : celle d'une quasi prospérité. D'ailleurs, ainsi que l'ai écrit, le pays lui aussi changeait. Beaucoup d'objets importés arrivaient dans l'île. Je pus ainsi acheter un autre bulldozer, moderniser certaines installations et surtout souffler ! Pour la première fois je ne marchais plus sur un fil.

J'eus quelques moments de mauvaise humeur en songeant à toutes ces années pendant lesquelles j'avais galéré et failli à plusieurs reprises laisser tout tomber, notamment après Honorine qui avait vidé les caisses de la société, toutes ces années pendant lesquelles j'avais la manie dans mes moments de cafard ou de préoccupation, de faire les cent pas dans le salon alors qu'exactement au-dessus de ma tête était suspendue une petite fortune. Mais quand je pensais à cela, je me morigénais vite en me disant que j'aurais pu aussi ne jamais trouver cet argent.

Ce fut un véritable bonheur de pouvoir travailler dans de bonnes conditions, d'avoir tout le matériel nécessaire, de ne plus hésiter à commander ce dont j'avais besoin. En quelques mois, je doublai notre production.

C'est alors que, voyant ma colline fondre à vue d'œil, je me posai la question pour la première fois de la durée d'exploitation de mon gisement de graphite.

J'en parlai à John et à Eugène qui me répondirent en chœur :

— Dix ans, patronne.

— Peut-être moins, rajouta John, si on continue à ce rythme...

Dix ans, peut-être moins. C'était ridiculement peu ! Il fallait en trouver ailleurs...

Eugène devança mes questions :

— Monsieur Charles avait pensé à tout cela et il avait fait faire des études. Elles sont dans les cartons d'archives du bureau. Vous voulez les voir ?

Je saluai au passage mentalement la prévoyance de Charles Berthier qui, soixante ans avant la menace de l'épuisement de son gisement, en cherchait d'autres.

— Venez avec moi, dis-je à Eugène et John. Nous allons regarder tout cela ensemble.

John me retrouva rapidement les cartons d'archives contenant les papiers qui m'intéressaient. À l'intérieur plusieurs dossiers parfaitement classés :

— Étude menée par le BRGM* en 1940 sur le site de Tsaratany.

— Étude menée par le BRGM en 1923 sur le site d'Analabe.

— Correspondance avec le Ministère des mines.

— Demande de permis de recherche. Demande de permis d'exploitation. Autorisations accordées.

— Tracé d'une voie Decauville * (c'est-à-dire une petite voie ferrée) possible jusqu'au site.

Il me suffit de quelques minutes pour comprendre que Tsaratany était un site sans grand intérêt sur le plan du graphite, tandis qu'au contraire le lieu appelé Analabe, (textuellement, la grande forêt), semblait très prometteur. Le permis de recherche déposé pour ce site avait donc été transformé en permis d'exploitation et ce permis avait été renouvelé régulièrement.

Émile avait signé la dernière demande neuf ans auparavant et il était temps que j'en fasse une à mon tour, puisque sa validité courait sur dix ans.

Puis je jetai un coup d'œil sur la carte en annexe qui avait divisé la région en carré de deux kilomètres cinq sur deux kilomètres cinq. La nappe de graphite avait été dessinée peut-être par Charles, peut-être par Émile. Elle traversait un carré sur lequel était griffonnée la mention : « Permis d'exploitation obtenu par Lourmel ».

Ainsi, et quasiment depuis les débuts de l'exploitation, les Berthier comme les Lourmel avaient vu très loin dans le temps, considérant que leurs exploitations devaient dépasser le cadre étroit de la durée de vie d'un individu : ils se croyaient dans l'obligation de penser à leurs descendants.

Le carré Berthier, qui apparemment regorgeait de graphite, n'était pas très loin à vol d'oiseau, une vingtaine de kilomètres. Mais la plus grande partie de ce tracé à vol d'oiseau traversait la propriété des Lourmel. En contournant leur propriété, on doublait la distance et le projet devenait irréaliste. Je travaillais maintenant depuis assez longtemps dans le coin pour évaluer le prix d'une route au milieu de la forêt primaire : une fortune pour l'ouvrir, et presque autant pour l'entretenir.

Je ne savais pas ce que la loi prévoyait en matière d'accès à un carré d'exploitation, mais je ne cherchai pas à connaître mes droits sur le plan juridique. Nous étions loin de toute civilisation et, si les Lourmel voulaient me mettre des bâtons dans les roues, il était inutile d'insister.

Je réfléchis un moment. Le carré Lourmel avait l'air prometteur et la route que je voulais ouvrir les arrangerait sacrément s'ils voulaient l'exploiter. Leur production actuelle était faible. Leur graphite se vendait mal. Si la hache de guerre était enterrée, tout le monde en recueillerait les fruits. Pour la millième fois, je me reprochai le comportement stupide que j'avais eu vis-à-vis d'Alain Lourmel. Mais enfin l'histoire des sabotages était loin. Je pouvais peut-être me risquer à présent à une tentative de rapprochement.

Le lendemain, je me rendis chez les Lourmel mais je n'osai pas franchir leur barrière d'entrée, que le gardien m'avait pourtant obligeamment levée.

Je donnai un petit mot à ce dernier :

— Pour Monsieur Alain, lui dis-je.

J'avais écrit ceci :

Monsieur,

J'aurais aimé vous parler. Il me semble qu'une route allant vers le nord serait notre intérêt commun. Si vous voulez bien que nous discutions du projet, veuillez me le faire savoir et me fixer un rendez-vous quand il vous plaira.

Hélène Deschamps.

J'avais longuement réfléchi à une formule de politesse et je n'en avais trouvé aucune. Trois jours plus tard, mon gardien vint m'apporter la réponse.

Madame,

C'est un projet envisageable. Vous pourriez passer ce soir chez moi, aux environs de dix-huit heures, pour que nous en parlions.

Alain Lourmel.

J'allai donc chez lui à la nuit tombante. La maison était sinistre. Aucune lumière ne brillait à l'extérieur. Alain m'accueillit sur le pas de sa porte, un verre à la main, l'air sombre et préoccupé.

— Entrez ! dit-il d'un ton à peine aimable.

Et, comme son chien grondait de façon menaçante, il ajouta :

— Faites pas attention à Fotsy : elle grogne mais ne mord pas. Tais-toi, Fotsy ! Entrez, répéta-t-il. Puis un sourire éclaira son visage tourmenté :

— Asseyez-vous, voisine. Voilà bien longtemps que je ne vous avais vue.

Je rougis :

— Laissez-moi quand même m'excuser, malgré le temps qui est passé, et vous remercier aussi pour la courroie. Votre geste était, était...

Je cherchai un mot qui puisse qualifier ce geste et je ne trouvai rien.

— Vous ne pouvez pas connaître les raisons de mon geste, alors n'en parlons plus ! Laissons le passé. Vous voulez construire une route dans la forêt. C'est mon intérêt également. Si nous trouvons un terrain d'entente, je ne demande pas mieux.

Il vida son verre d'un trait, appela Dimanche, me demanda ce que je voulais boire, se resservit un whisky pendant que je prenais un porto.

L'affaire fut entendue rapidement. Il me dit qu'il n'avait pas les moyens de faire cette route, or elle coûterait fort cher. Il me proposait de la payer en graphite lorsque sa nouvelle mine serait en activité.

Il alla me chercher les études faites du temps de son grand-père par le BRGM à peu près à la même époque que Charles Berthier.

— Voyez, si l'étude a été bien faite, avec un pareil gisement la SOGAL sera tranquille un bon bout de temps. À raison de vingt pour cent de ma production, je paierai ma part de route en un rien de temps.

J'acceptai la proposition.

Lorsque je partis, nous nous serrâmes la main et Alain me dit d'un ton rogue :

— Mon grand-père se retournerait dans sa tombe s'il voyait ce que je suis en train de faire.

— Votre grand-père pensait avant tout à l'intérêt de la société, non ?

— Espérons justement que j'œuvre pour l'intérêt de la SOGAL, et non pour celui de la SGB.

— Si vous avez le moindre doute sur la fiabilité des études, faites-les refaire. S'il y a de la nontronite dans votre graphite au nord, je ne veux pas être accusée d'avoir trafiqué les papiers.

— Ne vous inquiétez pas pour ça ! Faites-moi signe quand vous voulez commencer. Il faut que nous repérions ensemble le tracé. Je vous raccompagne. Bonsoir...

Il m'abandonna sur le seuil et disparut dans les ténèbres de la maison, son chien sur les talons, sans même refermer la porte d'entrée.

Je mentionne cette entrevue très brièvement dans une lettre à ma mère.

Berano, le 3 avril

Ma chère maman,

Je voulais simplement te dire que mon entrevue avec Alain Lourmel s'est très bien passée : nous avons décidé d'oublier les querelles ancestrales (que j'avais ravivées avec mes soupçons imbéciles) pour ouvrir ensemble une route qui nous permettrait d'aller dans le nord.

C'est notre intérêt commun, comme je te l'ai expliqué au téléphone, et je crois que tout se passera bien.

Tu seras donc rassurée de me savoir en bons termes avec le seul vazaha du coin !

Je t'embrasse
Hélène

Dans les semaines qui suivirent, je fis et refis mes comptes. La route était envisageable. Elle serait onéreuse, mais elle était indispensable si on ne voulait pas fermer boutique dans moins d'une décennie. Je souris. J'avais trente-trois ans, aucune intention d'avoir un enfant. Je me demandais bien pour qui j'allais démarrer ce projet qui allait pomper mon énergie et mon compte en banque.

Décidément, on se croyait tous immortels et on se comportait en conséquence, avec une prétention inouïe ! J'en étais la preuve vivante.

Un mois environ après mon entrevue avec Alain Lourmel, je lui fis porter un petit mot en lui annonçant que ma décision était prise. Je souhaitais que nous décidions ensemble du tracé de la route. Je lui suggérai le lundi suivant à l'aube. Il accepta et arriva le jour dit en voiture devant ma case. Il en descendit suivi de son chien.

— Vous êtes prête ?

— Oui, dis-je. Allons en voiture jusqu'au bois d'eucalyptus et nous prendrons Clodomir au passage devant l'usine.

— Qui est Clodomir ? Votre chien ?

— Mais non, dis-je en éclatant de rire. C'est l'un des jardiniers. Il m'accompagne toujours lorsque je vais en forêt.

— Si vous voulez un chaperon, d'accord. Sinon, je vous assure que nous n'avons pas besoin de lui. J'ai ce qu'il faut, affirma-t-il en désignant son coupe-coupe posé sur le siège arrière.

— Bon, répliquai-je, nous nous passerons donc de Clodomir !

Après le bois d'eucalyptus planté par les Lourmel, commençait véritablement la forêt primaire et je vis tout de suite qu'Alain y était chez lui. Descendant en droite ligne de Tarzan, en un regard il avait tout vu : la liane qui rampait à terre et dans laquelle j'allais me prendre le pied ; l'endroit où il ne fallait surtout pas passer parce que devenant trop dense et impraticable très vite ; la grenouille vénéneuse, cachée derrière son rocher ; le gecko déguisé en écorce d'arbre...

Pour la première fois depuis que j'habitais Berano, j'avais un guide qui me montrait la forêt, qui l'aimait profondément.

— Ne bougez pas ! ordonna-t-il.

Il écarta les feuilles d'une fougère géante et ramena un petit hérisson au dos strié dans la longueur de trois bandes jaunes.

— En aviez-vous déjà vu un ?

— Jamais...

— Ils ne sont pas rares dans la région, mais ils se cachent bien. Va-t'en, Fotsy, laisse le tranquille ! Non, pas le droit de chasser ici.

La chienne, déçue, s'éloigna en reniflant.

Nous parlions peu et on entendait surtout le bruit de la machette d'Alain. Non loin de nous, des indris* s'étaient rassemblés et se racontaient leur vie en trompetant à qui mieux mieux. Leurs cris me faisaient penser à ces sifflets en carton qu'on vous distribue avec les cotillons pour vous obliger à faire la fête le soir du Nouvel an. Alain les imita à la perfection et, après un silence étonné, les lémuriens lui répondirent.

Nous marchâmes pendant plus d'une heure, puis Alain décida de nous accorder une pause pour me faire part de ses observations :

— Le trajet de la route jusque-là est simple. Il suffit d'aller tout droit. À partir d'ici, en revanche, le relief devient accidenté et il va falloir faire des choix. Nous allons marcher dans la rivière qui est à deux pas, ce sera plus facile.

Soudain, il fixa le sol. Je ne voyais rien sinon des feuilles mortes.

— Ne bougez pas ! Je vais vous montrer quelque chose, ne faites aucun bruit.

Il lança sa main comme un harpon et ramena une grosse araignée velue qui se débattait pour échapper à son agresseur. J'eus un mouvement de recul.

— N'ayez pas peur, je la tiens bien.

— Qu'est-ce que c'est ?

— Une mygale.

— Mais on dit qu'il n'y a pas d'araignées dangereuses à Madagascar…

— Disons qu'elle n'est sans doute pas mortelle, mais je crois que sa piqûre vous mettrait K.-O. quelques jours. C'est un beau spécimen. J'en ai rarement vu d'aussi grosse !

Et il reposa l'araignée délicatement à l'endroit où il l'avait ramassée. Je m'éloignai prudemment. Il sourit :

— Allons ! Il faut nous remettre en route...

La rivière était juste derrière un rideau de lianes enchevêtrées. Il faisait tellement chaud que la fraîcheur de l'eau était délicieuse. Alain marchait devant moi et me montrait les collines qui nous surplombaient.

— Voilà, il faudra choisir l'une des deux rives. Je penche pour la rive droite, nous aurons moins de difficultés même si cela nous obligera à construire deux ponts.

— Deux ponts ?

— Nous y serons obligés pour revenir ensuite de ce côté. Observez le relief : si la route longeait cette dénivellation, elle s'effondrerait rapidement...

Je regardai autour de moi. Je ne parvenais pas à imaginer une route dans cet endroit. Ce serait un sacrilège d'abattre ces arbres, de mutiler cette forêt, de déranger ces milliers d'insectes, d'oiseaux, de lémuriens, de hérissons, de rongeurs qui la peuplaient. De couper ces lianes gigantesques, d'arracher ces fougères géantes...

Je le dis à Alain. Je craignais qu'il ne se moque de moi, lui fils et petit-fils d'exploitants miniers qui avaient depuis toutes ces années la mort de bien des arbres sur la conscience. Mais il me regarda gravement :

— Vous avez raison, c'est un sacrilège, mais si vous ne le faites pas, toute la population du coin sera sans ressources d'ici dix ans et cette forêt tout entière disparaîtra. D'abord les lémuriens et les hérissons seront mangés, puis chaque arbre tombera pour être transformé en charbon. Sur chaque parcelle déboisée, les paysans planteront du riz qui poussera de façon exceptionnelle la première année. Mais l'année suivante, la terre étant fatiguée, il faudra qu'ils brûlent une autre parcelle, et ainsi de suite... Depuis un moment, je pense à tout cela moi aussi. Si cette route se fait, la quantité d'arbres qu'il faudra couper sera négligeable. Le vrai danger c'est qu'elle permettra l'accès à la forêt. La population en brûlera des pans entiers, pillera les orchidées, coupera les palissandres, tuera les *fosa** et les lémuriens.

— On ne peut pas avoir ça sur la conscience. Si vous croyez que c'est inévitable, je ne veux pas de cette route !

— Montrez-moi votre carte d'État-major.

J'avais photocopié la partie qui m'intéressait d'une carte et je l'avais pliée et glissée dans la poche de mon pantalon.

Alain l'observa longuement et attentivement puis il me désigna un point précis :

— Vous voyez cette rivière ?

— Oui...

— Eh bien, elle va nous aider à résoudre ce problème !

Je le regardai, intriguée.

— Il faut que cette forêt devienne un site protégé, un parc national, par exemple. C'est le cas pour la très belle forêt au sud de Diego Suarez. Si la forêt d'Analabe tombe dans cette classification, l'État aura des aides internationales pour la surveiller et l'interdiction de chasser, pêcher, couper du bois, ramasser même une orchidée sera totale et effective puisque les contrevenants seront sévèrement punis. Mais vous imaginez bien que ce type de classification aurait aussi pour effet d'interdire l'exploitation du sol ou du sous-sol.

Il s'arrêta dans son exposé quelques instants puis reprit avec un large sourire et de l'excitation dans la voix :

— C'est là qu'intervient la petite rivière ! Elle nous offre une frontière naturelle parfaite. Nos deux sites se trouvent là, voyez – il me mit la carte sous le nez – et nous faisons classer tout ce qui est à l'est.

— Est-ce que c'est facile de faire classer un site ?

— Pas vraiment. Il y a beaucoup de paperasses, mais j'ai un ami à Tamatave qui est bien placé et pourra peut-être faire avancer les choses. Vous savez, j'aime cette forêt, mais en la protégeant, je fais également preuve d'égoïsme : je sauve mon exploitation. Si la déforestation continue, il n'y aura presque plus d'eau, et sans eau pas moyen de sortir le graphite...

Je restai silencieuse un bon moment, méditant sur ce qu'il venait de dire. Nous arrivâmes à un amoncellement de rochers qui barraient la rivière. De l'autre côté de ce barrage naturel, une dénivellation avait créé une petite chute d'eau. L'endroit était ravissant. Alain me tendit la main pour m'aider à franchir les rochers.

Alors sans que rien, aucun signe avant coureur ne m'ait prévenue, je me retrouvai dans ses bras. Je suis presque certaine que lui non plus n'avait rien programmé. Nous avions glissé dans l'eau et nous nous embrassions passionnément comme si nous attendions depuis des années cet instant. Notre étreinte hollywoodienne n'en finissait pas. Quand je repris un peu mes esprits, j'étais dans cinquante centimètres d'eau, le chemisier déboutonné jusqu'à la taille. J'avais sûrement l'air hagard. Lui s'était assis sur un rocher et m'observait avec attention. Ses cheveux mouillés étaient plaqués sur ses tempes en arrière et je trouvais que ça lui allait bien.

— J'ai envie de toi, me dit-il, en me caressant les lèvres avec son index.

— Moi aussi…

— C'est une énorme bêtise, tu le sais ?

— Je le sais, mais je crois qu'il est déjà trop tard pour pouvoir reculer.

— Tu as sûrement raison.

Il se laissa tomber à genoux dans l'eau et recommença à m'embrasser tendrement cette fois.

Je n'étais plus moi-même. J'étais Éléonore, j'étais Sarah, j'étais une victime des forces du destin qui me jetait dans les bras d'un Lourmel. Ou plutôt ça m'arrangeait bien de le croire et me débarrassait de toute culpabilité.

Mais pourquoi me sentais-je coupable et de quoi ? J'étais célibataire, Alain aussi et nous n'avions de compte à rendre à personne.

Le repérage de la route était bien compromis, ce jour-là. Sans même nous concerter, nous prîmes le chemin du retour en silence. Nous marchions vite. À l'orée de la forêt d'eucalyptus, Alain me serra contre lui :

— Je passe te chercher vers dix-sept heures. Ça te va ? Marche sur le petit chemin qui longe la rivière. Je te prendrai là au passage.

— Oui, pour aller où ?

— Tu verras... D'accord ?

J'acquiesçai de la tête.

Le reste de la journée se passa pour moi dans une attente fébrile. Je ne pus rien avaler, ni me concentrer sur une quelconque activité.

Un quart d'heure avant mon rendez-vous, j'avertis Telo de fermer la maison sans m'attendre. Ponctuel, Alain me récupéra dans le petit chemin qui passait derrière ma case. Je ne le questionnai pas. Nous roulâmes pendant deux heures environ. Je sentis que nous approchions de la mer. La nuit était tombée, une nuit chaude et sans lune.

La voiture s'immobilisa. Alain klaxonna. Un gardien émergea de la nuit avec son chapeau sur la tête qu'il retira bien vite en signe de respect lorsqu'il nous vit. Il ouvrit tout grand une barrière symbolique qui ne dépassait pas cinquante centimètres de hauteur. Au milieu d'un jardin dont je n'évaluais pas la taille, éclairée par les phares de la voiture, se trouvait une minuscule maison en béton, laide à souhait.

— Nous sommes chez qui ? demandai-je.

— Chez moi, répondit Alain

Le gardien fouilla fébrilement dans ses poches, extirpa une énorme clef et ouvrit la porte d'entrée. Je découvris avec surprise que l'intérieur était charmant. Il y avait une seule pièce rectangulaire dont le meuble principal était le lit en fer forgé recouvert d'un dessus-de-lit orangé. Du plafond, accrochée à un large cercle en fer fixé aux poutres, dévalait la vague mousseuse d'une moustiquaire jaune pâle qui, pour le moment, avait été rassemblée derrière la tête du lit.

De part et d'autre du lit deux tables de chevet, en fer forgé également, supportaient deux lampes magnifiques dont le pied était constitué d'une pierre noire et brillante que l'on trouve dans la région et dont j'ai, aujourd'hui, oublié le nom.

Dans l'angle sud de la pièce, il y avait simplement deux petits fauteuils en tissu imprimé, toujours dans les tons orangés, et une table basse sur laquelle était posée une lampe à pétrole qu'Alain alluma car l'électricité était très capricieuse dans ce coin reculé.

Face au lit, le mur était recouvert d'étagères assez étroites sur lesquelles se trouvaient des livres mais aussi de nombreux fossiles, des ammonites, des poissons, des crevettes, des vers marins.

Deux étroites portes placées au milieu des deux plus petits côtés du rectangle s'ouvraient l'une sur une cuisine minuscule et l'autre sur une salle de bain de même dimension.

— C'est adorable, ici !

— C'est ma mère qui a décoré cette petite case, dit Alain pour répondre à une question que je ne formulai pas, mais qu'il lisait dans mes yeux.

Sarah... Je lui souris par-delà le temps. Nous avions presque le même âge puisqu'elle n'aurait jamais plus de trente-trois ans. « C'est joli chez toi, Sarah. » Je fermai les yeux pour mieux l'imaginer. C'est alors que j'entendis la mer et je sus que c'était là qu'avaient eu lieu les rendez-vous avec Émile. Pendant un moment, j'eus le sentiment très étrange de ne plus savoir qui j'étais. Je me demandai sérieusement si je n'étais pas une réincarnation de Sarah, tant les situations se répétaient en des lieux identiques...

Puis je cessai de penser à Sarah. Les bras d'Alain s'étaient refermés autour de ma taille. La nuit fut longue. Nous ne parvenions pas à être rassasiés l'un de l'autre. Quand nous avions fini de faire l'amour, épuisés, sans force, nous nous blottissions l'un contre l'autre. Nous étions certains d'être exténués mais, presque indépendamment de notre volonté, le désir renaissait.

À environ une heure du matin, Alain alluma une lampe-tempête, noua un lamba autour de sa taille, m'en tendit un et me fit signe de le suivre. Dehors l'air était chaud et moite. Il m'entraîna derrière la petite maison. Il y avait une dune et, de l'autre côté de la dune, l'océan. Nous marchâmes un bon moment dans le sable mouillé. Je ne pensais à rien. Je regardais le ciel étoilé, j'écoutais le bruit des imposantes vagues qui venaient se briser sur la plage. Puis je me laissai tomber sur le sable et Alain s'assit derrière moi, faisant de ses bras et de ses jambes qui m'enserraient un cocon douillet dans lequel j'avais envie de rester blottie pour l'éternité.

Il fallut bien revenir à la réalité. Il était près de deux heures trente du matin : deux heures de route, un petit-déjeuner et ce serait l'heure de l'appel, la distribution des tâches.

Pendant le trajet, Alain me prit la main qu'il serra très fort et me dit qu'il voulait me revoir.

— Clandestinement ?

— Comment pourrions-nous faire autrement ? Ce serait la révolution chez toi, et chez moi, si notre liaison était connue. Personne ne comprendrait, personne n'admettrait. Et puis, ne le prends pas mal, mais peut-être en auras-tu assez de moi dans trois jours ! Si tu ne m'as pas jeté d'ici un certain temps, nous verrons comment faire les choses en douceur. Pour le moment, on se salue sèchement, on se voit pour la route et on continue à se vouvoyer. Tu ne crois pas ?

C'était peut-être le plus sage mais je ressentais de l'humiliation à l'idée d'être entrée, après Éléonore après Sarah, dans une relation cachée, comme si je devais avoir honte de mes actes, comme si je vivais un adultère.

— Comment et où nous verrons-nous ? Il est impossible de refaire souvent l'escapade que nous venons de faire. Nous ne pourrions pas être très productifs dans la journée !

Comment donc avaient fait Éléonore et Charles, Sarah et Émile pour se rencontrer ? Où ? Quand ? Comment ? Dans ce pays où la densité de population est encore très faible, il y a cependant toujours quelqu'un derrière un arbre qui vous épie !

Alain soupira :

— Nous trouverons bien...

J'hésitai :

— Je n'ai pas de personnel le soir, à la maison. Si tu viens à pied dans le noir et si tu repars vers deux ou trois heures du matin, tu peux passer inaperçu.

— J'espère ne pas tomber nez à nez avec les gardiens féroces munis de sagaies que tu as engagés.

Je ris.

— Ne t'inquiète pas. Ils sont avant tout décoratifs.

— Espérons-le !

Lorsque nous arrivâmes à quelques kilomètres de nos exploitations, sur le conseil d'Alain, je passai à l'arrière du véhicule, m'allongeai sur la banquette et me recouvris d'un grand lamba.

C'est avec beaucoup d'émotion que je relis ce que j'ai écrit à Sylvie le lendemain.

Berano, le 6 mai

Bonjour Sylvie,

Je pourrais, comme madame de Sévigné, commencer ma lettre par « Je vais vous mander la chose la plus étonnante, la plus surprenante, la plus inouïe, le plus imprévue... »

Je viens de passer la nuit avec, je te le donne en quatre, je te le donne en dix, je te le donne en cent... et je ne te fais pas mijoter plus longtemps... avec Alain Lourmel !

Tu es stupéfaite ? Moi aussi... Tu ne veux pas y croire ? Moi non plus. Et, ce qui est pire que tout, c'est que je sens bien qu'il ne s'agit pas d'un « accident » qui ne se reproduira pas. Je n'avais jamais, consciemment en tous les cas, été attirée par cet homme mais depuis que je me suis retrouvée dans ses bras, je ne peux penser à rien d'autre...

Je viens de passer la nuit la plus passionnée et en même temps la plus tendre de ma vie. Cet homme, derrière ses aspects d'homme des bois, de sauvage mal dégrossi, se révèle d'une sensibilité et d'une délicatesse extraordinaires.

Mais, comme tous les grands sensibles, c'est également un être compliqué, tourmenté et je prévois déjà que rien ne sera facile entre nous. Je ne parle même pas de la « transgression » du tabou que nous avons commise, mais de nos rapports d'individu à individu.

Digère d'abord la nouvelle, puis écris-moi vite. J'ai terriblement besoin d'avoir tes commentaires.

Je t'embrasse bien fort
Hélène

Alain, je l'ai déjà souligné, était une sorte de Tarzan : il parlait malgache comme un Malgache de la brousse ; il grimpait aux arbres mieux que quiconque ; il était l'enfant de cette forêt, l'enfant de Tanimainty et nulle part ailleurs il ne pouvait être bien.

Nos premières nuits furent parfaites, parce que nos corps s'entendaient merveilleusement. Je crus bien naïvement que cette harmonie s'étendrait à tout le reste. Cependant, assez vite je me rendis à l'évidence : Alain, écorché vif, ne pouvait bâtir de relations paisibles, et surtout pas avec moi.

Je mis pas mal de temps à comprendre que son attirance à mon égard était doublée d'une sourde rancune car il ne pouvait pas oublier une seconde que je faisais partie de la race honnie des Berthier.

Depuis sa plus tendre enfance, on lui avait martelé des horreurs sur les voisins et voilà qu'à présent il couchait avec l'héritière des Berthier. Et cette héritière avait insolemment redressé la SGB, alors que la SOGAL végétait. Comble de l'humiliation pour Alain, je finançais la route qui allait lui permettre de faire prendre un nouveau départ à son exploitation.

Je ne compris tout cela qu'au fil du temps, par des attitudes très agressives qu'Alain eut à mon égard, par des remarques blessantes qu'il me fit, par ses humeurs changeantes. Certains jours, ou plutôt certaines nuits, il était l'amant parfait, l'homme fort dans les bras duquel toute femme rêve de se blottir. Mais le lendemain je le retrouvais dépressif, sombre, exécrable.

Son penchant pour l'alcool était connu de tous. On m'avait raconté que l'une des raisons de son divorce avait été la boisson. Des bruits couraient également disant que, certains jours, il était en proie à des colères incontrôlables, justement sous l'effet de l'alcool.

Au début de notre liaison, je remarquai qu'il ne buvait presque plus et, avec la prétention des femmes qui pensent toujours réussir là où des dizaines d'autres ont échoué, je décidai que j'étais la rédemptrice. Grâce à moi Alain Lourmel serait sauvé...

Mes illusions ne durèrent pas.

Quelque temps plus tard, Fidy et Ony, que j'avais invités, vinrent passer une semaine de vacances à Berano. Je racontai à Fidy mes projets de route, puis je voulus qu'il fasse la connaissance d'Alain. J'avais plus ou moins l'intention de lui parler de notre liaison. Je savais qu'il était discret et j'avais besoin de m'épancher.

J'avais rendez-vous avec Alain dans mon bureau de Berano pour étudier le tracé de la route. Depuis le démarrage du projet, nous étions censés nous rencontrer officiellement de temps à autre. Nous nous comportions comme des gens qui, contre leur gré, doivent s'associer dans une entreprise. Alain veillait particulièrement à donner le change et moi je veillais à plaire à Alain que je ne voulais pas perdre.

Sous un prétexte quelconque ce matin-là, je demandai à Fidy de m'accompagner au bureau et quand Alain arriva, il nous trouva penchés sur des papiers.

Je les présentai l'un à l'autre. Nous parlâmes tous les trois de la future route. Fidy me demanda si j'en avais estimé le prix et là, maladroitement, je répondis qu'elle devait *me* coûter dans les huit cents millions de francs malgaches. Je ne compris pas pourquoi Alain se ferma brusquement. Il fut à peine poli avec Fidy et prétexta un travail urgent à terminer pour nous quitter très vite.

Je renonçai à mon idée de parler de lui à Fidy et Ony. Je sentais à très peu de choses – mais je connaissais bien Fidy à présent – que le courant ne passait pas entre lui et Alain.

En outre, sans qu'il ne se soit jamais permis la moindre observation, je savais aussi que Fidy avait regretté ma décision de rompre avec Gilles. Les deux hommes s'appréciaient et étaient devenus des amis. Non, décidément Fidy était trop raisonnable pour comprendre ma relation avec Alain. Si j'avais besoin d'un confident, il valait mieux choisir une autre oreille.

Pendant quelques jours je n'eus aucune nouvelle d'Alain et je n'osai pas aller à la SOGAL. Puis j'aperçus de loin sa camionnette. J'accélérai et je klaxonnai. Il s'arrêta et descendit de voiture l'air mauvais :

— Vous cherchez à me voir ? me lança-t-il.

— Oui, j'ai à te parler.

— Pas ici en tous les cas, répliqua-t-il en me désignant du menton des ouvriers qui allaient et venaient au bord de la route.

— Où ?

— À mon bureau, dans une heure.

Son bureau était accolé à sa maison. Il envoya Dimanche qui faisait le ménage, acheter un paquet de cigarettes à l'épicerie du village de Tanimainty, puis, lorsqu'il fut assuré que nous étions seuls, il se mit à vociférer, prétendant que je l'avais humilié en parlant à un étranger du coût de *ma* route, de l'argent que cela *me* coûterait. Je jouais à la patronne, au grand chef et il ne le supporterait pas.

Il se servit un whisky généreusement dosé et continua à fulminer :

— C'est vrai, c'est toi qui payes, c'est ta société qui marche et pas la mienne. Et tu sais pourquoi ? Tu crois que c'est grâce à toi, madame je-sais-tout, madame-la-perfection ? Tu penses que tu es très forte, une excellente gestionnaire, tandis que les Lourmel sont des minables... Mais c'est facile d'être bon quand on est assis sur le meilleur gisement de graphite de la région, un gisement volé par ton arrière-grand-oncle à mon grand-père, je te le rappelle. Alors si j'étais toi, je n'emploierais pas trop souvent des possessifs du style *ma* route, *mon* graphite... et il jeta contre le mur son verre qui explosa en minuscules morceaux.

Je tournai les talons et rentrai chez moi en hâte, le cœur à l'envers. C'était fini entre lui et moi. Il était vraiment trop stupide, méchant, alcoolique ! Je cherchai encore d'autres qualificatifs, révoltée par son attitude.

La nuit même, j'entendis un faible grattement à ma fenêtre : c'était lui. J'ouvris le volet. Il se glissa silencieusement à l'intérieur, me prit dans ses bras en me suppliant d'oublier sa colère injuste.

Je voulus lui faire promettre de ne plus jamais m'infliger ce genre de scène. Je voulus lui dire que je lui pardonnais pour cette fois-ci mais déjà j'étais nue dans ses bras. Il m'embrassait passionnément, me chuchotait dans l'oreille son désir : « C'est vrai, je suis fou, tu me rends fou ! J'aime tes lèvres, ton corps... ».

Il me fit l'amour lentement, longuement et je ne pensai plus qu'à ses caresses. Quand je fus rassasiée de lui, j'allumai une cigarette et je lui demandai dans la pénombre de ma chambre :

— Est-ce que tu penses vraiment que je n'ai aucun mérite à faire tourner l'exploitation ?

J'avais failli dire *mon* exploitation, mais je m'étais retenue à temps.

— Idiote ! Bien sûr que non ! Tu te débrouilles très bien. N'empêche que tu peux être la meilleure, si tu n'as pas de graphite, ou s'il est encastré au milieu de roches dures, tu peux toujours t'accrocher...

— C'est vrai, dis-je avec humilité.

Il me caressa la joue :

— Tu sais pourquoi je t'ai prêté cette courroie, il y a quelques années quand il y a eu l'affaire du saboteur ?

— Parce que tu es un type bien, finalement, et à l'esprit chevaleresque !

— Pas du tout ! Je l'ai fait parce que j'étais persuadé que tu te casserais la gueule, et je ne voulais pas que tu mettes ça sur le compte d'un sabotage.

— J'avoue que je n'avais pas pensé à cette motivation !

— Ce qui te prouve à quel point j'ai de l'estime pour ton travail, parce que je suis bien placé pour savoir que c'est difficile, même quand on a la chance d'avoir hérité d'un bon gisement d'un grand-oncle voleur !

Il riait à présent, me refit l'amour et rentra chez lui après m'avoir serré tendrement contre lui. Je crus l'abcès crevé ainsi qu'en témoigne une lettre que j'écrivis à Sylvie à cette période-là :

Berano, le 15 juin

Bonjour Sylvie

Ainsi la nouvelle ne t'a pas étonnée outre mesure ? Tu trouves même qu'elle était prévisible ! Mais sur quoi te fondes-tu ? As-tu jamais senti dans l'une de mes lettres un soupçon d'attirance pour Alain ? Je suis perplexe et je te demande de m'en dire davantage. Aurais-tu des dons de divination ? Je t'assure que l'idée que quelque chose puisse se passer entre cet homme et moi ne m'avait jamais effleurée.

En revanche lorsque je prévoyais dans ma dernière lettre que ce serait une liaison difficile, je ne me trompais pas. J'en ai eu la confirmation très vite. Alain a les nerfs à vif. J'espère lui montrer qu'il n'a rien à craindre de moi et désamorcer toute peur, et donc toute agressivité chez lui.

[...]

Je regrette aujourd'hui plus que jamais ton allergie à la Nivaquine qui t'empêche de venir : j'aurais bien besoin d'une amie. Je me sens quelque peu paumée. Je compte les mois qui me séparent de mon séjour en France et je me demande si je ne vais pas avancer ma venue. Je crois que j'ai besoin de mettre de l'ordre dans ma tête et pour cela de m'éloigner un peu de Berano.

Bises

Hélène

Ainsi j'avais cru naïvement parvenir à apaiser les angoisses d'Alain. Il n'en fut rien, bien sûr. Régulièrement, de manière directe ou détournée, revenait l'historique des deux mines et nous passions notre temps à nous chamailler, à rompre puis à retomber dans les bras l'un de l'autre. C'était épuisant.

Je sus que, malgré les semaines et les mois qui passaient, Alain ne voudrait jamais que notre liaison soit affichée. Il jugeait que ce serait humiliant pour lui et malsain pour nos sociétés respectives. Il multipliait les précautions de manière à ce que personne ne puisse se douter que nous étions amants. Aussi, malgré notre proximité géographique et nos libertés respectives de célibataires, passions-nous fort peu de temps ensemble tant chaque rendez-vous était compliqué puisqu'il fallait s'assurer de la plus grande discrétion.

Mais j'avais cet homme-là dans la peau, je ne voulais pas le perdre et je me pliai à ses souhaits. Je ne parlai à personne de lui et j'imitai sa prudence quand nous nous donnions rendez-vous.

Une seule personne avait des soupçons, j'en aurais mis ma main au feu : Telo.

Chapitre 13

Tondro tokana tsy mahazo hao.
Un seul doigt ne peut attraper un pou.

Proverbe malgache

La grandiose aventure de la route commença un matin de mars. La saison des cyclones venait de se terminer. On pouvait démarrer les travaux. Le premier arbre fut coupé tandis que, lâchement, je détournais les yeux.

Ce fut Alain qui détermina son tracé, mais il m'apprit la raison de ses choix, me montra les pentes trop raides qu'il fallait éviter, les ravins qui auraient menacé la stabilité de la chaussée.

Il m'apprit surtout à repérer les chemins que prendrait l'eau lorsque la saison des pluies arriverait avec ses trombes qui dévaleraient du ciel. Il me montra comment estimer le débit des rivières et ruisseaux pendant cette saison-là. Petit à petit, je fus capable de déterminer la grosseur des buses à enterrer sous la route pour drainer toute cette eau, capable de dire où il fallait construire un pont et à quelle hauteur. Je pouvais raisonnablement contredire Eugène avec des arguments, ou au contraire approuver ce qu'il conseillait.

Au bout de quelque temps, je ne m'apitoyai plus sur les arbres, attentive d'ailleurs à épargner les plus gros, quitte à faire dévier légèrement la route. J'étais au contraire fascinée par ces travaux qui me paraissaient, compte tenu des moyens dont nous disposions, titanesques. J'avais embauché cinquante personnes de plus et, chaque matin, j'allais passer au moins deux heures sur cet énorme chantier. Les uns damaient, les autres creusaient, certains coupaient des arbres. J'en voyais qui allaient et venaient avec des soubiques* remplies de terre sur la tête. Le tout se passait dans une bonne humeur incroyable, comme si l'immensité de la tâche stimulait tout le monde.

En un mois, les hommes qui y travaillaient devinrent une véritable équipe et, pour la première fois depuis que j'étais à Berano, j'entretins de vrais rapports avec mes ouvriers. La connaissance du malgache, que je parvenais enfin à maîtriser à peu près, joua mais le vrai lien fut la route elle-même. Ensemble, nous allions quelque part et chacun sentait qu'il ne pouvait se passer des autres pour s'y rendre.

À chaque difficulté rencontrée, tout le monde se mobilisait et chacun suggérait des solutions. À partir du kilomètre 10, c'est-à-dire en quittant la propriété Lourmel pour entrer dans le domaine public, le travail devint réellement ardu tant le terrain était difficile et la forêt dense, au point qu'on y était dans une perpétuelle pénombre.

Il fut décidé qu'une partie des travailleurs camperait sur place pour éviter les déplacements. Les hommes choisis ne soulevèrent aucune objection. La notion de confort leur était étrangère. Qu'ils vivent dans leur case de Berano ou dans une case en roseaux montée à la hâte, ne faisait aucune différence. Ce qui leur importait, c'était d'avoir leur indispensable fatapera, avec sa provision de charbon, du riz et une natte qu'ils déroulaient pour dormir. Femmes et enfants les suivaient la plupart du temps et les aidaient de leur mieux. Une grande clairière fut donc aménagée et servit de base au campement. Tous les jours, le camion apportait le ravitaillement.

Une borne était posée à chaque kilomètre effectué et c'était le prétexte à une petite fête le soir : les ouvriers et leur famille chantaient et dansaient, racontaient des légendes toujours effrayantes autour d'un feu de camp.

J'en appris plus sur le mode de vie betsimisaraka durant la construction de la route que pendant tout mon séjour à Berano. Je réalisai l'isolement et l'ignorance de ces gens, qui pourtant ne vivaient qu'à quelques heures de voiture ou de train de la capitale. Mais ils n'avaient pas de voiture, pas même les moyens de prendre le train : Tana, pour la plupart, leur semblait être à des années-lumière.

Confinés dans leur village, ignorant tout du monde qui les entourait, ils puisaient un peu de courage dans les contes qu'ils se racontaient à la veillée. Ils se raccrochaient à mille superstitions pour conjurer tout ce qui les menaçait : la mort bien sûr, mais aussi les maladies, les tremblements de terre, les éclipses, les cyclones, etc.

Je découvrais un univers insoupçonné. Le sorcier du village ne cessait d'aller et venir fébrilement, déterminant les endroits fady, désignant les arbres sur lesquels on ne devait pas uriner sous peine d'impuissance ou de stérilité, disant quelle poule on devait sacrifier tel jour et à telle heure pour que la route avance bien.

De temps à autre, Alain se joignait à nous le soir, car l'équipe comportait aussi des ouvriers de la SOGAL. Il aimait comme moi écouter les conteurs, et souvent traduisait quand je ne comprenais pas. Quelquefois même, il raconta des histoires de la forêt.

Après la mort de Sarah, alors qu'il était tout petit, il m'avait confié que c'était sa neneny qui avait pris soin de lui.

En écoutant ces récits et la liste interminable des tabous de la région, je compris qu'une bonne part de la psychologie d'Alain me serait à jamais étrangère. Il avait baigné là-dedans et, dans sa tête, les histoires que devaient lui raconter sa neneny et les principes rigides qui lui avaient été inculqués par son père Laurent, devaient faire un drôle de mélange. Pas étonnant que cet homme-là soit double : fort et fragile, téméraire et si peu sûr de lui.

Sur ces dix kilomètres, il y avait déjà deux radiers, quatre petits ponts et un cinquième de taille conséquente. Je ne comptais plus les passages de buses. Bien évidemment nous avions pris du retard. Il avait fallu dynamiter des rochers de granit qu'on ne pouvait contourner, remblayer un énorme fossé qui posait problème. La moitié de la route seulement avait été achevée quand arriva novembre et la saison des pluies. Il nous fallait continuer, quitte à interrompre les travaux pendant quelques jours si le sol était trop détrempé.

L'enthousiasme des débuts retomba quelque peu quand il se mit à pleuvoir des jours durant. Mais cela nous permit aussi de voir comment se comportait la piste déjà faite.

Dans l'ensemble, nous ne nous étions pas si mal débrouillés. Je fus pourtant obligée de faire remplacer des passages de buses que j'avais cru avoir surdimensionnés et qui étaient insuffisants. D'autre part, deux endroits s'étaient transformés en patinoire géante et il fallait revoir l'épaisseur de la couche de gravillons et de sable, modifier les pentes d'écoulement des eaux.

Nous dûmes interrompre totalement l'avancée des travaux pendant deux mois. Pour notre malheur, cette année-là fut particulièrement pluvieuse ainsi que je le raconte à ma mère.

Berano, le 28 janvier

Ma chère maman,

Voilà deux mois qu'il pleut sans interruption et que je vois l'argent fondre avec la boue de la route. Par moments, je me dis que nous n'y arriverons jamais. Évidemment, à cause de cette pluie, l'estimation initiale que j'avais faite du coût de la route n'est plus la même. Je me rends compte aussi qu'il me faut revoir le coût de l'entretien de ces vingt kilomètres, si nous parvenons au bout.

Je suis réellement découragée et, à Berano, le mythe de Sisyphe n'est pas une image, mais notre réalité. Il semble que je sois incapable de l'accepter ou du moins de l'intégrer dans mes calculs. Chaque fois qu'une catastrophe naturelle survient, je me persuade que c'est exceptionnel, que statistiquement il n'y en aura plus d'autres pendant des années. Il serait temps que je regarde les choses en face : les cyclones et les pluies interminables sont le lot de la région. Il faudrait plutôt prendre l'habitude de remercier le ciel quand, pendant une ou deux années, nous en sommes dispensés.

Mon rocher, tel Sisyphe, je devrai interminablement le pousser au sommet de la colline car il la dévalera encore... et toujours. Je suis fatiguée, maman ! Je te l'avoue, il m'arrive ces derniers temps de penser que c'est toi qui avais raison et que j'aurais dû me contenter d'un métier un peu plan-plan peut-être mais tellement sécurisant au lieu d'épuiser mon énergie à tenter – en vain – de défier les éléments. [...]

Je t'embrasse bien fort, maman.

Hélène

Je traversais donc des périodes noires durant lesquelles j'avais envie de tout laisser tomber. Certains jours, Alain m'était d'une aide morale précieuse mais le lendemain, il était capable par son cynisme et son pessimisme de tout dénigrer. J'y aurais été insensible dans d'autres circonstances, mais j'étais fragilisée par ma relation très particulière avec lui et par ma peur d'avoir fait le mauvais choix en décidant d'ouvrir cette route.

Cependant, en juin de cette année-là, une bonne nouvelle me redonna un peu d'optimisme : la forêt venait d'être classée « Aire protégée ». C'était Alain qui s'était occupé de toutes les démarches, avait contacté les bureaux d'aide internationale, le ministère des Eaux et Forêts, avait suggéré les limites de cette zone. La procédure de classement avait été relativement courte, un an environ.

Les derniers aménagements de la route furent les plus longs et les plus ingrats. Il fallut revoir tous les passages qui posaient de sérieuses difficultés et de gros investissements furent à nouveau indispensables. Enfin, au mois de septembre, soit un an et sept mois après le début des travaux, la route parvint à son terme. Elle avait coûté le double de ce que j'imaginais au départ.

Le graphite, c'était cette colline qui était devant moi et ressemblerait d'ici quelque temps à ce que nous avions à Berano. Une immense émotion m'envahit, ainsi que des sentiments totalement contradictoires : la fierté d'avoir mené cette entreprise jusqu'au bout, la tristesse d'être celle par qui toute cette végétation allait disparaître. Ce n'était rien à l'échelle de cette forêt et surtout à l'échelle de ce qui se brûlait chaque année à Madagascar, mais ça ne me consolait pas. Les arguments que m'avait fait valoir Alain ne me réconfortaient pas entièrement non plus et, quand le lendemain le bulldozer arriva et fit tomber comme des allumettes tout un groupe d'arbres de la colline, je me mis à courir et j'allai cacher dans la forêt mes sanglots.

Au bout de la route, une grande clairière fut aménagée pour que puissent être construits quelques baraquements, un bureau, un hangar de stockage. Puis, solennellement, à l'*angady** et non au bulldozer, à l'endroit où la colline avait été débarrassée de sa végétation, trois hommes se mirent à creuser tandis que les autres s'étaient rassemblés en cercle autour d'eux. Ils ne continuèrent pas longtemps. À soixante centimètres de la surface à peine, des traces noirâtres apparurent. Le silence se fit et ils m'appelèrent. Je savais ce qu'ils attendaient de moi. Je descendis dans le trou creusé, ramassai une poignée de terre puis je remontai et là, dans le silence attentif qui s'était fait autour de moi, j'écrasai la motte de terre contre la paume de ma main qui devint gris argent. Alors je levai la main très haut vers le ciel pour que chacun puisse voir qu'*Andriamanitra** avait béni notre entreprise. De grands cris de joie éclatèrent.

Le lendemain, Eugène me rappela la promesse que j'avais faite aux ouvriers : deux zébus leur seraient offerts en guise de bénédiction à la fin de la route. Je donnai l'argent à John pour qu'il aille acheter les bêtes. Il m'avertit que la cérémonie aurait lieu le mardi suivant, selon les instructions de l'astrologue. Les ouvriers me priaient de l'honorer de ma présence. J'avais déjà offert des zébus aux ouvriers mais les circonstances étaient moins solennelles et j'avais toujours réussi à éviter d'être présente sous un prétexte quelconque. Je partais à Tamatave, Moramanga ou même j'avançais de quelques jours mon séjour à Tana.

J'avais accepté bien des choses pour ne pas heurter les susceptibilités, toutefois assister au sacrifice d'un animal était au-dessus de mes forces. John insista beaucoup : c'était au patron de distribuer les morceaux de viande, les ouvriers ne comprendraient pas mon absence en pareille circonstance. Je restai ferme dans mon refus d'assister à la mise à mort des deux zébus, mais je voulus bien venir une fois que les animaux auraient été dépecés pour procéder à la distribution. Et je priai John d'expliquer aux ouvriers que les sacrifices ne faisaient pas partie de mes coutumes. Cela m'éviterait d'avoir à l'avenir à chercher trente-six prétextes fallacieux.

Le mardi arriva. Je l'avais instauré jour de fête pour marquer la fin de la route. J'étais donc restée chez moi et j'étais en train de lire lorsque j'entendis une clameur toute proche. J'appelai Telo, j'appelai la cuisinière. Personne ne répondit. Une autre clameur monta.

Alors je compris : le sacrifice commençait et tout le monde y assistait. Il aurait fallu soit que j'y participe, soit que j'aille loin dans la forêt. Pendant près d'une heure, j'entendis des cris de joie, des hurlements hystériques qui me rendirent à moitié folle.

Imaginer est quelquefois pire que voir. Je me représentais ces gens massés autour des deux pauvres bêtes : ils jouissaient de leur agonie. Mes mains étaient trempées de sueur et je haïssais ces hommes et ces femmes pour lesquels la souffrance d'un animal n'était qu'un divertissement au milieu de leur vie grise.

Je songeais à ce que m'avait raconté Fidy à propos des coutumes qui entouraient le décès des souverains de Madagascar. Les rois ou reines mouraient généralement à Tana, dans leur capitale, mais devaient être enterrés à Ambohimanga, la ville sainte située à une vingtaine de kilomètres. De nombreux hommes transportaient, au moyen de longs brancards, le cercueil. Ce jour-là, des centaines de zébus étaient sacrifiées et on disposait les cadavres des bêtes tous les dix mètres le long du trajet de Tananarive à Ambohimanga. Les porteurs devaient enjamber l'animal mort. Après quoi, le peuple avait le droit de mettre en pièces les dépouilles des bêtes.

Les clameurs d'autrefois étaient les mêmes que celles d'aujourd'hui, j'en étais certaine. Je n'avais jamais rien entendu de pareil auparavant. On détectait une intense excitation. C'était presque un état de transes. Les mains sur les oreilles, j'essayais de ne pas entendre, mais les cris traversaient mon cœur qu'ils emplissaient de dégoût.

John vint me chercher. Je surmontai ma répulsion pour honorer ma promesse. Il fallut d'abord que j'écoute un discours d'Eugène me remerciant d'être le père et la mère de tous les ouvriers, me bénissant sur cinq générations au moins pour les zébus. Puis je dus répondre. Heureusement, la masse des ouvriers et de leur famille m'empêcha de voir l'étendue de gazon qui bordait la cour de l'usine, et je ne m'en tirai pas trop mal, remerciant chacun pour le dur labeur accompli pendant ces derniers mois.

Quand mon discours fut terminé, la foule s'écarta. Alors je vis sur l'herbe, posés sur de grandes feuilles de bananiers, les morceaux sanguinolents des zébus. Je faillis me trouver mal, surtout lorsque j'aperçus les deux têtes des animaux qui gisaient près du grand palmier, mais je fis un effort surhumain pour me contrôler. Un évanouissement aurait démoli en un clin d'œil toute l'estime que durement j'avais pu acquérir aux yeux des employés au fil des années.

Eugène me désignait les meilleurs morceaux tandis que John appelait les ouvriers par ordre d'ancienneté. Alors, je prenais la feuille de bananier avec son contenu que je remettais à celui qui venait d'être nommé. Les deux bras tendus, la tête inclinée en signe de remerciement, il s'en saisissait et se retirait à reculons. La cérémonie me parut interminable. Quand elle fut achevée, j'eus droit, moi aussi, à un morceau dans sa feuille de bananier, le meilleur probablement. Je le mis soigneusement au congélateur pour le rapporter à Tana et l'offrir à ma secrétaire.

La fête était finie. Ma tête tournait. J'allai dans le jardin faire quelques pas. Je fus alors prise d'un intense sentiment de solitude doublé d'une peur panique.

La fatigue des dernières semaines, mes relations toujours conflictuelles avec Alain, le sacrifice des zébus, tout cela se mêlait et s'emmêlait dans mon cerveau. Je ne parvenais plus à penser. Je sentais simplement que j'étais étrangère à cette terre et que je le resterais. Chez moi, ce n'était pas ici. Je l'avais cru, je m'étais trompée.

L'usine était au repos et le ronronnement rassurant qu'elle générait s'était tu. Les bruits de la forêt toute proche me parvenaient distinctement : des cris d'oiseaux, l'appel d'un lémurien.

Je me laissai tomber lourdement sur l'herbe. Je fermai les yeux. Je me vis dans les rues du vieil Antibes, puis à Juan-les-Pins la nuit au milieu d'une foule bruyante. Est-ce que c'était là chez moi ?

Chez moi, chez moi, chez moi...

Il parait que ce fut Telo qui me ramassa sur la pelouse et fit venir la petite infirmière de l'usine. J'étais brûlante de fièvre. J'avais tout simplement une bonne crise de paludisme, la première... On me soigna au *Quinimax*. La fièvre tomba mais mon sentiment de solitude subsista.

Alain était parti à Tana et, quand bien même il aurait été là, je n'aurais pas pu lui dire de venir me voir car il y avait en permanence quelqu'un à mon chevet. L'infirmière et Telo dans la journée, Miangaly la cuisinière la nuit. On m'entourait des soins les plus attentifs. Clodomir me composait des bouquets de fleurs extraordinaires. Eugène me faisait porter des œufs frais. John me donna une infâme tisane censée me guérir.

Le plus attentif des gardes-malades était sans conteste Telo.

— Tu peux partir maintenant, Telo. Je te remercie, je vais bien.

— Non, répondit-il, buté, tu ne vas pas bien encore. Je reste !

J'en profitais alors pour bavarder un peu avec lui, le questionner sur sa famille, sur ce qu'il aimait ou n'aimait pas. Ses réponses, toujours surprenantes, me divertissaient.

J'avais fait venir une télévision et un magnétoscope à Berano. Je m'en servais rarement : on ne captait pas les émetteurs, trop lointains, et je ne possédais qu'une dizaine de cassettes vidéo, lesquelles d'ailleurs avaient été attaquées en un temps record par l'humidité.

Quand je fus malade, John revint un jour avec cinq cassettes.

— Où les avez-vous trouvées ?

— C'est le curé italien de Moramanga qui vous les prête.

Le prêtre avait des goûts éclectiques : trois *James Bond*, *Victor Victoria*, et *Autant en emporte le vent*.

Telo était fasciné par le petit écran. Je l'invitai à voir les films en ma compagnie. Il s'assit alors en tailleur dans un coin légèrement à l'écart en signe de respect. Je l'invitai à s'installer plus confortablement, mais il refusa d'un signe énergique de la tête. Le premier film que je visionnai fut un *James Bond*.

Mais c'est observer Telo pendant qu'il le regardait qui fut un régal. Il vivait chaque scène, se cramponnait quand 007 était en danger, secouait la tête avec pitié lorsqu'il tombait dans les filets d'une belle espionne. Son attitude pendant les scènes d'amour était particulièrement savoureuse : il ne regardait plus la télé de face, mais tournait la tête et observait du coin des yeux tout en faisant claquer sa langue contre son palais en signe de gène ou de désapprobation.

Il lui arrivait même de parler à James entre ses dents, de le mettre en garde : « Méfie-toi de celle-là : elle veut te tuer, j'en suis sûr ! »

— C'est incroyable, me dit-il, après le deuxième film, ce James Bond a beaucoup de chance : toutes les femmes qu'il rencontre sont belles ! Mais quand même, ce n'est pas quelqu'un de bien... Il ne se rend pas compte de la valeur de ses voitures : il les casse toutes !

Je tentai de lui expliquer comment on fabrique un film. Il ne put admettre qu'on cassât volontairement une voiture, même vieille, pour les besoins d'un tournage. Il préféra continuer à penser que James était un gaspilleur insensé qui ne prenait pas soin de ses affaires.

Quand il vit Ursula Andress, il resta saisi :

— Oh ! Celle-là, il faut t'en méfier plus que toutes les autres, dit-il à l'adresse de 007.

Je mis sur pause.

— Pourquoi celle-là serait-elle pire que les autres ?

Il battit des cils, puis finit par dire :

— Elle ressemble à Madame Sarah...

— Dis-moi pourquoi tu ne l'aimais pas, Telo ?

— Monsieur Émile était trop malheureux. Il pensait toujours à elle. Il voulait qu'elle soit sa femme. Elle ne voulait pas.

— Elle avait déjà un mari, remarquai-je.

— Justement, elle avait tout ce qu'il faut chez elle.

Autant en emporte le vent l'inspira beaucoup moins : cette écervelée de Scarlett qui passe son temps à soupirer après cet incapable d'Ashley alors qu'elle a un homme, un vrai, à portée de main, ne lui inspira que mépris.

Il trouva tout de même qu'elle était douée en affaires, mais qu'elle aurait dû fouetter davantage ses esclaves qui étaient des paresseux, et aussi les forçats qu'elle avait engagés pour la scierie, qui traînaient des pieds.

L'immense gare d'Atlanta où sont entassés les centaines de blessés sudistes le stupéfia.

— C'est vrai, cette gare ? me demanda-t-il, preuve qu'il commençait à comprendre ce qu'était un film.

— Mais oui, dis-je, il y en a de très grandes. Je te rapporterai des photos de celles de Paris ou de Marseille.

— Mon père conduisait le train de Tamatave à Moramanga. Il m'emmenait quelquefois avec lui, mais je n'ai jamais vu de gares comme celle-là.

Une lointaine petite cloche tinta dans ma mémoire :

— Quel âge as-tu, Telo ?

— Cinquante-neuf ans, patronne... Pourquoi ? Tu ne veux quand même pas me mettre à la retraite ? Je suis toujours en forme !

Je fis un rapide calcul de tête.

— Mais alors, c'est toi le jeune garçon qui a sauvé monsieur Émile et madame Sarah pendant la rébellion !

— Qui t'a dit ça, patronne ?

— C'est toi, n'est-ce pas, réponds-moi !

— Oui, c'est moi, mais qui t'a révélé ?

— Personne, Telo... Mais je connaissais l'histoire de la fuite d'Émile et de Sarah. J'ai deviné quand tu m'as dit que ton père était conducteur de train !

— Monsieur Émile m'a proposé de venir travailler chez lui quand le calme est revenu dans la région, quelques mois après les événements. Un an ou deux après, il a épousé madame Élizabeth, qui était très gentille. C'est elle qui m'a appris tout : le ménage, un peu de cuisine. Puis Bertrand est né en 1950...

Il s'interrompit, mélancolique.

— C'est très loin tout ça, patronne !

— Oui, approuvai-je, très loin et très proche.

Je ne savais pas si je m'étais exprimée correctement en malgache et s'il comprenait ce que je voulais dire mais il me fixa, brusquement grave :

— Très proche oui, parce que c'est toujours la même histoire qui recommence...

Et il sortit de ma chambre en patinant.

Lorsqu'Alain revint de Tana et sut que j'étais malade, il me rendit une visite tout à fait officielle. Je le reçus en robe d'intérieur dans le salon. Il resta un bon moment.

C'est lui qui, pour la première fois, me parla de sa mère. Comme je lui racontais le dévouement de Telo à mon égard pendant ma maladie, il me parla de la neneny de son enfance qui ne le quittait pas, ne rentrait pas voir sa famille pendant plusieurs jours et même plusieurs semaines s'il était souffrant.

— J'étais son préféré. À la mort de notre mère, mon frère Gérard avait six ans tandis que je m'apprêtais à fêter mon premier anniversaire. Lui était déjà à peu près autonome. Elle s'est consacrée complètement à moi. Même devenu adolescent, elle continuait à m'apporter mon petit-déjeuner au lit, en cachette parce que mon père piquait des colères s'il la surprenait.

Je lui demandai s'il savait de quoi était morte sa mère.

— Quand elle était enceinte de moi, sa grossesse a été particulièrement difficile, m'a raconté mon père. C'est d'ailleurs la raison pour laquelle elle est restée en France. Puis je suis né et ses ennuis de santé n'ont fait qu'empirer. Elle passait ses journées allongée et ne pouvait plus s'occuper ni de Gérard ni de moi. C'était la neneny qui l'avait suivie en France qui s'en chargeait. Mon père, qui était resté à Tanimainty, a fini par confier l'exploitation à un gérant et il est venu nous rejoindre à Paris. Les médecins avaient des avis différents quant à la façon de la soigner. Finalement, comme elle ne se rétablissait toujours pas, on décida de l'opérer. Elle ne se réveilla pas…

Il resta silencieux quelques instants puis reprit :

— J'aurais tellement aimé avoir quelques souvenirs d'elle. Gérard en a, mais moi, je n'ai que des photos et les récits des autres. On me dit toujours qu'elle était magnifique, que les hommes étaient tous amoureux d'elle, mais la seule personne qui m'ait parlé d'elle en tant que mère, c'est ma neneny et c'est ce qui m'intéresse. Il parait qu'elle était extrêmement attentive à notre éducation, passait de longs moments avec nous et ne se comportait pas comme beaucoup de femmes vazaha de cette époque qui se déchargeaient complètement de leurs enfants en les abandonnant quasiment au personnel.

— C'est une chance pour vous deux d'avoir eu quelqu'un comme Rasoa après le décès de votre mère, dis-je étourdiment.

Il me regarda, ahuri :

— Comment sais-tu que ma neneny s'appelait Rasoa ?

— C'est toi, tu viens de la nommer, dis-je en rougissant.

— Je suis certain de n'avoir pas prononcé son nom. Qui t'a parlé de Rasoa ? Tu mènes une enquête sur mon enfance ? Pourquoi ? Auprès de qui ?

Maudissant mon étourderie, je décidai de lui dire la vérité. Je lui racontai l'histoire du plafond que je voulais faire enlever, des poutres et finalement du coffret et des lettres de Sarah à Émile.

— Ta mère mentionnait une certaine Rasoa comme étant la neneny de ton frère Gérard. Je n'aurais jamais dû lire ces lettres, cependant j'avoue que la curiosité a été trop forte. Je les ai brûlées tout de suite après. Elles appartenaient à Émile.

Je savais bien que si je disais les avoir conservées, Alain me torturerait jusqu'à ce que je les lui donne et j'étais certaine que Sarah ne l'aurait pas voulu. Aucune mère ne veut que son enfant lise les lettres d'amour qu'elle a pu écrire à son amant.

Il serra les poings et je crus qu'il allait piquer l'une de ses célèbres colères mais je vis ses épaules s'affaisser lentement et il finit par soupirer :

— C'est peut-être mieux ainsi... Je ne veux pas savoir ce qu'elle avait à dire à Émile.

Je cherchai quelque chose à rajouter qui le réconforte :

— Tu sais, dans l'une des lettres que j'ai lue et qu'elle avait écrite à bord du paquebot *Jean Laborde*, elle parlait de ton frère Gérard, qu'elle avait dû confier à Rasoa parce qu'elle se sentait malade. Elle expliquait que c'était totalement inhabituel de sa part. Cela rejoint tout à fait ce que tu m'as raconté d'elle tout à l'heure.

— Ma mère aimait bien Rasoa, toutefois, elle n'aurait voulu pour rien au monde que ce soit elle qui se charge de nous élever, j'en suis persuadé. Rasoa nous considérait comme un trésor précieux qu'on lui aurait confié. Si nous jouions avec d'autres enfants et qu'à un moment ou à un autre nous nous disputions avec eux, ou si nous pleurnichions pour une raison quelconque, elle nous donnait obligatoirement raison et ne cherchait pas à connaître la vérité. Nous étions élevés comme des princes du XVIIe ou XVIIIe siècle, à qui il fallait inculquer la notion de leur supériorité.

— Au moins, vous avez été aimés...

— Aucun doute là-dessus. Je suis certain qu'elle nous aimait davantage que ses propres enfants qu'elle voyait finalement bien moins que nous car ils vivaient avec sa sœur. Notre père rentrait tard le soir, fatigué par sa journée sur les mines, et ne se rendait pas bien compte de l'incroyable façon dont Rasoa nous élevait. « Vous êtes de beaux petits vazaha, et un jour vous serez de grands vazaha forts et puissants, et votre Rasoa sera fière de vous. » répétait-elle fréquemment. Parfois, lorsque nous jouions avec les fils des ouvriers, elle nous interpellait : « Ça suffit pour aujourd'hui ! Vous savez bien que je n'aime pas que vous passiez trop de temps avec cette graine de racaille... Filez, vous autres ! » ajoutait-elle d'un ton menaçant à l'adresse des gamins qui détalaient aussitôt. Sa patience avec nous et spécialement avec moi n'avait pas de bornes. Si... je me trompe, les seules limites étaient le danger : elle nous refusait quelque chose si cela pouvait être nuisible pour nous. Trop de chocolat par exemple, ou nous baigner dans les endroits dangereux mais en revanche nous pouvions exiger pour le goûter des crêpes, puis changer d'avis et vouloir des tartines de confiture et encore changer d'avis et réclamer une brioche. Nous pouvions lui demander quinze fois d'aller chercher un jouet que nous avions dans notre chambre alors que nous étions dans le jardin et quinze fois elle y allait !

J'interrompis Alain :

— Quand Rasoa est-elle morte ?

— Mais elle est toujours vivante ! s'exclama Alain. Je lui ai fait construire une jolie case en bois à Tanimainty, non loin de ma turbine. Elle a un jardin potager et elle vit là, entourée de sa famille. Je la vois très souvent. Elle a quatre-vingt-trois ans aujourd'hui et elle ne marche plus guère mais elle a l'œil vif et une mémoire d'éléphant !

Il reprit le fil de son récit :

— Pour finir de nous donner de l'importance, on nous attribua un précepteur très savant, mais d'une faiblesse sans bornes. Gérard n'en profita pas trop, mais moi j'usai le pauvre homme et je n'appris pas grand-chose.

Quand mon père s'en aperçut, il nous envoya en pension en France, Gérard et moi. Gérard avait quinze ans, j'en avais dix. Je m'imaginais que j'aurais une Rasoa à moi à la pension ; il était tout aussi évident qu'on m'attribuerait une chambre avec une salle de jeu et une salle de bain à partager à la rigueur avec mon frère. Je n'avais posé aucune question sur ce qui m'attendait en France : j'étais persuadé que le monde était au service et à la dévotion des Lourmel. Je découvris avec stupéfaction et horreur les dortoirs, les douches communes, les levers le matin quand il fait encore nuit et que l'eau est glacée, les petits-déjeuners insipides. J'appris par la suite que mon père avait payé fort cher pour cette pension réputée être l'une des meilleures de la région lyonnaise. Je me demande comment étaient les autres !

Je restai trois ans dans cet enfer. Quand mon frère eut son baccalauréat et qu'il fut question de m'y renvoyer seul, je fis une telle crise de nerfs que mon père comprit qu'il ne s'agissait plus de caprices de ma part et que me forcer à retourner là-bas serait une grave erreur. Je revins donc à Berano et mon père m'apprit tout ce qui concernait le graphite.

Alain n'en avait jamais tant dit sur lui. Les moments trop courts pendant lesquels nous nous voyions étaient consacrés à nos étreintes passionnées, quelquefois à des disputes, mais finalement nous parlions peu de nous-mêmes. Il se leva, m'embrassa sur la joue et me chuchota à l'oreille :

— Guéris vite, j'ai envie de toi...

J'eus le sentiment qu'il s'agissait d'une formule de politesse et qu'il regrettait de s'être trop épanché.

Chapitre 14

Didio ihany, ka aza ny lelany no adidy,
fa ny vohony.
Coupez seulement, mais pas
vec le tranchant de la lame, avec le dos.

Proverbe malgache

J'étais à peine remise de ma violente crise de paludisme et j'allais partir sur Tana lorsque je vis, un matin vers neuf heures, surgir une voiture avec quatre ou cinq hommes à bord. Celui qui sortit le premier du véhicule avait une mine vraiment patibulaire. Il était petit, gros et sa lèvre inférieure était tellement épaisse qu'on aurait dit qu'elle allait tomber.

Je m'avançai vers eux.

— Vous désirez ?

— Vous êtes bien mademoiselle Deschamps, propriétaire de cette exploitation de graphite, me demanda Patibulaire qui apparemment était le chef.

— C'est bien moi.

— Est-ce bien vous et messieurs Lourmel qui avez ouvert une route de treize kilomètres environ dans la forêt ?

— Oui, tout à fait. Mais vous, qui êtes-vous ?

— Je suis le Directeur général du ministère des Eaux et Forêts et voici mes adjoints.

— Enchantée, dis-je, tout en me demandant ce qu'ils pouvaient me vouloir, sinon me vendre encore quatre ou cinq billets pour leur bal annuel.

— Vous êtes en infraction totale avec la loi. Les Eaux et Forêts, l'État si vous préférez, ont porté plainte. Vous n'avez aucun permis pour ouvrir cette route, pour aménager la clairière qui se trouve au bout et encore moins pour l'exploitation du sous-sol que vous vous apprêtez à commencer. L'infraction est d'autant plus grave que vous vous trouvez dans une forêt qui a été classée Parc national. La route va donc être réquisitionnée aujourd'hui même. Vos installations, ainsi que le matériel qui s'y trouverait éventuellement, vont être mis sous scellés. Nous laisserons deux ou trois de nos hommes sur place.

— Je ne comprends pas, il doit s'agir d'une erreur ! La route n'est pas dans la zone protégée ! Laissez-moi au moins rapatrier le matériel de valeur et puis barrez la route si vous voulez, le temps que les choses soient tirées au clair. Je vais vous montrer mon permis d'exploitation qui émane du ministère des Mines.

Il ne voulut rien savoir et ordonna à deux de ses hommes de mettre en place le dispositif prévu pour empêcher tout accès à la route.

— Allez vite chercher monsieur Lourmel, demandai-je à John, et dites-lui bien que c'est urgent.

Alain arriva très vite. Il fit valoir que nous avions un bulldozer, deux groupes électrogènes, une grande quantité d'outils sur le site d'Analabe. Rien n'y fit.

— Une forêt protégée, monsieur, un Parc National ! Vous y avez coupé des arbres centenaires comme si vous étiez chez vous...

— Premièrement, notre route n'est pas dans le Parc ; deuxièmement nous avons soigneusement évité de couper les arbres les plus vieux et les plus gros ; troisièmement, si la forêt qui longe notre route est protégée, monsieur, ce n'est certainement pas grâce à vous répliqua Alain qui commençait à s'échauffer. Je vous signale qu'avant de mettre en place vos gardes-chiourmes, vous devriez vous renseigner pour savoir qui a demandé que cette forêt ait droit à l'appellation de Parc National.

Patibulaire haussa les épaules.

— Qu'importe de qui vient l'initiative !

— Vous changerez peut-être d'avis en apprenant qu'elle vient des sociétés SGB et SOGAL, lesquelles ont à cœur, plus que n'importe qui dans la région, la protection de l'environnement.

Le type haussa légèrement les sourcils puis répliqua :

— Non, ça ne change rien. Moi, je constate que vous avez ouvert une route sans permis et je fais ce que j'ai à faire. À moins, naturellement, que je me sois trompé et que vous ayez une autorisation en bonne et due forme à me montrer.

— Nous n'avons pas de permis pour la route puisqu'elle ne traverse pas la zone protégée mais qu'elle la longe. En revanche, nous avons un permis pour l'exploitation du graphite.

— Zone protégée ou pas, vous devez avoir une autorisation pour faire une route dans une forêt domaniale, et vous le savez...

Oui, nous le savions, mais les lenteurs administratives étaient telles que fréquemment les gens faisaient une demande de permis de construire ou autre et n'attendaient pas d'avoir le papier officiel pour démarrer leur projet. Ça s'arrangeait un jour ou l'autre, soit par le grand-père du neveu de l'oncle par alliance, soit par un cadeau ou une bouteille de whisky.

Sans trop réfléchir, nous avions fait comme d'habitude, à la seule différence que l'autorisation cette fois concernait un investissement considérable. En outre, je m'étais laissée influencer par Alain : il avait haussé les épaules quand je lui avais fait remarquer qu'il était peut-être imprudent de ne pas attendre l'autorisation officielle.

— L'essentiel est d'avoir le permis d'exploiter le graphite et chacun de nous l'a obtenu. Tu ne peux pas avoir l'un sans l'autre ! Tu ne peux pas ramener le graphite que tu as extrait par la voie des airs !

Je me disais encore ce matin-là que tout allait s'arranger et je fis chercher le permis d'exploitation délivré par les Mines qui, je le croyais, allait clore le bec de Patibulaire.

Il n'en fut rien. Il lut le papier et fit une moue qui rendit sa lèvre encore plus proéminente :

— Ce document n'a aucune valeur. Il autorise l'exploitation du graphite dans le carré dont les coordonnées sont portées ici. C'est bien votre carré, mademoiselle, mais l'autorisation précise qu'il se trouve dans une forêt domaniale. Il s'agit d'une erreur de la part du ministère des Mines ou d'une mauvaise coordination des différents services de l'État, j'en conviens, car personne ne peut accorder une autorisation d'exploiter le sol ou le sous-sol d'un Parc national.

Je compris alors que l'affaire était plus que sérieuse, qu'il y avait d'énormes enjeux là-dessous, même si je ne les distinguais pas encore.

Patibulaire sortit de la poche un numéro du *Journal officiel* qui annonçait que la forêt d'Analabe devenait un Parc National. Je possédais également un exemplaire de ce numéro, que j'avais soigneusement gardé. Il faisait référence à un « plan annexé » dont on ne trouvait pourtant nulle trace. J'avais imaginé qu'il se trouvait quelque part dans les archives poussiéreuses du ministère des Eaux et Forêts. Ni Alain, ni moi, n'avions eu la curiosité de demander à le voir puisque, étant les instigateurs de ce projet, c'étaient nous qui avions tracé les limites de la zone protégée, limites qui avaient été approuvées, nous avait-on dit verbalement.

Or, voilà que Patibulaire exhibait le fameux plan annexé, plié à la fin de son exemplaire du *Journal officiel*.

Il le déplia et l'étala sur le capot de sa voiture. Le tracé de la zone protégée était marqué d'un épais trait noir et nous vîmes au premier coup d'œil qu'il ne correspondait pas au tracé initial. Alain devint cramoisi :

— Qu'est-ce que c'est que cette mascarade ! hurla-t-il.

Je le tirai désespérément par la manche de sa chemise. S'il envoyait un coup de poing à Patibulaire, nous étions fichus. Patibulaire aussi d'ailleurs. J'avais eu l'occasion de voir Alain aux prises avec deux voleurs qui tentaient de dérober du matériel et les types, deux costauds pourtant, étaient repartis sérieusement abîmés.

— Ce n'est pas moi qui ai fait ce plan, monsieur Lourmel. Je me contente de faire appliquer la loi...

— Qu'est devenu le plan initial ?

Le directeur général des Eaux et Forêts fit semblant de fouiller dans sa mémoire :

— Oui, dit-il avec douceur, c'est vrai, il me semble me souvenir qu'il y avait un autre plan. Il a été modifié par les Eaux et Forêts en concertation avec le bailleur de fond, à votre demande.

— À notre demande ?

— Je n'ai plus les détails en tête mais on devrait trouver ça dans votre dossier... Tantely !

— Oui monsieur, répondit respectueusement un jeune homme qui se tenait juste derrière lui.

— Avez-vous pris le dossier concernant la procédure de classement de la forêt d'Analabe, comme je vous l'avais demandé ?

— Oui monsieur, il est dans la voiture.

— Allez me le chercher.

— Tout de suite, monsieur.

Patibulaire fouilla dans une liasse de paperasses et en sortit deux feuillets. Il s'agissait de deux procès-verbaux d'assemblées s'étant tenues pour l'une à Tanimainty, et l'autre à Berano. Étaient présents à peu près tous les ouvriers de la SGB pour l'une et de la SOGAL pour l'autre à l'exception des cadres. Les noms et signatures des présents figuraient sur les documents. À l'unanimité, les ouvriers avaient demandé le déplacement de la limite de la zone protégée de trois cents mètres vers l'ouest, ce qui suffisait à y faire entrer la route et le gisement de graphite.

Interloqués, nous nous regardâmes, Alain et moi, sans comprendre.

Le regard triomphant, la lippe encore plus tombante, le directeur s'éloigna tout en donnant en malgache des ordres à ses sous-fifres.

J'appelai John et Eugène.

— Étiez-vous au courant d'une réunion qui aurait eu lieu, il y a trois mois environ, au cours de laquelle les ouvriers auraient demandé à ce que les limites du Parc national soient modifiées ?

— Il y a bien eu une réunion, à cette date à peu près, à la demande des Eaux et Forêts mais il s'agissait simplement d'informer les habitants que des parcelles leur seront réservées à partir de l'année prochaine pour les cultures.

De plus en plus perplexes, nous envoyâmes chercher deux ou trois des ouvriers qui avaient assisté à cette réunion. Ils expliquèrent que les Eaux et Forêts avaient organisé une fête avec de la musique, de l'alcool et promis de donner, du côté d'Analabe, des parcelles pour cultiver le riz. Ils avaient expliqué que, pour pouvoir distribuer ces terrains, il fallait que soit très légèrement modifié le tracé des limites du Parc National.

Analphabètes pour la plupart, incapables de lire un plan, tous avaient signé un document préparé à l'avance.

Les prétendus rapporteurs de séance assuraient n'avoir rien rapporté du tout. C'était vrai. Il n'y avait dans le secteur que deux machines à écrire, celle de la SOGAL, et celle de la SGB. J'allai comparer leurs caractères à ceux des deux procès-verbaux.

Il apparut nettement que les deux PV d'assemblée avaient été tapés sur la même machine, laquelle avait un défaut bien visible : la barre du t ne s'imprimait pas. Aucune de nos deux machines n'avait ce défaut. Les ouvriers disaient vrais : ce n'était pas eux qui avaient rédigé ce texte demandant les modifications du tracé. Il ne fallut pas chercher bien loin pour trouver deux ou trois documents émanant de la direction des Eaux et Forêts de Tamatave, tous avec des t sans barre.

Mais à quoi allait nous servir cette découverte ? Nous avions compris très vite que nous étions victimes d'un coup monté. L'essentiel était de savoir à qui profitait le crime et d'en trouver la parade.

Pendant que les Eaux et Forêts montaient des tentes à l'entrée de la route et mettaient en place une barrière, Alain et moi ne restions pas inactifs. Nous étions repartis chacun dans notre bureau pour appeler Tana par radio et obtenir des rendez-vous au plus haut niveau : avec le Ministre des Mines, le ministre des Eaux et Forêts, l'ambassadeur de France ou l'un de ses représentants.

Alain arriva essoufflé dans mon bureau. Il avait appris qu'un grand manitou du Bureau Intercontinental pour le Développement, le BID, était arrivé de Washington quatre jours auparavant pour débloquer des crédits relatifs à la création de ce Parc National. Il logeait à l'hôtel Colbert, mais quittait Madagascar le soir même.

Je regardai ma montre : il était un peu moins de quatorze heures. Deux heures de piste, une heure pour atteindre Moramanga, deux heures encore pour gagner Tana. Dans le meilleur des cas, en espérant ne pas être bloqué par un camion accidenté ou un arbre tombé au travers de la route, il fallait cinq heures pour arriver dans la capitale. L'avion pour Paris était à 22 heures, ce qui voulait dire un départ de l'hôtel Colbert vers dix-neuf heures, heure à laquelle j'arriverais si je partais immédiatement.

« J'ai une idée ! » lançai-je à Alain au moment où il s'exclamait « je sais ce que je vais faire ! ». C'était presque la même : je voulais affréter un petit avion et lui pensait à sa moto.

— Vas-y, dis-je. L'un de nous réussira peut-être. Fais attention à toi ! La route est dangereuse en deux roues...

Ma secrétaire à Tana fut d'une grande efficacité. Elle parvint à joindre l'aéro-club et un Cessna décolla immédiatement de l'aéroport d'Ivato pour venir me prendre sur une piste homologuée qui se situait environ à une heure de voiture de Berano, juste le temps pour l'avion d'arriver.

Je rassemblai en hâte quelques documents et je partis sans même prendre le temps d'enfiler un vêtement de ville.

Le petit avion ne tarda pas. Eugène et John, qui m'avaient accompagnée avaient eu soin de chasser les zébus disséminés çà et là sur la piste de l'aérodrome assez bien entretenu, mais peu habitué à recevoir de la visite.

Lorsque l'avion décolla, je vis au loin, au milieu du vert sombre de la forêt, une petite tâche rouge : Berano. J'eus un pincement au cœur en songeant que si cette affaire tournait mal, j'aurais entraîné l'exploitation à sa perte.

Il était 17 heures quand le Cessna arriva à Ivato. J'étais dans les temps, mais un embouteillage monstrueux sur la digue à cause d'un accident faillit tout compromettre. J'abandonnai la voiture et le chauffeur que ma secrétaire avait envoyés me chercher à l'aéroport, je dépassai l'accident à pied et je pris de l'autre côté un taxi.

À 17 h 45, j'étais à l'hôtel Colbert et la réception me passa immédiatement la chambre de Gérard Demazier, le responsable du projet BID. Je me présentai et demandai à le voir de toute urgence.

Au son de ma voix, il comprit qu'il ne pourrait pas se débarrasser si aisément de moi et me trouverait probablement allongée devant sa porte quand il voudrait aller prendre son taxi. Il accepta donc de me recevoir rapidement, dans sa chambre puisqu'il était en train de boucler sa valise. Il était presque dix-huit heures lorsque je raccrochai. À cet instant précis, Alain fit irruption dans le hall. Son état m'aurait amusée un autre jour : les cheveux et les sourcils couverts de poussière rouge, les bottes et le jean tapissés de boue.

— Depuis quand es-tu là ?

— Cinq minutes !

— J'aurais parié que je te devancerais ! Alors, on le voit quand, monsieur BID ?

— Maintenant, viens !

Nous fûmes reçus courtoisement. Nous avions devant nous un grand spécialiste des bonnes paroles, des discours rassurants : il nous offrit une paroi lisse et parfaite sur laquelle aucun reproche ne pouvait adhérer. Il comprenait notre désarroi. Le tracé n'avait pas été délimité au hasard. Les modifications, si modifications il y avait eues, avaient obligatoirement un fondement. Oui, le BID avait financé la création du Parc National. Oui, il était en charge du projet mais ne s'ingérait pas dans les détails de sa délimitation et de sa mise en place, néanmoins ses relations avec le gouvernement malgache et spécialement le ministère des Eaux et Forêts étaient cordiales et il voulait bien, en accord avec eux, envoyer une équipe qui donnerait son point de vue technique sur les frontières du Parc...

Il fallut nous contenter de son sourire poli et de ses promesses qui ne l'engageaient à rien.

Le soir, Alain et moi, nous nous retrouvâmes pour la première fois ensemble dans un lieu public de la ville. *La Taverne*, le restaurant du Colbert, accueillait en général des gens correctement habillés. On nous accepta parce qu'Alain connaissait tout le monde, mais nous avions une drôle d'allure, moi échevelée avec mon pantalon à poches déchiré aux genoux, mon tee-shirt déformé et délavé et lui avec ses vêtements et ses bottes couverts de boue.

Pour une première sortie mondaine, c'était plutôt morose. Nous échangeâmes quelques mots seulement au dessert.

— Tes projets pour demain ? me demanda-t-il.

— Aller à l'ambassade de France. Il faut avertir le conseiller économique. Je dois également prendre rendez-vous avec Gabriella...

— Qui est-ce ?

— Une amie avocate ; elle est brillante. Je voudrais que tu la rencontres. Nous allons avoir besoin d'elle. Il est inutile que nous ayons deux avocats, tu ne crois pas ? Je verrai ce qu'elle me conseille. Et toi, que vas-tu faire ?

— Aller au Service des Mines, voir trois ou quatre amis malgaches influents qui me feront rencontrer le ministre des Eaux et Forêts ou carrément le Premier ministre.

— Très bien... on se téléphone à midi puis en fin d'après-midi pour se tenir informés mutuellement de nos démarches ?

Commença alors une danse effrénée aux allures tragi-comiques. Les rendez-vous se succédaient et nous passions de l'espoir au découragement, du découragement à l'espoir, selon ce qui nous avait été dit.

Sur le conseil de Gabriella, j'envoyai un huissier constater sur place que la route avait respecté autant qu'il était possible la forêt. Je lui montrai les vieux palissandres qui avaient été épargnés, alors qu'il aurait été tellement plus simple de les couper et d'avoir une route parfaitement rectiligne. Il nota, constata. Pourtant, je savais bien que là n'était pas le problème.

Je vis le conseiller économique de l'ambassade de France qui, sous prétexte d'être totalement surchargé, me donna rendez-vous au bar du Hilton. J'y allai sans méfiance et je compris vite que ce qui l'intéressait était ma personne et non mon dossier. Mais à vrai dire, je n'avais jamais trop compté sur l'aide de la France.

Alain eut une entrevue avec le Premier ministre qui le berça de bonnes paroles.

Grâce à Fidy qui m'obtint un rendez-vous, je rencontrai le ministre des Mines. Il fut quelque peu grognon durant les deux entretiens qu'il voulut bien m'accorder. Il faut dire que je pense l'avoir obligé à bâcler l'activité à laquelle il se livrait avec sa secrétaire. Les deux fois en effet, je vis cette dernière sortir du bureau ministériel en tirant sur sa minijupe pour tenter de couvrir le haut de ses cuisses ; puis, quand je pénétrai dans le bureau, l'éminent ministre repositionnait avec dignité son pantalon.

Au moins celui-là ne nous était-il pas véritablement hostile. En revanche, le ministre des Eaux et Forêts reçut fort mal Alain, et refusa net de me rencontrer.

Nous vîmes également une multitude de chefs de services, de secrétaires, bref tous ceux qui, de près ou de loin, pouvaient nous aider. Nous allâmes à Tamatave, à Moramanga.

Pendant ce temps, la route demeurait toujours bloquée et le matériel confisqué. Les jours passèrent, puis les semaines. Tout le monde était sur les dents. Alain buvait plus que de raison, était devenu odieux. Je décidai de ne plus le voir que pour les besoins de notre affaire.

Il devint à peu près clair que la confiscation de notre route était simplement une manière de montrer au Bureau Intercontinental pour le Développement que les Eaux et Forêts étaient très actifs avec les sommes extraordinaires qui leur avaient été allouées. Un procès ne leur coûterait pas grand-chose et témoignerait de leur sérieux car nous apprîmes que le BID avait débloqué des sommes colossales plusieurs mois auparavant, sans que rien n'ait encore été accompli.

L'un des épisodes les plus savoureux de cette histoire fut sans conteste les deux visites des experts du BID. Je raconte cela dans le détail à ma mère. Ce fut l'unique fois où j'évoquai, parmi les courriers que je lui ai adressés, cette lamentable affaire qui m'opposa aux Eaux et Forêts. Je ne pus résister au plaisir de lui narrer un épisode qui vira à la farce. Sinon, je me gardais bien de l'inquiéter et lui en dis le moins possible.

Tana, le 15 mai

Ma chère maman,

J'ai une histoire édifiante à te raconter aujourd'hui. Je t'avais dit au téléphone que, suite à nos démêlés avec les Eaux et Forêts, j'avais rencontré au Colbert le représentant du BID. Ce dernier avait promis d'envoyer une équipe d'experts qui donneraient leur avis sur l'affaire.

Ces fameux experts sont arrivés il y a une quinzaine de jours à Berano. Je les ai vus surgir à l'entrée de l'exploitation dans deux superbes voitures, accompagnés de responsables des Eaux et Forêts dont l'incontournable Patibulaire. Je suis montée dans l'une des voitures et j'ai guidé le chauffeur. Nous sommes passés devant l'ancienne exploitation toujours en activité et là, les exclamations d'indignation ont fusé : « Quelle horreur, mon Dieu, c'est dévasté ! Quel désastre écologique ! »

— Je vous fais tout de même remarquer que cette excavation qui, je vous l'accorde, n'est pas très belle, existe depuis 1910, qu'elle représente une surface de six cents mètres sur soixante-dix mètres. Cela me parait bien peu par rapport au temps d'exploitation et aux désagréments produits...

Mais personne ne m'écoutait. Ils hochaient la tête avec réprobation et on pouvait deviner ce que serait leur rapport. Je me suis mordue la langue et je n'ai plus dit un mot jusqu'à la fin de leur visite.

Il y a cinq jours – j'étais à Tana – ma secrétaire m'a prévenue que deux hommes travaillant pour le BID souhaitaient me rencontrer. Je leur ai fixé un rendez-vous pour le surlendemain.

Ponctuels et souriants, ils se sont présentés. Décidément nombreux étaient les experts, car je n'avais encore jamais vu ceux-là. Les précédents venaient de Suisse. Eux, étaient belges. J'étais impressionnée par le sérieux d'une organisation qui mettait en branle tant de gens.

— Pouvons-nous savoir combien vous produisez de graphite par an ? m'a demandé le grand blond.

— Trois mille tonnes.

— Souhaiteriez-vous doubler votre capacité de production ou du moins l'améliorer considérablement ? a enchaîné l'autre qui était brun et plus petit.

J'ai cru avoir mal entendu :

— Je me demande bien comment je pourrais doubler ma capacité de production en n'exploitant pas le gisement du nord !

Eux non plus n'avaient pas l'air de comprendre ma réponse.

Le sourire du petit brun s'est accentué. C'était le sourire du père Noël qui imagine combien son cadeau ravira l'enfant quand il le trouvera.

— Nous sommes là justement pour vous proposer une aide substantielle. Nous représentons la section pour le développement industriel du Bureau Intercontinental pour le Développement. À Madagascar votre entreprise, par son sérieux, a attiré notre attention et fait partie des entreprises dont nous aimerions favoriser le développement...

J'ai été d'une rare bêtise :

— Connaissez-vous ces messieurs du BID de Suisse qui sont venus il y a dix jours et ont pour mission la protection de l'environnement ?

— Non, a avoué le grand blond, vous savez, nous sommes très nombreux !

— Et bien cloisonnés, me semble-t-il.

— Que voulez-vous dire ?

Je suis entrée dans une colère noire. Je leur ai martelé sans ménagement ce que je pensais d'eux, de leurs rapports bidons, de leur mépris des gens et des pays auxquels ils étaient censés venir en aide. J'ai rajouté qu'ils étaient les plus grands destructeurs de bois du monde, si j'en jugeais par les rames de papier qu'ils consommaient sans aucune utilité... et je les ai mis dehors.

Si j'avais réfléchi deux minutes au lieu de m'emporter, j'aurais fait avec eux tout le montage du dossier et j'aurais ensuite présenté à la presse une savoureuse histoire. Mais, comme d'habitude, j'ai réfléchi après, trop tard. Il faut dire à ma décharge que la stupéfaction avait paralysé mon cerveau !

[...]

Je t'embrasse bien fort

Hélène

Je ne me souviens pas vraiment des mois ou des semaines passés à Tana à cette époque-là. J'allais d'un rendez-vous à l'autre. Je sortais trop. Je fumais trop. Que l'exploitation soit en danger parce que j'avais voulu la développer me rendait malade plus que tout. Il y eut également de longues périodes pendant lesquelles je me fâchai avec Alain. Nos réconciliations sur l'oreiller étaient presque plus douloureuses que nos disputes. Je constatais et je maudissais l'ascendant qu'il avait sur moi. Ses caresses étaient une redoutable drogue.

Le seul qui me réconfortait un peu était Fidy, toujours solide, toujours calme, qui tentait de m'inculquer sa philosophie basée sur la maîtrise de soi. J'avais encore du chemin à faire pour l'égaler, mais son exemple m'aidait à éviter le pire.

J'attendais avec impatience et angoisse le procès. Gabriella m'avait prévenue : je ne devais pas m'attendre à un miracle. La SOGAL, comme la SGB, étaient bel et bien en infraction. Parc national ou non, il nous fallait une autorisation pour cette route et nous ne l'avions pas. Nous ne pouvions même pas plaider la bonne foi en affirmant que nous pensions que ses limites longeaient la rivière comme nous l'avions proposé initialement.

Mais je préférais être fixée sur mon sort plutôt que de vivre dans l'attente.

Le jour J arriva. Il me semblait avoir un bloc de pierre à la place de l'estomac. Je ne pus rien avaler et je fumai au moins un paquet de cigarettes, avant 15 h 00, heure prévue du procès.

Alain était déjà là lorsque j'arrivai, conduite par un chauffeur. Il m'attendait dans sa voiture garée devant le tribunal forain de Moramanga qui siégeait, m'avait-on dit, tous les jeudis. Je n'y étais jamais entrée. Prise par les multiples démarches des dernières semaines, épuisée par un combat qui me paraissait bien inégal contre l'État, je ne m'étais même pas renseignée sur le lieu du jugement. J'imaginais vaguement un hangar qui servait occasionnellement de tribunal.

J'étais encadrée d'Eugène et de John. Alain me tendit la main pour me saluer.

— Comment allez-vous ? me demanda-t-il courtoisement.

Je faillis le gifler. Perdue dans de sombres pensées, je le suivis. Je levai la tête et vis en grosses lettres l'inscription : « Cinéma »

— Où allez-vous ?

— Allons nous asseoir dans la salle. Les réjouissances ne vont pas tarder, annonça-t-il.

Je compris alors que la salle de cinéma et de théâtre de Moramanga était réquisitionnée chaque jeudi par le ministère de la Justice et servait de tribunal.

Je pénétrai dans l'édifice comme on pénètre dans un mauvais rêve. Une odeur de crasse et de moisi me sauta à la gorge. Je crus suffoquer pendant une ou deux minutes, mais le spectacle que j'avais devant les yeux me fit oublier la puanteur par son étrrangeté.

La salle de cinéma était bien plus vaste que je ne l'aurais imaginée vue de l'extérieur. Elle était remplie aux deux tiers. Les visages des spectateurs semblaient tout droit sortis d'un tableau de Jérôme Bosch : ils me parurent sombres et hagards, impression renforcée par les teintes rougeâtres des fauteuils et des moquettes, et les quelques méchantes appliques qui diffusaient une lueur sinistre.

Dans la fosse d'orchestre, à gauche et à droite, avaient été dressées deux estrades et sur ces estrades deux longues tables de bois étaient alignées. Derrière ces tables s'agitaient des avocats qui allaient et venaient avec des dossiers sous le bras. Cette partie du théâtre était la moins lugubre car éclairée quelque peu par la lumière du jour qui s'était frayée un chemin par une sortie de secours restée ouverte.

Je devinais la scène en me penchant un peu sur la droite car un rideau de velours rouge en déchiqueté la masquait en partie.

Mon cœur battait fort car je surprenais de nombreux regards. Alain et moi étions l'attraction de la journée : deux vazaha étaient présents, mieux, ils allaient être jugés !

Gabriella vint me voir :

— Ne sois pas nerveuse. Nous ferons de notre mieux et si ce n'est pas bon, nous ferons appel...

Je lui rendis un pâle sourire.

Eugène et John, tels des gardes du corps, s'étaient assis juste derrière moi. Alain était à côté. Leur présence me rassurait.

Quelques minutes plus tard, des bruits de voix, de chaises tirées filtrèrent au travers du pan de rideau subsistant. Les bavardages se firent plus discrets.

Une voix, dont je ne vis pas de qui elle émanait, annonça l'ouverture de la séance et tout le monde se leva tandis que le rideau déchiré coulissait en vue de la représentation. Apparurent alors les magistrats derrière une très longue table.

Tout cela avait des allures de Jugement Dernier.

Plusieurs affaires furent appelées avant la nôtre : des vols de zébus, une histoire de mitoyenneté.

Notre tour arriva. Je pris discrètement la main d'Alain et je la broyai dans la mienne. Il me jeta un coup d'œil où je lus la panique. Lui non plus n'en menait pas large.

Nous nous avançâmes vers le devant de la scène, accompagnés de murmures et de ricanements de l'assemblée. Avant même d'être jugés, je sentais qu'on nous considérait comme des coupables, des escrocs.

Les magistrats parlaient malgache et ils parlaient vite. Je ne comprenais pas toujours. Alain non plus, car ce n'était pas ce malgache-là qu'il parlait, mais celui de la brousse avec un vocabulaire qui concernait d'autres sujets.

Gabriella se démenait. Elle n'avait plus rien de la femme timide pour laquelle elle pouvait passer les premières fois qu'on la voyait. Je l'admirais : sans comprendre des pans entiers de son discours, je voyais bien qu'elle alliait fermeté, calme et compétence. Ce dossier, elle le connaissait à fond.

Les magistrats se plongèrent dans leurs délibérations. Nous n'échangions pas un mot Alain et moi. Anesthésiés, nous regardions autour de nous, l'œil vide mais le cœur battant.

Puis la salle redevint silencieuse et le verdict fut prononcé en français. Je n'entendis pas le prologue, ni les attendus fort longs. Mon oreille se remit à fonctionner au moment où le verbe « condamner » fut prononcé : « ...condamne la SGB, représentée par mademoiselle Hélène Deschamps ici présente, et la SOGAL, représentée par monsieur Alain Lourmel ici présent, à une peine de prison ferme d'une durée de cinq ans et à une amende de un milliard de francs malgaches...

Je n'ai jamais été sujette aux évanouissements, mais ce jour-là je vis le sol tanguer dangereusement et si je ne tombai pas, ce fut grâce à Alain qui s'aperçut que j'étais proche du malaise et me retint.

Il me chuchota à l'oreille :

— On nous regarde, ne flanche pas. Et n'oublie pas, l'appel est suspensif ! Nous n'avons pas dit notre dernier mot. Tiens-toi droite, allons !

C'était exactement ce que j'avais besoin d'entendre. L'orgueil me fit réagir et je sortis du tribunal la tête haute. En franchissant la porte, un soleil éblouissant me cueillit et je me demandai pendant quelques minutes si ce procès irréel, dans ce lieu surréaliste, n'avait pas été une élucubration de mon cerveau, un délire comme j'en avais eu lors de ma grosse crise de paludisme.

Nous décidâmes, Alain et moi, de mettre tous nos ouvriers en chômage technique. C'était le seul moyen de montrer aux autorités ce qu'impliquait cette condamnation pour la région : la misère et la faim pour cinq cents ouvriers, ceux de la SGB et de la SOGAL, et leur famille, la destruction à moyen terme de la forêt qui devenait l'unique source de subsistance.

Cela fait, nous partîmes à Tana, chacun avec notre véhicule, car il nous fallait de toute urgence revoir les ministres, revoir le BID et surtout ne pas se résigner, ne pas baisser les bras.

Je passai la nuit avec Alain chez moi à Tana, une nuit incroyable : c'était comme si on nous avait annoncé que le lendemain la terre allait être pulvérisée par une météorite et que l'amour était notre seule façon d'oublier. En fait, c'était bien cela : persuadés d'avoir perdu nos exploitations, nous nous apprêtions à vivre la fin d'un monde.

Mais un faisceau d'événements changea le cours des choses.

D'abord, un rendez-vous que je pris avec l'ambassadeur de France. Je ne m'attendais pas à ce qu'il ait été aussi sensible à un petit service que je lui avais rendu sans le connaître, plus de deux ans auparavant. Il s'était trouvé accompagné de son chauffeur non loin de Berano avec un réservoir d'essence presque à sec. Quelqu'un lui avait dit que la SGB pouvait le dépanner. Je n'étais pas sur place quand cela s'était produit mais Eugène m'avait appelée par la BLU à Tana pour me demander mon accord.

Non seulement j'avais prié Eugène de faire le plein de la voiture de l'ambassadeur, mais de plus j'avais fait donner des ordres afin que

Telo lui serve une collation. Ce n'était pas la première fois que nous dépannions des gens. Ambassadeur ou pas, la règle dans la brousse était l'entraide.

L'ambassadeur, charmé, m'avait envoyé un mot de remerciement puis une invitation à un cocktail que j'avais dû décliner, étant absente de Tana ce jour-là. Je ne pensais même plus à cette anecdote et je fus surprise et ravie lorsqu'il me reçut fort aimablement en me disant qu'il n'avait pas oublié ce service. Il me demanda pourquoi je n'étais pas venue le voir plus tôt pour mon affaire et pourquoi je n'avais pas alerté immédiatement l'ambassade. Prise de pitié pour le conseiller économique qui n'avait eu que le tort d'être sensible à mes charmes, je répondis simplement que j'avais cru la France peu capable d'intervenir dans cette affaire.

Il sourit :

— C'est vrai, je n'ai aucun droit de me mêler d'affaires intérieures malgaches mais, en revanche, je peux vous obtenir un rendez-vous avec le nouveau Premier ministre. C'est un ami personnel.

Deuxième chance, l'ancien Premier ministre qu'Alain avait essayé en vain de sensibiliser à notre affaire était reparti planter ses choux je ne sais où, et un autre venait d'être nommé. Non seulement il était l'ami de l'ambassadeur, et j'arrivais avec une excellente recommandation, mais il était sympathique et intelligent.

Il nous reçut, Alain et moi, le lendemain de mon entrevue avec l'ambassadeur. De formation juridique, il n'eut pas besoin de plus d'un quart d'heure pour prendre connaissance du dossier que je lui apportais et dans lequel figuraient les pièces les plus importantes de l'affaire.

Il reposa le dossier sur la table et nous parla sans détour :

— Vous êtes en tort sans le moindre doute. Les limites du Parc national, les embrouilles avec les Eaux et Forêts, ou avec le BID sont des détails sans intérêt. Vous avez ouvert une route sans autorisation. L'appel confirmera la décision de la première instance en réduisant peut-être la peine de prison ou l'amende, mais dans le fond le jugement restera le même, soyez-en persuadés, cependant ...

Nous étions suspendus à ses lèvres.

— ... cependant, il n'est de l'intérêt de personne que vos deux exploitations ferment leurs portes, que cinq cents personnes soient mises au chômage et qu'elles se retrouvent avec leurs familles sans moyens de subsistance. Alors, vous pouvez compter sur moi pour trouver un règlement à l'amiable de ce conflit.

Et l'affaire se solutionna ainsi avec une facilité déconcertante. Les Eaux et Forêts retirèrent leur plainte, les limites du Parc national redevinrent celles que nous avions proposées à l'origine. Il nous fallut tout de même dédommager l'État de tous les frais de gardiennage de la route et de tous les désagréments dont nous étions à l'origine. La somme était importante mais non pas invraisemblable.

Le plus dur fut de refaire des tronçons entiers de la route qui était restée plusieurs mois sans entretien.

Mais la conclusion de cette affaire revint à Eugène.

Le jour même de la reprise du travail, alors qu'il régnait une ambiance de joie, que tout le monde se félicitait mutuellement, je vis Eugène qui courait à perdre haleine. J'étais à côté de la première laverie de l'exploitation et il arrivait du bureau. Je ne l'avais jamais vu courir aussi vite. Bonne ou mauvaise nouvelle ? Depuis le début du procès, j'étais en état de perpétuelle inquiétude et il me faudrait du temps pour que l'angoisse disparaisse à la moindre sonnerie de téléphone, à la vue d'une lettre recommandée, à la réception d'un fax...

— Patronne, patronne ! criait Eugène.

Paralysée, je restais immobile.

— Patronne, j'ai trouvé !

Il ne pouvait plus respirer et agitait sous mes yeux un vieux papier jauni.

— J'ai trouvé... répétait-il.

Je pris le document et le lus.

« *Le Ministère des Eaux et Forêts autorise par la présente la Société des graphites Berthier à ouvrir une route dans la forêt d'Analabe aux fins d'exploitation d'un gisement de graphite dont les coordonnées suivent...* »

C'était daté de 1953 ! La feuille m'échappa des mains et tomba à mes pieds.

Eugène la ramassa religieusement et me la redonna tout en reprenant son souffle.

— Ça fait des mois que je cherchais ce papier, patronne. Je n'étais pas sûr qu'il existe, mais quand même, je connaissais bien monsieur Émile. Je savais qu'il avait eu l'intention d'exploiter ce gisement dans les années cinquante, puis qu'il y avait renoncé parce qu'au nord-est de la mine actuelle, dans la colline, on avait trouvé une poche de graphite inattendue. Vous la connaissez bien car on l'exploite encore aujourd'hui.

Je savais donc qu'il avait eu l'intention d'exploiter Analabe et comme je vous l'ai dit, je l'ai bien connu, monsieur Émile : il fallait toujours que tout soit en règle. Il ne supportait pas les histoires avec l'administration et ne remettait jamais au lendemain les démarches à effectuer. Alors, j'ai pensé qu'il avait certainement une autorisation pour la route, d'autant que son étude là-dessus était allée assez loin d'après mon oncle qui n'était pas encore à la retraite à ce moment-là. Il m'a appris que monsieur Émile pensait à mettre en place un Decauville mais y avait renoncé à cause des pentes trop abruptes à certains endroits. Ça fait des mois que je cherche dans tous les cartons d'archives. Tout était bien rangé, mais quand il y a eu le cyclone Honorine, certains cartons ont été mouillés. On a fait sécher les papiers, et puis Razafy, le magasinier, a tout remis en place, évidemment au hasard.

— Pourquoi ne m'avez-vous rien dit ?

— C'était pas la peine de vous donner de faux espoirs. Je n'étais pas vraiment sûr de moi.

Je faillis lui demander pourquoi il avait jugé bon en ce cas de me montrer ce document et s'il n'avait pas pensé à le brûler plutôt que de me l'exhiber en un jour pareil alors qu'il était devenu tout à fait sans intérêt.

Mais je me tus. Je pliai soigneusement l'autorisation et je me dis qu'elle était un clin d'œil du destin :

— Tenez, Eugène, rangez ceci soigneusement dans notre dossier Analabe !

Chapitre 15

Tapi-dalana aleha hoatra ny sokimanani-bato.
Arrivé au bout de sa route comme le hérisson qui a grimpé sur le haut d'un rocher.

Proverbe malgache

Le travail reprit, la vie reprit. Depuis ma première crise de paludisme, le jour de la fin des travaux de la route du nord, j'avais eu pas mal d'autres crises qui m'avaient laissée épuisée à chaque fois. Ces problèmes de santé mis à part, tout alla plutôt bien pendant quelques mois.

Alain exploitait son nouveau site dans le nord. Comme le laissait prévoir l'étude du BRGM, c'était un bon gisement. Je le trouvais donc plus détendu, disons moins écorché vif. Il mettait un point d'honneur, chaque trimestre, à me livrer une certaine quantité de graphite pour payer sa part de route.

Moi, j'avais presque fini de combler l'énorme trou dans mes finances qu'avaient représenté la route, le procès, les amendes à régler.

La vie aurait pu être douce pour Alain et moi. Je lui fis remarquer un jour que désormais notre liaison était un secret de polichinelle. Je le voyais aux sourires entendus des ouvriers, aux regards de John et d'Eugène. Nous étions ridicules, mieux valait étaler nos relations au grand jour.

Mais Alain s'y refusait toujours et entre nous éclata une dispute mémorable :

— Il n'est pas question et ne sera jamais question que soit officialisée notre liaison. C'est bien le moins que je doive à la mémoire de mon père et de mon grand-père. Que tout le monde se doute qu'il y a quelque chose entre nous ne change rien à l'affaire.

— Tu veux dire que je peux être ta maîtresse clandestine sans que les âmes pures de ton père et ton grand-père en soient offusquées, mais ta maîtresse officielle, non ?

— Exactement !

— Va-t'en ! Je ne veux plus jamais te voir !

Cette fois je tins parole. Il cogna à ma fenêtre deux nuits successives mais je ne lui ouvris pas.

Il passa me voir sur la mine du nord un matin :

— Écoute, Hélène, c'est vrai, quelquefois je dois te paraître borné, mais tu ne sais pas ce que c'est que d'avoir été élevé dans cette haine des Berthier...

— Je peux me l'imaginer mais grandir c'est ne plus être prisonnier des valeurs qu'on t'a inculquées. Grandir, c'est porter son propre jugement sur les choses et les gens. Et tu n'as pas grandi...

— Tu crois que je n'ai pas ma propre opinion sur ma mère ? Tu crois que je pense, comme en était persuadé mon père, qu'elle a été séduite par le sans scrupule Émile Berthier ? Non, je sais que c'est probablement elle qui l'a séduit. Elle aimait les hommes et je crois qu'elle était sincère chaque fois. Et elle aimait ses enfants. Elle a toujours cherché à nous protéger. Il n'empêche qu'elle a rendu mon père malheureux.

Il secoua la tête comme s'il était excédé, resta silencieux un moment puis reprit d'un ton monocorde, faussement indifférent :

— J'ai encore appris du nouveau, récemment... Il y avait quelque chose qui ne tournait pas rond dans ce que tu m'avais dit à propos des lettres de ma mère à Émile. Tu te souviens, elle lui écrivait à bord du *Jean Laborde*.

— Oui, je me souviens.

— À ma connaissance, Rasoa n'était allée qu'une seule fois en France, un an avant ma naissance, pour accompagner ma mère quand elle a eu ses problèmes de santé. C'est-à-dire après la rébellion, après la découverte de sa liaison avec Berthier, et surtout après qu'elle ait juré à mon père de ne plus jamais le revoir, lui écrire ou lui téléphoner. Je suis allée rendre visite à Rasoa, la semaine dernière. Je l'ai questionnée : mes soupçons étaient bien fondés. Elle n'est allée qu'une fois en France, en 1948.Tous ces mensonges m'écœurent...

Je ne savais que dire. J'aurais voulu apaiser cet homme qui, à plus de quarante ans, souffrait encore des infidélités de sa mère. Mais c'était du domaine de l'émotionnel. Quelque chose en lui ne pouvait être atteint par un discours raisonnable et par de bonnes paroles. Finalement je me risquai à évoquer l'ennemi :

— En tout cas, tu es bien d'accord pour reconnaître qu'Émile n'avait qu'un seul défaut, celui d'être tombé éperdument amoureux de ta très séduisante mère !

— Je vois que tu ne sais pas tout. Après la mort de ma mère, il a piqué à la SOGAL son principal client, en lui proposant la même qualité de graphite à un prix nettement inférieur alors qu'il s'était engagé à respecter les tarifs pratiqués par tous les exploitants de graphite lors de leur réunion annuelle. Il y a eu également le coup de la route barrée et...

— Moi aussi, j'ai eu vent de manigances de ton père pour mettre des bâtons dans les roues d'Eugène. Il serait vain de chercher à savoir qui en a fait le plus à l'autre. Il y avait déjà un terrible passif entre Berthier et Lourmel qui datait du temps de Charles et Éléonore. L'histoire d'amour entre ta mère et Émile l'a aggravé et je suppose qu'ensuite, c'était à qui ferait le plus de mal à l'autre. Ne crois-tu pas qu'il serait temps d'oublier tout cela ? De montrer à nos ouvriers respectifs que le passé est enterré, les haines révolues ?

— C'est trop récent. On a dû te raconter aussi comment je me suis battu avec Bertrand, le fils d'Émile, deux ans avant sa mort. Mon chien avait disparu. Je l'ai cherché partout. J'ai fini par le retrouver à côté de ton lac, blessé par un coupe-coupe. Certainement par l'un des ouvriers de la SGB, car tout le monde connaissait mon chien, il n'y avait pas d'autres labradors dans le secteur. La pauvre bête a failli mourir. Tandis que je roulais comme un fou pour rentrer chez moi et soigner le chien, j'ai aperçu Bertrand à pied, au bout du chemin. Je me suis arrêté et je lui ai dit que c'était vraiment lamentable de se venger sur les animaux. Il m'a répondu qu'il n'y était pour rien et j'ai répliqué qu'au contraire il était le principal responsable parce qu'il excitait les ouvriers avec ses discours foireux sur les Lourmel. Il s'est énervé, moi aussi, et je l'ai laissé en travers du chemin après un direct dans la mâchoire.

— Bravo, remarquai-je, voilà qui a dû arranger les choses, je te félicite !

Il ne répliqua rien et nous restâmes un long moment silencieux sous la voûte émeraude de la forêt. Un bûcheron coupait un arbre dans le lointain à coups de hache réguliers. J'avais l'impression d'entendre mon cœur. Je voulais tellement qu'Alain me dise : « Allez, viens, prends ma main, appuie ta tête sur mon épaule et rentrons ensemble à Berano ou à Tanimainty. Accordons-nous le droit de vivre paisiblement. »

Mais Alain s'approcha d'un bambou, le sectionna à l'aide de son coupe-coupe, s'arrosa le visage avec l'eau contenue dans ses entrailles et me sourit avec l'air d'un enfant coupable :

— Sois encore un peu patiente, Hélène. J'ai déjà fait beaucoup de progrès à tes côtés et mes vieux démons s'éloignent. Ne me brusque pas. Je pourrais sans le vouloir risquer de te le faire payer.

Je ne voyais pas en quoi il avait fait des progrès. Au contraire, mon entrée dans sa vie l'avait rendu encore plus agressif. Il m'en voulait d'exister. Néanmoins, je haussai les épaules avec résignation et je lui répondis avec beaucoup de sincérité :

— Je peux encore attendre, mais tu devrais faire attention. Un jour viendra peut-être où j'aurai atteint la limite de ma patience.

Le soir, il est venu à Berano et nous avons fait l'amour. Je ne savais pas que ce serait la dernière fois.

Dans les jours qui suivirent, je ne vis pas Alain. Telo me dit que Rasoa était bien malade et qu'il était allé chercher un médecin à Moramanga. Je sus qu'il s'agissait d'une pneumonie. Connaissant son âge, je n'étais pas très optimiste et je me désolais pour Alain. Rasoa était son unique et dernier lien avec Sarah. Sa mort serait une épreuve pour lui.

Effectivement, ce qui était prévisible arriva. Je n'essayai pas de voir Alain. Je pensais qu'il viendrait après les cérémonies de deuil chercher du réconfort auprès de moi. Je me trompais. Je l'attendis en vain et je sus qu'il était parti à Tana sans même me prévenir.

Un signal d'alarme que je ne parvenais pas à neutraliser retentissait dans mon cerveau. Ce départ précipité, ce séjour tananarivien qui se prolongeait, tout cela ne me plaisait pas.

Je me rendis moi-même à Tana la semaine suivante, mais il me glissa entre les doigts. On me dit qu'il était reparti à Tanimainty. Me fuyait-il et si oui, pourquoi ?

Il fallait que je le voie. Il me devait au moins une explication. Ce n'est qu'au bout de trois semaines, voire un mois, après le décès de Rasoa que je le croisai dans sa camionnette. Il revenait d'Analabe tandis que je m'y rendais.

Il ralentit à la vue de ma voiture et chacun de nous s'arrêta sur le bas-côté. Je fus frappée par les marques de fatigue de son visage quand il fut près de moi.

— Tu as été malade ? demandai-je.

— C'est presque cela...

— Tu n'as rien à me dire ?

— Si, au contraire, j'ai beaucoup à te dire. Viens chez moi ce soir. Je t'attendrai vers vingt et une heures trente. Ça te va ?

— Très bien...

J'arrivai à l'heure dite. Lorsque j'entrai, il avait un verre de whisky à la main et la bouteille était posée sur une petite table près de lui. Je me rendis immédiatement compte que, jamais auparavant, il n'avait été dans un état pareil. Pourtant, depuis la fin du procès, il ne buvait presque plus et je m'en étais réjouie, à tort apparemment.

— Tu as l'air très fatigué, Alain. Si tu préfères on peut se voir demain...

— Si tu veux dire que j'ai bu à outrance, c'est vrai. Mais je suis toujours lucide, ne t'inquiète pas ! Ce que je vais t'apprendre va probablement t'intéresser au plus haut point. Installe-toi dans ce fauteuil, m'ordonna-t-il d'un ton doucereux qui me mit mal à l'aise.

Je m'exécutai pourtant, tandis qu'il restait debout, allant et venant comme une bête fauve dans sa cage.

— Tu as appris la mort de Rasoa, bien entendu. Ce que tu ne sais pas, c'est ce qu'elle m'a révélé avant de mourir et qui est la raison de mon séjour à Tana.

Il s'arrêta quelques instants pour reprendre une lampée de whisky.

— Je te l'ai dit l'autre jour, j'ai été surpris et blessé d'apprendre que ma mère avait continué à écrire à Émile, alors qu'elle avait promis solennellement à mon père que toute cette histoire était finie. Je me suis demandé si elle n'avait pas fait davantage que lui écrire...

J'étais stupéfaite de constater à quel point la vie privée de sa mère disparue depuis si longtemps le préoccupait, encore et toujours. Néanmoins, je laissai Alain parler sans l'interrompre.

— ...et puis j'ai pu connaître la date exacte du voyage de ma mère. Je suis né huit mois plus tard.

— Tu le savais déjà ! fis-je remarquer. Puisque ton père n'a pas accompagné ta mère en France, il y avait des chances que tu aies été conçu à Madagascar.

— C'est bien le moment de faire de l'esprit ! Ce que j'ignorais, c'est qu'elle avait revu Émile. Tu vois où je veux en venir.

Je le voyais hélas très bien !

— Comme je te le disais, Rasoa s'est contentée de me répéter sur tous les tons « Je ne sais pas. Comment pourrais-je savoir ? ». Je l'ai interrogée jusqu'à l'épuisement, mais sa réponse n'a pas varié.

Je plaignis en moi-même la pauvre Rasoa qui avait été soumise à la question. Alain s'était tu et continuait à arpenter la pièce. Puis il s'immobilisa brusquement, se laissa tomber dans le fauteuil qui se trouvait en face de moi, avala encore une gorgée de whisky et reprit :

— Quelques jours plus tard, Rasoa a attrapé une pneumonie. J'ai cessé de l'interroger. Je ne voulais plus la tourmenter, mais un soir son petit-fils est venu me chercher à la maison. Elle voulait me parler. Quand je suis arrivé chez elle, j'ai vu qu'elle était au plus mal. « Mes jours sont comptés, m'a-t-elle dit, et j'ai réfléchi. Avant de partir, je voudrais te voir en paix. Or, je constate que nuit et jour tu es rongé par des questions dont la réponse me semble sans importance mais puisque tu veux savoir, je crois que Sarah m'a autorisée à tout te révéler. »

Je l'ai regardée, étonné, et je me suis demandé pendant quelques secondes si elle ne perdait pas la tête, mais elle a ajouté d'un ton pénétré : « J'ai vu ta mère en rêve, la nuit dernière. Elle me souriait en hochant la tête. Je suis sûre qu'elle savait que je voulais te parler et qu'elle me le permettait... »

Puis Rasoa est restée pendant plusieurs minutes silencieuse et immobile, les yeux perdus à l'intérieur d'elle-même. Je n'ai pas bougé. J'avais peur de ce que j'allais entendre. Je crois que je le savais déjà... « Tu es le fils d'Émile », m'a-t-elle avoué de sa voix cassée de vieille femme. Elle a pris ma main et l'a caressée comme elle le faisait quand j'étais enfant. « Ou du moins c'est avec sa terre ferrugineuse qu'a été faite la marmite. Mais sache que c'est monsieur Laurent qui l'a conçue, martelée, fabriquée. »

J'étais perdue avec cette histoire de marmite.

— Oui, fit Alain en haussant les épaules, c'est comme ça que Rasoa parlait toujours : par image. La marmite, c'est moi ; le père biologique, le fer, c'est Émile ; le forgeron, le vrai père, c'est Laurent...

— Elle a raison, dis-je.

— Là n'est pas la question ! J'ai continué d'interroger Rasoa sur les relations de ma mère avec Émile. Elle m'a appris que ma mère ne l'avait revu qu'une seule fois après le scandale.

Alain éclata d'un rire mauvais, un rire hystérique.

— Une seule fois ! C'était suffisant. Il aurait été dommage que cette rencontre n'ait pas eu lieu. La terre aurait alors dû se passer d'un beau spécimen, tu ne crois pas ?

— Alain, si tu cessais de te faire du mal, si...

— Tu n'as pas le droit à la parole ce soir. Écoute le beau récit que je vais te faire. Je t'assure qu'il est bien plus intéressant que les contes que tu aimes tant. Tu sais, les légendes que nos ouvriers racontaient le soir autour du feu, quand nous faisions la route et que nous campions sur place. Enfin, ce n'est pas mon récit, c'est celui de Rasoa. Écoute bien :

« Ton père, je veux dire monsieur Laurent, avait eu un accident avec la scie, un soir. On avait dû l'emmener à l'hôpital de Moramanga pour lui recoudre la main, et on l'avait gardé la nuit en observation. Sarah m'a demandé d'être sa complice :

— Rasoa, je t'en supplie, aide-moi. Je dois dire au revoir à Émile. Je pars en France dans quinze jours et c'est sans doute la seule occasion que j'aurais. Dieu sait quand je reviendrai...

Je n'ai jamais rien su refuser à ta mère et j'ai gardé Gérard pendant qu'elle allait voir monsieur Émile. Je savais bien que dans sa tête elle l'aimait toujours, même si elle ne m'en parlait jamais. Ce soir-là, elle pensait revenir tout de suite à la maison mais elle est rentrée à 4 heures du matin. Elle pleurait beaucoup.

Puis nous sommes parties en France, elle, ton frère Gérard et moi. Deux mois plus tard, en ma présence, elle a annoncé à sa tante, chez qui nous logions en France, qu'elle était enceinte. Elle a écrit la nouvelle à monsieur Laurent. C'est alors que j'ai pu constater qu'elle était devenue bizarre. À certains moments, elle était heureuse. À d'autres, au contraire, j'avais l'impression qu'elle voulait mourir. Un matin je lui ai parlé :

— Arrête de te torturer ! Ce n'est pas bon pour le bébé. Il est de monsieur Émile, n'est-ce pas ?

Elle a hoché lentement la tête :

— Qu'est-ce que je peux faire, Rasoa ? Dire la vérité ? Laisser Gérard avec son père, aller vivre avec Émile et l'enfant qui va naître ? M'installer à Berano et demander à Laurent de me permettre de voir Gérard quand il le veut bien ? Voir mes deux enfants élevés dans la haine l'un de l'autre ? Rasoa, je n'ai pas d'autre solution que de me taire et toi, tu me jures de garder le secret ?

J'ai juré et j'ai tenu parole jusqu'à maintenant. »

Voilà donc le récit de Rasoa. Il était temps. Elle est morte quarante-huit heures plus tard.

J'observais le visage ravagé d'Alain. Doucement, comme pour ne pas effrayer un animal sauvage, je dis :

— Tu es grand maintenant, Alain. Est-ce vraiment important de savoir qui t'a engendré ? Ton père restera toujours Laurent. Rasoa avait raison. C'est lui qui t'a fait tel que tu es.

— Évidemment qu'il est mon père, le seul, l'unique. J'ai encore plus de mépris aujourd'hui pour Émile Berthier. N'était-il pas capable de compter sur ses doigts comme je l'ai fait, de se rendre compte qu'il avait de grandes chances d'être le père l'enfant de Sarah ? Ne pouvait-il aller en France, parler à ma mère, essayer de trouver une solution avec elle ?

— Comment peux-tu savoir ce qu'il a pensé ou non, ce qu'il a tenté de faire ou pas ? Comment d'ailleurs es-tu absolument sûr d'être son fils ? Si Laurent n'a pas désavoué sa paternité, c'est qu'il avait des raisons de penser qu'elle était vraisemblable.

— Vois-tu, j'ai suivi le même raisonnement et j'ai eu de la chance. J'ai retrouvé le carnet de santé de ma mère et la carte de donneur de sang de mon père. Comme j'ai un copain qui travaille à l'institut Pasteur, je lui ai demandé de me faire un petit cours sur les groupes sanguins. Il se trouve que je ne peux pas être l'enfant de Laurent Lourmel. Bien sûr, scientifiquement, rien ne prouve que je sois celui d'Émile mais enfin, je n'ose croire qu'il y ait eu un troisième homme dans la vie de ma mère !

— Bon, voilà, tu as des certitudes… et après ?

— Après, rien justement, malgré ces certitudes. Je suis allé voir un avocat, figure-toi et rien, rien à faire !

Sa langue s'embrouillait et je sentais que le whisky embrumait aussi ses idées.

— Comment « rien à faire » ? Que voulais-tu ?

— Ce que je voulais ? Mais venger les Lourmel, bien sûr ! Car je suis un Lourmel. Il ricana de façon déplaisante, avant de reprendre. C'est vrai, je ne ressemble pas à mon frère et, si j'avais été moins idiot, il y a longtemps que j'aurais deviné le fin mot de l'affaire, en me regardant dans un miroir. N'empêche que je suis un Lourmel et que personne n'y peut rien.

Il se resservit un whisky. Je me levai et je posai ma main sur son bras.

— Arrête, je t'en supplie. Tu vas te rendre malade.

Il me repoussa.

— J'arrête si je veux, quand je veux, et pas maintenant... Qu'est-ce que je disais ? Je suis allé voir un avocat spécialiste du droit français, puisque tu sais que les Français peuvent bénéficier ici des lois françaises, et je lui ai demandé comment faire pour être reconnu comme le fils d'Émile.

Je ne comprenais plus.

— Je croyais que tu méprisais Émile, que tu n'en voulais pas comme père !

— Bien sûr que je le méprise, mais si j'avais été reconnu comme son fils, je devenais son héritier... J'aurais enfin vengé mon grand-père et mon père qui ont toujours végété parce que Charles Berthier les avait escroqués.

Ahurie, bouche bée, je mis un moment avant de réaliser ce que signifiaient les propos d'Alain.

— Et que moi, je me retrouve dépossédée de mon exploitation sur laquelle je bosse comme une malade depuis plus de dix ans, ne te pose pas de problème ?

— N'aie aucun souci, cela n'arrivera pas, cousine ! Car nous voilà bien cousins, n'est-ce pas, ma chérie ? Je disais donc, pas d'inquiétude ! Pour être reconnu grâce à des tests ADN comme le fils d'Émile Berthier, cela suppose d'avoir d'abord été reconnu par d'autres tests ADN comme n'étant pas le fils de Laurent Lourmel. La prise de sang et les groupes sanguins ne suffisent pas au regard de la loi. Mon père étant mort, les prélèvements sont à présent impossibles. Le fait d'être à Madagascar complique davantage une procédure qui, même en France, durerait au moins dix ans sans qu'il y ait plus de 10 % de chance de la voir aboutir.

— Je ne me fais aucun souci. Je constate que j'ai beaucoup de chance et que seules les impossibilités juridiques t'ont empêché de me dépouiller. Je te méprise, Alain Lourmel. Quand je pense à ce que nous avons vécu ensemble, à ce que tu m'as vu faire pour la SGB, aux épreuves que nous avons traversées lors du procès... Faut-il que tu sois tordu dans ta tête, et malheureux, pour en arriver là ! Faut-il que j'aie été aveugle pour ne pas détecter quel malade tu es !

Je n'avais pas encore fini ma phrase que déjà j'étais dehors.

Je ne pleurais pas. Ma peine était telle, mon humiliation si complète que la douleur me consumait comme un feu intérieur, mais ne parvenait pas à s'exprimer en sanglots. J'aurais préféré. Cette façon de souffrir était la pire.

Pendant quinze jours, je ne mis pas le nez dehors. Je déléguai absolument tout à Eugène et John et refusai d'aller à Tana me changer les idées.

Je prétextai la maladie pour garder la chambre : c'était en partie vrai, je me sentais fiévreuse. Le quinzième jour je reçus un appel de Fidy par BLU. Il demandait s'il pouvait venir avec Ony passer une semaine à Berano.

J'acceptai avec plaisir. Ils étaient les seules personnes que je voulais bien voir et me distrairaient. Je leur raconterais tout et je leur révélerais que je voulais partir. Ils m'aideraient à trouver une solution.

Ony et Fidy arrivèrent le lendemain. Ils étaient inquiets, tendus. Je ne les avais jamais vus ainsi. Ils déposèrent leurs affaires dans la chambre d'amis puis vinrent me rejoindre dans le salon. J'avais fait préparer un bon thé et des toasts.

— Vous avez l'air soucieux, dis-je.

— Toi aussi, me fit remarquer Ony.

Je mentis :

— Rien de bien grave ; je vous raconterai après. Vous d'abord.

— Tu as déjà remarqué la loi des séries, commença Fidy.

— Oh que oui ! répliquai-je.

— Et des séries noires... rajouta Ony

Fidy reprit la parole :

— Figure-toi, que notre maison d'Andohalo menace de s'écrouler. Une fente, qui existait déjà depuis plusieurs années, s'est brusquement aggravée depuis le début de la saison des pluies. Nous avons fait venir un ingénieur. Il nous a demandé de quitter la maison immédiatement. D'un moment à l'autre tout risque de s'effondrer et nous n'avons pas les moyens d'effectuer les réparations.

— Nous nous sommes donc installés chez mes parents, continua Ony. Ils sont adorables mais leur maison est petite et nous sommes quatre. Ce n'est facile ni pour eux ni pour nous, d'autant que nous ne savons pas combien de temps ça va durer...

Elle laissa la parole à Fidy :

— Je viens de perdre mon travail, dit-il calmement mais les mâchoires crispées.

— Quoi !

— Le cabinet juridique appartient à Andrianoelina comme tu le sais. L'un de ses fils vient de terminer ses études et il m'a viré sous le prétexte le plus fallacieux qu'il ait pu trouver. Voilà, à présent le fils à papa reprend ma place toute chaude, mon bureauainsi que les affaires en cours.

— Mais il n'a pas le droit de faire ça ! Tu vas l'attaquer ! Si tu n'en as pas les moyens, c'est moi qui paierai l'avocat...

— Je vais l'attaquer aux Prud'hommes, naturellement et je vais gagner, mais tu connais les lenteurs de la justice. En attendant, comment vais-je nourrir ma famille ?

— Si tu ouvrais ton propre cabinet ?

— Il faut trouver un local bien situé, entreprendre un minimum d'investissements, me faire une clientèle et donc, pouvoir attendre. J'ai des moyens très limités...

J'ouvris la bouche pour lui proposer mon aide quand brusquement une autre idée me vint :

— Que diriez-vous de vivre à Berano ? Aimerais-tu ce travail, Fidy ? Tu es bien meilleur garagiste que moi, dis-je en riant au souvenir du premier cours de mécanique qu'il m'avait donné et je ne parle pas de tes qualités de gestionnaire !

Je leur racontai en partie ce qui s'était passé avec Alain, trop blessée pour entrer dans les détails de notre entrevue. Je parlai aussi de mes ennuis de santé et comment j'avais pris la décision de partir. Ils restèrent sans voix.

— Écoute, me dit enfin Fidy, il faut qu'on en discute avec Ony. Je ne sais pas si on a envie de vivre ici : il y a le problème des enfants, de leur scolarisation. C'est tellement inattendu ! Es-tu vraiment certaine de ta décision ? Ne veux-tu pas réfléchir encore ?

— Je réfléchis depuis quinze jours ! Mais je vous laisse tout le temps d'en parler...

Une semaine plus tard, nous nous étions mis d'accord. Cela se passait au début du mois de novembre. À la mi-décembre, je partis. Je ne suis pas encore capable de parler de mes adieux à Berano. Leur simple évocation me bouleverse toujours.

Pourtant, je peux me souvenir de mes dernières images de Madagascar au travers du hublot de l'avion qui m'arrachait à l'île rouge : les rizières rapetissaient à vue d'œil, sagement disposées de part et d'autre de la ligne sombre d'une digue. Des tamboho parfaitement circulaires emprisonnaient des groupes de maisons couleur latérite. Un ciel orangé, zébré de gris, éclairait cette harmonie de lignes et de couleurs.

Épilogue

Aza mitrotro varatra, aza misakelika fantara,
fandraoentiny miriatra.
N'embrassez pas la foudre,
ne portez pas un météore sous le bras
de peur qu'il ne vous emporte.

Proverbe malgache

Antibes, le 25 juin 1996

Mon cher Fidy,

Il en a fallu du temps, de la distance aussi, pour que tout s'apaise dans ma tête et que je retrouve une certaine sérénité. C'est la raison pour laquelle tu n'as reçu ces derniers mois que des lettres extrêmement brèves et impersonnelles.

Mais ai-je besoin de te le dire, d'ailleurs ? Qui mieux que toi a compris avec quel déchirement je partais et abandonnais tout ce qui a été ma vie pendant onze ans ?

Depuis mon arrivée à Madagascar, tu as été le témoin et le confident de toutes mes joies, et surtout de toutes mes peines. Tu m'as vu découragée par les dégâts provoqués par le cyclone, affligée par le départ de Gilles, effondrée pendant tous les longs mois de procès. C'est ensemble que nous avons pleuré en regardant juste avant mon départ – spectateurs impuissants – flamber le rova et tous ces palais que nous aimions tant.

Je me suis interdit pendant des mois de repenser à tout ce que j'ai vécu à Madagascar et à Berano. Quand je ne parvenais pas à chasser les souvenirs, de très méchantes pensées m'envahissaient, à l'égard d'Alain bien sûr, mais – et j'en ai honte – à ton égard.

Je t'avais laissé Berano et je te jalousais.

Maintenant, c'était toi le matin qui allais sur les mines pour surveiller le travail, dire où creuser.

Maintenant, c'était toi qui ramassais la terre graphitée et, de ce geste que je t'avais montré, l'étalais sur la paume de ta main pour en jauger la richesse.

Maintenant, c'était toi qui te penchais à la fenêtre de la petite turbine, chaque fois subjugué par le spectacle de la chute d'eau.

Maintenant, c'était toi qui empruntais la route du nord qui m'avait coûté tant de nuits d'insomnies, et allais à Analabe, croisant et recroisant Alain se rendant sur son site.

Et au lieu de te remercier d'être celui par qui la SGB pouvait continuer d'exister, je t'ai presque détesté !

Mais tout cela est fini. J'ai retrouvé la paix. D'abord grâce à un événement dont je te parlerai tout à l'heure et ensuite grâce à un rêve que j'ai fait la nuit dernière : je retournais à Berano, de nuit, seule dans une voiture que je conduisais. J'arrivais là-bas à l'aube et la case en bois était si nette, si réelle que j'aurais juré y être vraiment allée. Je me suis éveillée avant d'y entrer.

Curieusement, après ce rêve j'ai senti que je pouvais m'autoriser à laisser mes souvenirs remonter à la surface. C'est ce que j'ai fait. Je me suis remémorée mon arrivée à Madagascar, mon arrivée à Berano, notre rencontre, les moments forts de notre amitié, mon travail sur l'exploitation, les moments de galère et les moments de bonheur, la rencontre avec Gilles, le procès, Alain... Tout !

J'ai relu une bonne partie des lettres que j'avais écrites à ma mère et à l'une de mes amies. Je n'ai éprouvé ni nostalgie, ni haine, ni amertume. Une page était tournée : elle était riche et bien remplie.

Toutefois, ce n'est pas le rêve qui est la cause de ce miracle. C'est plutôt l'évènement mystérieux, auquel je faisais allusion tout à l'heure, qui est la cause du rêve :

J'ai l'honneur, mon cher Fidy, de t'annoncer la naissance de mon fils Julien, qui a aujourd'hui un mois...

Je vous imagine Ony et toi, tous les deux ébahis, et j'avoue que je me délecte de l'effet de surprise que la nouvelle ne manquera pas de produire. Je veux m'excuser auprès de vous de toutes ces cachotteries des derniers mois, mais je ne savais plus où j'en étais.

Ma liaison avec Alain, avant même les révélations de Rasoa, était devenue invivable. Comme il fallait s'y attendre, le secret de nos relations ne pouvait pas durer éternellement. Qu'il ait pu être gardé pendant si longtemps était déjà exceptionnel.

Alain ne se résolvait toujours pas à assumer au grand jour. Il aurait eu l'impression de trahir son grand-père, son père et sa mère. C'était franchement devenu insupportable.

J'avais pris la décision de mettre un point final à notre histoire. C'est à ce moment-là que je me suis aperçue que j'étais enceinte. Comme tu peux l'imaginer, ce n'était pas prévu au programme. Mais, quand j'en ai été certaine, un grand bonheur m'a envahi. Bref, j'ai tout de suite su que je garderais l'enfant, quelle que soit la réaction d'Alain.

Cependant, comble de l'ironie, le jour prévu pour le lui révéler a été le jour où il m'a appris qu'il était l'enfant d'Émile, où il m'a avoué toutes les abjectes démarches juridiques qu'il n'aurait pas hésité à entreprendre si cela avait été possible.

J'ai été blessée au-delà de ce que tu peux imaginer. J'ai eu envie de le tuer, de lui faire mal en tout cas, de le torturer jusqu'à ce qu'il demande grâce. Mais j'étais coupable aussi ! Comment avais-je eu la naïveté de penser que je pourrais débarrasser Alain de ses fan-

tômes ? Comment avais-je eu la prétention de penser que j'étais suffisamment forte pour ne pas me brûler les ailes à son contact ?

Je me suis sentie tellement humiliée lorsque j'ai appris ses démarches et les questions qu'il a posées à son avocat, que je ne voulais plus risquer de l'apercevoir. Je ne t'ai donc pas vraiment menti quant aux raisons de mon départ de Madagascar.

Je reste néanmoins persuadée que l'amour que j'avais pour Berano et mon travail aurait été plus fort que mon ressentiment et que je serais finalement restée si je n'avais pas été enceinte et, de plus, en mauvaise santé.

Ce dernier paramètre changeait tout. J'ai trente-huit ans, Fidy. À cet âge-là, on ne peut pas se permettre de dire : « Oh ! J'ai commis une erreur, ce père-là n'est finalement pas l'idéal. Je ne garde pas cet enfant et je recommencerai avec un autre, plus tard... ».

Sans compter qu'il aurait pu, qu'il pourrait être un bon père, comme il aurait pu être un compagnon adorable. C'est un homme plein de qualités qu'une drôle d'enfance et une éducation très particulière ont rendu ombrageux et violent : pas de mère, un père qui l'enfermait dans le noir pour lui apprendre à ne pas avoir peur des ténèbres, une neneny qui lui racontait des histoires de mpakafoa à faire frémir... Avouons qu'il a des circonstances atténuantes !*

Et si, concernant ma grossesse, je ne lui ai rien dit, c'est que d'une part je n'étais vraiment pas certaine de la mener à terme suite à mes problèmes de santé, et d'autre part, après son joli morceau de bravoure, je ne ressentais que haine à son égard.

Mais voilà, Julien est là. Il dort au moment où je t'écris. Mon cœur bat lorsque je le regarde. Qu'il est beau, mon fils, en toute objectivité !

Je te demande de ne pas ébruiter sa naissance. Cela se saura obligatoirement, car je n'ai pas l'intention de cacher Julien, mais je ne tiens pas non plus à claironner la nouvelle partout.

Il est bien clair que cet enfant est de père inconnu si un jour on te pose la question. J'en veux toujours à Alain de sa réaction lorsqu'il a appris qu'il était le fils d'Émile, mais plus assez pour le priver de sa paternité si d'aventure il en manifestait le souhait.

Seulement ce sera à lui de s'enquérir de la date de naissance de Julien, de compter les mois sur ses doigts, à lui de me questionner, à lui de savoir s'il veut le connaître et l'aimer. Moi, je n'ai besoin de personne.

Madagascar me manque et surtout Berano. Pourtant j'ai devant moi l'un des plus beaux paysages de France : le vieil Antibes et à l'arrière-plan, rendues floues par une brume de chaleur, les Alpes.

Mais, rien à faire, ce sont des paysages de Madagascar que je vois. Tana et ses col-

lines ; les maisons accrochées aux falaises ; Berano et cette débauche de verts : le vert fluorescent des rizières, le vert tendre des jeunes arbres, le vert émeraude des lacs, le vert sombre de la forêt, le vert tapageur des bananiers.

Tout me ramène dans l'île rouge depuis ce rêve, et je ne lutte plus. Tout à l'heure, avant de commencer à t'écrire, j'écoutais Les quatre Saisons de Vivaldi et je me demandais comment le compositeur aurait traduit en musique la saison des pluies, entrecoupée de cyclones : il aurait fallu qu'il trouve encore un autre rythme, furieux et magnifique.

Des visions de trombes d'eau passent devant mes yeux entrecoupées de flashs apocalyptiques : des toitures se vrillent comme ces couvercles de boîte de conserve qu'on ouvre avec une clef, avant de s'arracher aux maisons et de disparaître aspirées par les cieux ; des arbres sont déracinés par une force invisible et emportés avec la même facilité que les brindilles...

T'écrire, bien sûr, évoque avec encore plus de netteté Berano. Il me semble entendre le ronronnement du four de l'usine, respirer l'odeur de l'huile de flottation qui n'est pourtant pas un parfum suave dont on a envie de s'enduire ! Sur mon bureau, il y a une éprouvette remplie de paillettes de graphite. Je la secoue : les paillettes se mettent à scintiller et je revois dans l'usine deux ouvriers nus jusqu'à la ceinture, soulevant les pelletées de graphite. Un rayon de soleil oblique fait briller leur peau : ils sont semblables aux dessins des vases grecs, noirs sur fond orangé.

Ces images, ces odeurs me sont chères. Pourtant je ne retournerai pas à Berano. Un morceau de ma vie s'y est déroulé, mais je passe maintenant à autre chose. Même si je me suis laissée aller aux souvenirs, ce n'est plus dangereux.

Je te laisse le soin de t'occuper de l'exploitation. À présent, c'est pour mon fils que tu le fais. Et qui sait si, grâce à lui, un jour, les deux ravenales ne seront pas réunis ?

Je t'embrasse, sans oublier Ony et les enfants.

Hélène

Remerciements

à Jean-Claude IZOUARD qui m'a « appris » le graphite et la forêt de l'Est de Madagascar. Grâce à lui et à sa confiance, j'ai pu vivre là-bas, à Berano (c'est-à-dire Périnet-Andasibe) une expérience exceptionnelle qui a inspiré ce livre,

à Léonie, ma petite princesse bien grande aujourd'hui, à qui la vie a porté chance et qui à son tour distribue des ondes bénéfiques à ceux qui l'entourent,

à ma fille Déborah, qui a repéré l'annonce du concours du voyage extraordinaire dans GEO et a insisté pour que j'y participe,

au comité de lecture des Nouveaux Auteurs qui a plébiscité mon roman et auquel je dois d'avoir obtenu le premier prix,

à Yann Queffélec qui a confirmé le choix de ce comité de lecteurs grand public et dont je ne suis pas prête d'oublier les compliments lors de la remise des prix,

à Jean-Laurent Poitevin, mon éditeur, qui m'a soutenue tout au long de cette aventure merveilleuse (et parfois mouvementée ainsi que doit l'être une aventure) qu'est l'édition d'un livre.

Glossaire
des termes malgaches et autres

Alamanda : Arbuste sarmenteux à latex blanc visqueux, dont les fleurs campanulées sont jaune vif, souvent teintées de rouge à l'extérieur.

Andevoranto : petit village sur la côte est de Madagascar, censé dans le roman être le village de bord de mer le plus proche de Berano.

Andriamanitra : Dieu

Antandroy : (ou Tandroy) « ceux qui vivent dans les épines ». L'un des peuples de Madagascar, présent dans l'extrême sud de l'île, dans une région aride couverte de ronces. C'est un peuple austère de guerriers et de pasteurs itinérants.

Angady : sorte de bêche utilisée par les Malgaches.

Betsimisaraka : « Ceux qui sont solidaires » forment l'un des peuples de Madagascar, occupant la majeure partie du littoral oriental de l'île, depuis la région de Mananjary au sud, jusque dans celle d'Antalaha au nord. Ils sont en fait un regroupement de plusieurs ethnies qui se sont unies au début du XVIIIe siècle.

BLU : Abréviation pour « bande latérale unique ». Radio conçue à l'origine pour la marine, sa solidité et la simplicité de son usage en répandit l'utilisation.

BRGM : Bureau de recherches géologiques et minières.

Coton de Tuléar : Au XVIe siècle, Tuléar (Toliara), port de Madagascar était le point de départ de nombreux échanges commerciaux avec l'Europe et notamment la France. Au cours d'un de ces voyages, on raconte que des pirates ont attaqué un navire où se trouvait une femme accompagnée de trois petits bichons femelles : Belle, Bijou et Trésor. La tempête eut raison des deux navires et il n'y eut aucun survivant, sinon les trois petites « bichonnes » et Brigand, le ratier des pirates, qui se retrouvèrent sur la plage de Tuléar, furent heureux et eurent beaucoup de petits cotons de Tuléar ! À cause de la chaleur, seuls les blancs survécurent.

Decauville (voie) : du nom de son inventeur, Paul Decauville (1846-1922), ingénieur et homme d'affaires français. Ce nouveau type de voie ferrée de faible écartement (40 à 60 centimètres) était formé d'éléments entièrement métalliques qui pouvaient se démonter et se transporter facilement, en fonction des besoins. Cette invention a trouvé des applications dans de nombreux domaines : exploitations minières et industrielles, dessertes d'ouvrages militaires...

Fanafody : Remèdes à base de plantes mais aussi incantations, rites, prières destinées à guérir.

Fady : interdit, tabou.

Fatapera : brasero à charbon en fer ou en terre utilisé par les Malgaches pour la cuisson des aliments.

Fosa : (prononcez fouch') mammifère de la famille des Viverridés (comme les genettes et les civettes), cependant à première vue le fosa ressemble davantage à un félin et sa dentition en est proche. Ce prédateur est un animal endémique de Madagascar. Pas très grand (1,40 m adulte pour 7 à 12 kg), il est musclé et très puissant. Grimpeur remarquable, il se sert de sa longue queue comme balancier. Il se nourrit de lémuriens, d'oiseaux, de serpents, de hérissons, de grenouilles, de poissons et éventuellement va s'attaquer à la basse-cour d'un village si la forêt ne lui fournit plus sa pitance. Il est sans danger pour l'homme.

Indri : en malgache *babakoto* « fils du père ». Le plus gros des lémuriens, que l'on rencontre à Madagascar dans la forêt pluviale de la côte est. Selon la légende malgache, il aurait les mêmes ancêtres que l'homme. Ils sont essentiellement arboricoles, diurnes, paisibles et vivent en groupes familiaux de quelques individus.

Lamba : tissu dans lequel se drapaient les Malgaches. Aujourd'hui, le lamba désigne plus généralement une écharpe jetée sur les épaules des femmes.

Longotra : Arbre de la famille des Lauracées, propre à Madagascar et aux îles voisines. Son cœur, brun rouge, est particulièrement lourd et résistant.

Mpakafoa : textuellement « mangeurs de cœurs ». Les vazaha furent longtemps appelés ainsi, puisqu'ils prétendaient boire le sang du Christ.

Neneny : Nourrice, nounou, celle qui s'occupe des enfants.

Novembrier : Nom vernaculaire d'une variété d'agapanthe aussi appelée « lys du Nil » ou « boule de bleu ». La plante pousse en boule, jusqu'à un mètre de haut et fleurit dans l'hémisphère sud en novembre.

Rabane : Tissu en fibres végétales, le plus souvent de raphia.

Ravenale : ou ravenala, ou ravinale. Formes francisées du malgache « ravinala ». Plus connu sous l'appellation « arbre du voyageur », ses longues feuilles en forme d'éventail conservent l'eau de pluie à leur base.

Ranavalona Ire (1788-1861) : Reine malgache célèbre qui régna sur l'île de 1828 à sa mort. Elle était réputée pour sa cruauté, mais aussi pour son habileté politique.

Soubique : panier en raphia. Forme francisée du mot malgache « sobika »

Tamboho : mur en terre (mais il y a aussi des coquilles d'œufs, de la paille, de la bouse de vache, etc.) constitué de plusieurs couches généralement en nombre impair qui vont en s'amincissant de la base au commet. Les tamboho sont très solides et servaient à délimiter un enclos ou à protéger une maison.

Trano : maison.

Vahiny : invité.

Valiha : instrument de musique à corde ; la *valiha* traditionnelle est fabriquée à partir d'un tronçon de bambou.

Vazaha : étranger blanc.

Zanatany : textuellement « enfant de la terre », nom donné aux étrangers blancs nés en terre malgache.

10454

Composition
NORD COMPO

Achevé d'imprimer en Slovaquie
par NOVOPRINT
le 4 août 2013.

Dépôt légal août 2013.
EAN 9782290054536
OTP L21EPLN001233N001

ÉDITIONS J'AI LU
87, quai Panhard-et-Levassor, 75013 Paris

Diffusion France et étranger : Flammarion